Oscar

VALERIO MASSIMO MANFREDI

CHIMAIRA

OSCAR MONDADORI

© 2001 Arnoldo Mondadori Editore S.p.A., Milano

I edizione Omnibus febbraio 2001
I edizione Oscar bestsellers febbraio 2002

ISBN 978-88-04-50111-4

Questo volume è stato stampato
presso Mondadori Printing S.p.A.
Stabilimento NSM – Cles (TN)
Stampato in Italia – Printed in Italy

Anno 2008 - Ristampa   18 19 20 21

www.librimondadori.it

CHIMAIRA

Alla memoria di Pietro Fraticelli

I

Fabrizio Castellani arrivò a Volterra una sera di ottobre a bordo della sua Fiat Punto, con un paio di valigie e la speranza di vincere un posto da ricercatore all'Università di Siena. Un amico di suo padre gli aveva trovato un alloggio a buon mercato in una fattoria della Val d'Era a non molta distanza dalla città. Il colono se n'era andato qualche tempo prima, il podere era sfitto e lo sarebbe rimasto ancora a lungo perché il padrone pensava di ristrutturare il fabbricato e di venderlo a uno dei tanti inglesi innamorati della Toscana.

La casa era cresciuta in varie epoche successive attorno a un nucleo di base risalente al XIII secolo e aveva una bella corte nella parte posteriore, con ricoveri per gli attrezzi a pianterreno e fienili al piano superiore. La parte antica era fatta di sasso e coperta con vecchi coppi macchiati, a nord, di licheni gialli e verdi, quella più recente di mattoni. Il terreno circostante, coltivato nel lato esposto a sud, allineava una decina di filari di grandi ulivi nodosi pieni di frutti e altrettanti di una vite bassa, carica di grappoli violacei con le foglie che cominciavano a virare dal verde verso il rosso brillante dell'autunno. Un muretto di pietre a secco correva tutto attorno ma appariva in più punti crollato e bisognoso di restauro. Oltre si estendeva un bosco di querce che saliva fino al crinale del monte spandendo una macchia di un vivido colore ocra, interrotta qua e là dal rosso e

7

dal giallo degli aceri montani. Un bosso secolare ornava l'ingresso sulla destra e un paio di cipressi svettavano dall'altra parte superando in altezza il tetto della casa.

Poco distante c'era anche una fonte da cui partiva un rigagnolo scintillante che gorgogliava tra la ghiaia pulita fino al ciglio della strada scomparendo in una canaletta per riapparire più in basso e scendere poi fino all'Era. Il fiume, coperto da un fitto manto di vegetazione, non si vedeva, ma faceva udire la sua voce mescolata allo stormire delle querce e dei pioppi.

La casa gli piacque subito, soprattutto per il profumo di fieno, di mentastro e di salvia che riempiva l'aria della sera assieme ai voli delle ultime rondini, ancora riluttanti ad abbandonare i loro nidi vuoti. Appoggiò appena le valigie sulla soglia e andò in giro a sgranchirsi un poco le gambe lungo la viottola che percorreva la proprietà da un capo all'altro dividendola in due parti quasi uguali. Poi si sedette sul muretto di cinta e assaporò un momento di beatitudine in quella pace serotina, in quell'atmosfera sospesa e quasi irreale che preannunciava il calare della notte.

Aveva trentacinque anni e non poteva ancora contare su un posto stabile come tanti suoi amici e colleghi che avevano dedicato la loro vita alla scienza del passato per pura passione, senza rendersi conto di quanto fosse difficile vivere di archeologia in un Paese che aveva tremila anni di storia. Eppure non si sentiva né scoraggiato né avvilito: non riusciva a pensare ad altro che al momento in cui avrebbe incontrato a tu per tu, senza intrusi né disturbatori, l'oggetto del suo più recente interesse e dei suoi studi più appassionati: la statua di fanciullo conservata al Museo etrusco di Volterra.

Un grande poeta aveva imposto a quella statua un nome suggestivo e carico di mistero: *L'ombra della sera*. Ma i poeti possono sognare, pensò il giovane, gli studiosi no. Ed era tempo di mettersi al lavoro. Si riscosse da quella specie di assorto torpore a cui s'era lasciato andare e tornò verso la casa che sarebbe stata la sua residenza, almeno per alcune settimane, finché non avesse terminato le sue indagini e raccolto tutti i dati e i materiali necessari per una pubblicazione che avrebbe suscitato probabilmente un certo scalpore.

L'inizio di quegli studi e di quell'interesse erano stati del tutto casuali. Si trovava a Firenze all'Istituto nazionale del restauro per farsi un'idea delle tecniche più aggiornate di trattamento dei bronzi antichi quando aveva avuto modo di vedere una serie di radiografie della statua, realizzate forse in vista di un restauro, ed era rimasto colpito da un'ombra evidenziata dai raggi X pressoché all'altezza del fegato, una cosa strana che aveva, da una certa angolatura visuale, l'aspetto di un oggetto oblungo e quasi appuntito. Quelle radiografie erano chiuse nel loro fascicolo in fondo a uno schedario e là sarebbero rimaste chissà per quanto tempo fino a che un qualche progetto del ministero non fosse stato rifinanziato.

Non aveva parlato con nessuno della scoperta, che non compariva in nessuna scheda e in nessuna descrizione di quel capolavoro anonimo dell'arte etrusca, ma aveva fatto riprodurre le radiografie e le aveva scansite e memorizzate su alcuni CD per elaborarle con il programma grafico del suo computer. Conclusa questa fase aveva chiesto di poter sottoporre la statua a una serie di esami per venire a capo del problema e si era voluto trasferire direttamente sul luogo per poter seguire la ricerca in modo più regolare e continuativo. Forse gli avrebbero persino concesso di sottoporre la statua a risonanza magnetica e avrebbe così potuto completare il patrimonio di conoscenze in suo possesso e trovare una spiegazione all'anomalia.

Aveva pensato a un difetto nella fusione o a una saldatura non ben riuscita, ma la cosa non aveva molto senso in una parte della statua fatta di superfici piane e relativamente regolari, dove il flusso del metallo liquefatto non poteva certo aver incontrato alcun ostacolo al momento della colata ventiquattro secoli prima.

Lungo la strada si era fermato in una drogheria per comprare pane, formaggio, prosciutto e un fiasco di Chianti, e con quelle poche cose si sedette nella grande cucina a cenare su un tavolo lisciato da un uso secolare, leggendo, per tenersi compagnia, un libro di Jacques Heurgon sulla civiltà etrusca. Mise nel letto un paio di lenzuola pulite che si era portato da casa e si coricò verso mezzanotte in una camera profumata di calce fresca guardando le travi del soffitto e ascoltando il canto di un usignolo che saliva dai macchioni di robinie e di maggiociondoli che accompagnavano il corso del rigagnolo.

Elisa, la sua fidanzata, lo aveva lasciato da tre mesi e non si era ancora ripreso completamente dal colpo. Un classico: ragazza un po' viziata che non ha il coraggio di difendere, contro genitori ricchissimi e pieni di pregiudizi, il suo rapporto con una persona di cultura più che elevata e di buona educazione però di scarse possibilità economiche e di abbigliamento solitamente decoroso ma casuale. Pensò con una certa amarezza a quanto si era illuso di poter essere all'altezza della situazione e a quanto si era sentito umiliato da quel rifiuto e pensò anche che non faceva l'amore da allora, causa per lui di uno stato di scarso equilibrio psicologico finché era rimasto in città. Ora tuttavia l'atmosfera così diversa, l'ambiente così intensamente pervaso da elementi di semplicità e di austerità lo facevano sentire in pace con se stesso e forte come un atleta che si accinge a un cimento cruciale. Si chiedeva, certo, se quello stato di grazia avrebbe resistito alla media e lunga distanza e se l'isolamento non avrebbe ottenuto, in breve, l'effetto contrario, costringendolo a sfogliare l'agenda in cerca del numero di cellulare di qualche amica particolarmente comprensiva, ma alla fine le non piccole emozioni del trasferimento e della vigilia di una ricerca tanto importante e il tepore crescente del letto ebbero il sopravvento sui suoi interrogativi.

Si presentò l'indomani al Soprintendente regionale Nicola Balestra che si era installato in pianta stabile in città da un paio di settimane lasciando temporaneamente la sua sede naturale di Firenze da dove la segretaria gli passava le telefonate importanti e gli mandava per corriere le carte urgenti da firmare. Balestra era un uomo asciutto e di poche parole, e aveva fama di essere piuttosto spiacevole con gli universitari che teneva sempre a rispettosa distanza, specialmente, dicevano i maligni, quando si trattava di studiosi di fama coccolati dai media e ospiti fissi di programmi televisivi di successo.

«Buongiorno Castellani» gli disse alzandosi e porgendogli la mano con una certa cordialità. «Benvenuto a Volterra. Ha trovato una sistemazione?»

«Buongiorno, Soprintendente. Sì, mio padre mi ha trovato un bel posto, la casa del podere Semprini in Val d'Era. È vicino alla città ma molto tranquillo. Mi troverò benissimo.»

«Ho letto la sua richiesta: vedo che vuole occuparsi di un pezzo di grande importanza. Mi fa piacere: è giusto che un giovane punti in alto e cerchi di mettersi in luce. Spero solo che abbia preso buona e completa visione della bibliografia già esistente, che non è poca e non certo di scarsa qualità.»

Fabrizio ebbe l'impressione che Balestra volesse tastare il terreno e rendersi conto se avesse un qualche asso nella manica. «Ho lavorato molto e ho schedato tutto il materiale che sono riuscito a trovare» rispose. «Credo di poter cominciare la mia personale ricerca e spero di poterla condurre a termine serenamente e magari con un po' di fortuna. Ne ho bisogno.»

Balestra gli offrì un caffè, segno indubbio di considerazione e di stima secondo le voci che circolavano, poi lo congedò: «Le ho firmato un permesso molto ampio, Castellani, che le consente di trattenersi all'interno del Museo anche oltre gli orari di chiusura. Mario le mostrerà come si inserisce e disinserisce l'allarme, le darà il numero di cellulare del tenente dei carabinieri, in caso di necessità, s'intende. È una grande prova di fiducia, spero se ne renda conto, quindi, per favore, sia il più possibile responsabile e attento».

11

«Me ne rendo conto» rispose Fabrizio «e non sa quanto le sono grato, Soprintendente. Le assicuro che starò attento e non le causerò alcun inconveniente. Quando avrò finito, se avrò raggiunto qualche risultato, lei sarà il primo a venirne a conoscenza.» Balestra gli strinse la mano e lo accompagnò alla porta.

Fabrizio passò il resto della mattinata a organizzare il proprio lavoro e a installarsi nell'ufficetto che gli avevano messo a disposizione, tre metri per due e mezzo ricavati sotto un vecchio arco cieco che doveva far parte di un'antica struttura adiacente al palazzo del Museo. Poi tornò a controllare gli schedari della biblioteca per assicurarsi che non gli fosse sfuggito nulla di quanto era stato scritto sul fanciullo di Volterra. Alle cinque del pomeriggio il Museo chiuse. Mario, il custode, gli rispiegò da capo ciò che c'era da sapere sul sistema di allarme e, in confidenza, gli disse che, se anche avesse dimenticato, uscendo, di inserirlo, si sarebbero attivati subito un allarme supplementare in casa sua, a due passi dal Museo, e perfino un salvavita opportunamente modificato che portava sempre al collo, e lui si sarebbe subito precipitato. Ovviamente gli sarebbe stato grato se non lo avesse obbligato a saltare dal letto all'una o alle due del mattino. Tutto lì.

«Posso farle una domanda, Mario?» chiese alla fine Fabrizio.

«Dica pure, dottore.»

«Mi dicono che il Soprintendente si è installato qui da due settimane e che pare intenda rimanervi per altre due o tre, se ho capito bene. Mi sembra una cosa un po' insolita, per un funzionario del suo livello e delle sue responsabilità, lasciare la sede centrale per tutto questo tempo... Lei, per caso, ne sa qualcosa?»

Mario abbozzò un mezzo sorriso, come dire "Eh, ti piacerebbe saperlo, ragazzo mio..." e rispose: «Mah, il signor Soprintendente prende le sue decisioni, però non è che ce le fa sapere a noi del personale... So che lavora molto nel suo studio, che gli passiamo solo le carte urgenti e che riceve le telefonate dalle undici a mezzogiorno, a meno che non sia il signor Ministro».

«Starà facendo qualche lavoro che gli preme particolarmente» ipotizzò Fabrizio. «Allora, le auguro la buona sera, Mario. Ah, magari lei sa consigliarmi una trattoria a buon mercato, così mangio un boccone in fretta verso le sette e torno dentro a lavorare.»

Mario gli consigliò la trattoria della signora Pina, non lontano dal viale di circonvallazione, che serviva tutta roba nostrana e fatta in casa e si accontentava nel prezzo. Dicesse pure che lo mandava Mario e avrebbe avuto un trattamento di favore come tutti quelli che lavoravano in Soprintendenza.

Fabrizio lo ringraziò e si rimise a lavorare di gran lena. Non c'era niente di meglio che trovarsi tutto solo, senza rumori di alcun genere, senza telefoni che squillassero in continuazione e gente che andava e veniva da un ufficio all'altro. Quando fu ora di cena aveva terminato di controllare tutte le schede della biblioteca che contenevano pubblicazioni sul fanciullo di Volterra e aveva scoperto che gli erano sfuggiti soltanto due articoletti di studiosi locali, di quelli che si tengono in biblioteca giusto per dire che non manca nulla, ma che non aggiungono né tolgono granché a quello che già si sa.

La signora Pina lo fece accomodare nel cortile dietro la trattoria chiuso fra la parete posteriore di un antico convento e un portico a «L» che un tempo ne costituiva il chiostro. Nel portico si apriva un arco che dava su una piazzetta chiusa, dalla parte opposta, dalla mole imponente e un poco tetra di un palazzo molto antico, probabilmente una casa fortificata in parte ristrutturata durante il Rinascimento.

«Che cos'è quel palazzo?» chiese quando la signora Pina gli servì un piatto di pasta e fagioli.

«Come, 'un lo sa?» disse la signora con fortissimo accento locale.

No che non lo sapeva, le spiegò Fabrizio, dal momento che era appena arrivato e si era sistemato nel podere Semprini in Val d'Era giusto la sera prima. E la signora Pina, visto che era ormai bassa stagione e che i clienti sarebbero arrivati almeno di lì a un'ora, si sedette per fargli compagnia e cominciò a raccontargli che quello era il palazzo dei principi Caretti Riccardi, deserto da quarant'anni se si eccettuava un breve periodo in cui l'ultimo proprietario, il conte Jacopo Ghirardini, lo aveva abitato, quattro o cinque anni prima. Si era preso in casa una donna di servizio, una mezza strega, da quello che si diceva in giro, ed era poi sparito improvvisamente; non se n'era mai più sentito parlare. La donna era rimasta in zona e adesso faceva la barista alle Macine. Il palazzo da allora era chiuso e non aveva più ospitato anima viva. Un peccato, un così grande e bel palazzo che dal piano più alto si doveva godere una vista fantastica sulla valle.

«Ovviamente sarà infestato dai fantasmi...» azzardò Fabrizio per darle corda.

«Lei scherza, dottore» rispose la Pina quasi piccata «ma io che abito qui fin dalla nascita le posso garantire che in quel palazzo ci si vede e ci si sente, eccome. E parecchi anni fa un facchino del mulino della Bruciata, che era forte come un toro e grosso come un armadio e che faceva tanto il gradasso che lui non aveva paura di niente, ci passò una notte per una scommessa che aveva fatto all'osteria con gli amici e...»

«E quando uscì la mattina aveva i capelli bianchi per lo spavento» completò Fabrizio interrompendo il racconto.

«Oh, come fa a saperlo?» chiese ingenuamente la Pina.

Fabrizio avrebbe voluto spiegarle che storie di quel genere si raccontavano in ogni parte d'Italia esattamente come le storie di tesori nascosti, di passaggi segreti che collegavano questo a quell'edificio per chilometri sotto terra, di capre d'oro che apparivano di notte a viandanti solitari in prossimità di crocevia e di quant'altro l'armamentario della narrazione popolare si era inventato lungo tutti i secoli in cui non c'era la televisione a rincoglionire la gente nottetempo.

«Ma, scusi, come aveva fatto quel facchino a entrare nel palazzo se è chiuso e sbarrato da tutto questo tempo?»

«Lei deve sapere, dottore, che esiste un passaggio segreto che dal palazzo Caretti Riccardi porta alla cappella delle anime del Purgatorio vicino alla cisterna etrusca, lo sa, quella dall'altra parte della provinciale...»

Gli pareva bene. Avrebbe voluto aggiungere: se quel passaggio era segreto, com'è che lo conosceva anche il facchino di un mugnaio? Ma la zuppa di fagioli era terminata e preferì complimentarsi con la signora e ordinare un pezzo di frittata con due foglie d'insalata.

Dopo cena fece un breve giro per la città. Tutto sommato quei primi approcci, quelle prime chiacchiere con il custode del Museo e con la proprietaria della trattoria gli avevano procurato grande piacere facendolo sentire in qualche modo inserito nel nuovo contesto e in mezzo a quella comunità che gli era stata descritta un po' chiusa e non sempre accogliente, nonostante l'abitudine a un flusso turistico abbastanza intenso.

Ormai era buio e non c'era più un'anima per le strade quando Fabrizio si trovò di fronte alla porta del Museo. Disinserì l'allarme, girò la chiave nella toppa ed entrò reinserendo immediatamente l'allarme. Era venuto il momento di incontrare a tu per tu il fanciullo di bronzo che lo aspettava nella sala. Salì le scale, prese una sedia, accese la luce e gli si sedette di fronte. Finalmente.

Secondo la sua sensibilità, si trattava dell'opera più impressionante che avesse mai visto: l'originalità del soggetto, la straordinaria qualità dell'esecuzione, l'intensa e la profonda suggestione che emanava lo facevano pensare a certe poetiche forme di scugnizzi realizzate da Vincenzo Gemito, ma anche alla potenza espressiva di Picasso e, allo stesso tempo, al senso di esasperata fragilità dei bronzi più ispirati di Giacometti. Una manifestazione di creatività vibrante e commossa che lo lasciava stupefatto e quasi sgomento.

Era l'immagine acerba ed esile di un bambino triste dal

corpo gracile, esageratamente allungato, dal volto minuto e dallo sguardo malinconico in cui pure sopravviveva un'ombra di naturale spensieratezza, troncata anzitempo dalla morte. Un bambino che doveva aver lasciato i suoi genitori nel più doloroso sconforto se erano ricorsi a un artista tanto sublime per immortalarne le forme e se avevano voluto esasperare il realismo che ne rendeva il carattere, l'età, e forse anche i segni della malattia che ne aveva provocato la fine...

Si rese conto che era passata quasi un'ora quando si riscosse al suono dei rintocchi che provenivano dal campanile di Sant'Agostino. Si alzò e cominciò a disporre le attrezzature per le riprese fotografiche.

Le fotografie dell'archivio non lo aiutavano più di tanto a capire e aveva bisogno di esplorare con l'obiettivo ogni minimo particolare della statua per scoprire se per caso non vi fossero aspetti della fusione che erano fino a quel momento sfuggiti agli esperti. Gli vennero in mente le parole del suo maestro, Gaetano Orlandi, il quale soleva dire che il miglior posto per scavare sono i musei e i depositi delle soprintendenze.

Lavorò per ore a disporre le luci, a studiare le inquadrature, le traiettorie e le angolazioni degli obiettivi; impressionò una decina di rullini di diapositive e realizzò lo stesso numero di pose con una macchina fotografica digitale che gli avrebbe consentito di elaborare le immagini elettronicamente. A un tratto, mentre si disponeva agli ultimi scatti sul volto, sul capo e sulla nuca della statua, squillò il telefono nel corridoio. Fabrizio guardò l'orologio e constatò che era l'una del mattino: evidentemente qualcuno che aveva sbagliato numero. Chi poteva telefonare a un museo a quell'ora? Riprese a lavorare per concludere, benché la stanchezza si facesse ormai sentire, ma poco dopo venne distratto nuovamente dallo squillo del telefono. Andò a sollevare il ricevitore e disse: «Guardi che lei ha sbagliato...». Ma una voce femminile dal timbro stranamente secco e perentorio lo interruppe: «Lascia in pace il fanciullo!». Seguì il rumore che chiudeva la comunicazione.

Fabrizio Castellani riappese con gesto meccanico e si passò una mano sulla fronte sudata. Scherzi della stanchezza? Chi mai poteva sapere che lui stava lavorando a quella ricerca oltre al Soprintendente e a Mario, il custode, che comunque ne aveva un'idea molto imprecisa? Non sapeva che cosa pensare e l'impossibilità di trovare sui due piedi una soluzione razionale a un evento apparentemente inspiegabile lo infastidiva oltremodo. L'unica spiegazione plausibile era che la notizia della sua ricerca fosse trapelata tramite qualche impiegato e avesse impressionato qualche spirito labile, qualcuno di quei fanatici che si nutrivano di letteratura pseudoscientifica di ispirazione vagamente New Age sugli Egizi e sulle piramidi e perché no, anche sugli Etruschi, che dopo gli Egizi erano i più gettonati per via delle loro credenze ultraterrene e della loro fama di maghi e indovini.

Immaginò che la persona che aveva telefonato potesse aver visto filtrare la luce dalle finestre del piano superiore del Museo dove lui stava lavorando e che in qualche modo dovesse trovarsi nelle immediate vicinanze. Spiò quindi le finestre delle costruzioni di fronte al Museo e sui lati senza scorgere assolutamente nulla che potesse attrarre la sua attenzione. Ma mentre guardava, un altro suono, ben più inquietante dello squillo di un telefono in piena notte e della voce di una sconosciuta, colpì il suo orecchio e ancora di più la sua immaginazione: un verso ferino acuto e prolungato, un urlo feroce di sfida e di dolore, l'ululato di un lupo nella notte di Volterra.

«Cristo!» pensò ad alta voce «ma che cosa sta succedendo?» Per la prima volta nella sua vita di adulto sentì il morso della paura, una sensazione di panico che emergeva d'un tratto dalla sua infanzia, il terrore che lo inchiodava immobile e tremante nel letto quando il richiamo di un uccello notturno fendeva la notte nella casa di montagna in cui aveva trascorso la sua fanciullezza.

Un lupo? In fondo, perché no? Gli pareva di aver letto che ultimamente la politica di protezione ambientale aveva permesso una certa espansione di quel predatore lungo la

17

dorsale appenninica un po' in tutta la Penisola, ma i suoi ragionamenti andarono in frantumi quando l'urlo echeggiò di nuovo, ancora più vicino, questa volta, più minaccioso e lacerante, spegnendosi infine in un rantolo d'agonia.

Raccolse le sue cose, spense le luci una dopo l'altra e scese in fretta le scale verso l'atrio. Inserì l'allarme e uscì in strada chiudendo la porta a tripla mandata dietro di sé. Gli sembrò, mentre si allontanava, di udire ancora lo squillo del telefono di sopra, insistente e prolungato, ma si guardò bene dal tornare indietro: nello stato in cui si trovava l'immaginazione avrebbe potuto giocargli qualunque scherzo.

La sua auto era parcheggiata a non molta distanza in una piazzetta appartata, tuttavia i pochi minuti a piedi lungo le vie silenziose e deserte che lo separavano dal suo veicolo gli parvero un'eternità. Possibile che nessuno avesse udito? Che nessuno si affacciasse alle finestre o accendesse una luce? Più volte si fermò perché gli sembrava di udire alle spalle uno scalpiccio o addirittura un ansito bestiale e ogni volta riprendeva la sua strada affrettando il passo. Quando, giunto nella piazzetta, non trovò l'auto, fu preso dal panico e si mise a correre da una via all'altra, da un crocicchio a un altro con il cuore in gola, con il respiro mozzo. A ogni battito, a ogni respiro, il terrore montava e quell'ululato atroce sembrava ormai echeggiare contro ogni parete, sotto ogni arco, in fondo a ogni strada.

A un certo punto si impose con tutte le energie di controllare la paura che lo dominava: si appoggiò a un muro, fece un respiro profondo e si sforzò di riflettere. Evidentemente doveva aver parcheggiato l'auto altrove e tentò di ricostruire con lucidità i suoi movimenti. Si rimise in cammino e finalmente poté riordinare i propri pensieri e risalire al luogo in cui, in realtà, aveva parcheggiato la vettura. Salì a bordo, mise in moto e si diresse a velocità sostenuta verso la sua casa in Val d'Era. Ma, nello stesso momento, sentì che quell'abitazione isolata e quasi nascosta dalla vegetazione non sarebbe più stata il luogo ideale che gli era tanto piaciuto per il suo soggiorno a Volterra. Entrò di fretta, richiuse la porta dietro di sé e girò il catenaccio.

Si coricò stremato per le violente emozioni vissute nel suo primo giorno di attività in una città che si era immaginato tranquilla fino alla noia. Per qualche tempo tese l'orecchio, temendo che quell'urlo si facesse ancora sentire, poi cominciò a ragionare a mente fredda: la telefonata era stata l'opera di una mitomane che aveva qualche conoscenza fra il personale del Museo; l'urlo... be', l'urlo poteva essere stato qualsiasi cosa: un cane randagio che era stato ferito a morte, oppure, chissà, un qualche altro animale fuggito da un circo – succede a volte –; quanto all'auto, era solo la sua distrazione che gli aveva giocato uno scherzo: era semplicemente convinto di averla parcheggiata nel posto sbagliato. E anche questa era una cosa che gli era accaduta più di una volta e più di due.

Alla fine riuscì a addormentarsi cullato dallo stormire delle querce e dal mormorio del fiume in fondo alla valle.

II

Il tenente dei carabinieri Marcello Reggiani scese dalla
Land Rover di servizio e raggiunse a piedi in pochi minuti
il punto in cui era stato trovato il cadavere di Armando
Ronchetti, una vecchia conoscenza della Guardia di Finanza che più volte in passato lo aveva preso con le mani nel
sacco e cioè in procinto di smerciare gli oggetti razziati nelle
tombe etrusche della zona: vasi, bronzi, a volte perfino pezzi di affreschi che staccava dalle pareti con mezzi assai poco
ortodossi.

In questo tipo di operazioni Ronchetti era uno dei più
abili: andava in giro con il "forone", come lo chiamavano
gli specialisti, un palo di ferro appuntito con il quale prima
"sentiva" e poi perforava i soffitti delle tombe etrusche. Le
localizzava con segni che solo lui poteva riconoscere, poi
tornava con una batteria da automobile e una videocamera,
che faceva scendere nel vano sotterraneo e, con un comando a distanza, ruotare tutto intorno, osservando la ripresa
da un piccolo monitor a essa collegato. Richiudeva, camuf-
fava l'ingresso con la massima accuratezza e poi faceva cir-
colare il video negli ambienti adatti, sollecitando offerte a
base d'asta. Il migliore offerente si aggiudicava il tutto, oppure poteva anche succedere che vendesse per lotti: singoli
pezzi o singoli frammenti a clienti diversi.

Si diceva perfino che avesse fatto vincere un concorso
da associato a un suo nipote facendogli "scoprire" e poi

successivamente pubblicare una tomba inviolata di grande importanza documentale. Ovviamente con la premessa che lui si sarebbe tenuto il premio di rinvenimento, somma senz'altro ragguardevole, quando fosse stata erogata dalla Soprintendenza. Quello era stato l'unico guadagno in un certo senso legale di tutta la sua carriera, a parte qualche impiego saltuario come stagionale a raccogliere olive nei campi quando la sorveglianza delle forze di polizia si faceva troppo stretta.

Ed eccolo lì, il Ronchetti, aveva finito di mangiar pane a tradimento. "Diavolo" pensò Reggiani "che modo orribile di finire una carriera da tombarolo!" Era coperto da un lenzuolo ma il sangue era dappertutto e attirava un nugolo di mosche da ogni dove. L'ufficiale fece cenno ai suoi uomini di scoprire il cadavere e non poté evitare di contrarre il viso in una smorfia di ribrezzo. La bestia che aveva aggredito il tombarolo lo aveva massacrato. Il collo era stato praticamente divorato e non ne rimanevano che brandelli, il petto era dilaniato e una delle clavicole si intravedeva disarticolata dalla spalla, spezzata alla base del tronco.

«Lo ha visto il dottore?» chiese Reggiani.

«Gli ha dato un'occhiata ma aspetta di fare l'autopsia all'obitorio» rispose un carabiniere.

«E che cosa ha detto?»

«Che è stato un morso di potenza devastante...»

«Questo lo vedo anch'io. Ma un morso di che?»

«Mah, un cane randagio?»

«Sì, mia nonna! Ronchetti sapeva bene cosa fare con i cani randagi: uno come lui era in giro a tutte le ore del giorno e della notte, sempre in mezzo alla campagna. Sembra che gli abbiano strappato il collo e la gola con un morso solo, guarda lì.»

«Sì, anche il dottore ha notato questi segni di zanne, qui sulla spalla, che in effetti sono troppo grossi per essere quelli di un semplice cane...»

«All'anima del cane! Qui bisogna pensare a un leone o roba del genere. Ci sono circhi nei dintorni?»

«No, signor tenente» rispose il carabiniere.

«Zingari allora. A volte si portano dietro degli orsi...»

«Vedremo di controllare. Comunque qui in zona non ne ho visti.»

Il carabiniere ricoprì la salma con il lenzuolo. Arrivò il giudice istruttore poco dopo, un pivello di Rovereto che aveva vinto il concorso da un paio di mesi e vomitò anche l'anima appena vide quello spettacolo. Prese un po' di appunti, si fece dare alcune polaroid, lasciò detto di avvertirlo appena fosse pronto il referto del medico legale e se ne andò a vomitare il resto della sua prima colazione da qualche altra parte.

«Quelli della Finanza che cosa dicono?» chiese Reggiani al carabiniere.

«Se ho ben capito, signor tenente, le cose sono andate così: un paio di loro uomini dei reparti speciali in uniforme mimetica da campagna stavano battendo la zona perché avevano avuto una soffiata...»

«Di cui si sono ben guardati di metterci al corrente.»

«Naturale. Allora notano movimenti strani, sentono rumori sospetti: si appostano e vedono il Ronchetti e altri due tizi che non hanno potuto riconoscere che stanno scoperchiando una pentola.»

«Cioè stanno aprendo una tomba.»

«Precisamente. Danno l'altolà e quelli se la svignano chi da una parte e chi dall'altra sparando nei macchioni. Stanno quasi per agguantarne uno ma quello si butta giù, dritto per dritto, per un calanco ripido da far paura, poi salta su una bicicletta che aveva preparato nei pressi e si allontana a gran velocità in discesa lungo il sentiero del Rovaio. A quel punto ai finanzieri non rimaneva granché da fare: hanno chiamato uno dei loro per piantonare la tomba e sono andati a stendere il loro rapporto da consegnare alla Soprintendenza. Sul far dell'alba hanno mandato un altro agente per dare il cambio al primo ed è stato quello che ha fatto, come si dice, la macabra scoperta.

È stato allora che hanno avvertito anche noi ed eccoci qua.»

Reggiani si tolse il berretto, si sedette su un sasso all'ombra di una quercia e cercò di riordinare le idee: «Il dottore ha detto qual è il tempo stimato della morte di questo povero disgraziato?».

«Così a prima vista fra le due e le tre del mattino.»

«E che ora era quando quelli della Finanza li hanno sorpresi con le dita nella marmellata?»

«Le due precise, mi pare che abbiano detto.»

«E non si sono accorti di niente? Mi sembra impossibile.»

«Non so che dirle, signor tenente» rispose il carabiniere. «Forse sarà meglio attendere i referti definitivi. Il dottore ha detto che farà l'autopsia appena avrà ricevuto il cadavere.»

In quel momento si udì il suono di una sirena e un'ambulanza a quattro ruote motrici salì verso di loro: ne scesero due portantini con una barella, presero il corpo, lo caricarono sul veicolo e se ne andarono.

«Dov'è la tomba?» chiese Reggiani.

«Da questa parte, signor tenente» rispose il carabiniere incamminandosi prima lungo il sentiero e poi all'interno di una macchia di ginepri e di quercioli. Arrivarono in un punto dove alcune di quelle piante erano state sradicate da non molto tempo e le foglie cominciavano ad appassire. Venne fuori dal bosco il finanziere di guardia impugnando una pistola.

«Tranquillo» disse Reggiani «siamo noi.»

Una lastra di arenaria era stata smossa con un paio di palanchini a piede di porco che giacevano abbandonati da un lato e si poteva vedere distintamente l'apertura buia che dava all'interno dell'ipogeo.

«Una tomba a camera» spiegò il finanziere, che doveva aver fatto il corso accelerato alla facoltà di Conservazione dei Beni Culturali.

«Però» commentò Reggiani, «intatta?»

«Sembra di sì» rispose il finanziere. «Vuole dare un'occhiata all'interno, signor tenente?»

Reggiani si avvicinò all'apertura e si sedette sui talloni mentre il finanziere accendeva la torcia elettrica per frugare con il raggio luminoso all'interno dell'ipogeo. Reggiani poté vedere che era un vano abbastanza grande, forse quattro per tre e quindi doveva appartenere a una famiglia aristocratica, ma lo sorprese la mancanza quasi assoluta di arredo, a parte un affresco sulla parete di fondo che rappresentava quasi certamente Charun, il demone etrusco traghettatore dei morti. I sarcofagi erano due, uno di fronte all'altro, almeno per quanto si poteva vedere da quella limitata apertura. Uno era sormontato dalla figura di una donna coricata sul lettino triclinare, l'altro invece era nudo e quasi grezzo: un cassone di circa due metri e mezzo per uno e mezzo, coperto da una lastra di tufo. La vasca del secondo sarcofago era stata evidentemente tagliata nel sasso vivo e solo grossolanamente sbozzata, così come la lastra di copertura, ma il piano di battuta fra le due parti appariva abbastanza rifinito da garantire una chiusura quasi ermetica.

Reggiani notò che il tufo del suolo che fungeva da pavimento della camera, una pietra assai friabile della zona, sembrava striato da segni profondi in tutte le direzioni. «Interessante» commentò rialzandosi in piedi. Poi, rivolto al finanziere: «Allora noi andiamo. Tieni gli occhi aperti e se avete bisogno di noi sapete dove trovarci».

«Non dubiti, signor tenente» rispose il finanziere portandosi la mano alla visiera del berretto.

Reggiani tornò alla macchina e si fece accompagnare fino al suo ufficio in città. Detestava chiedere informazioni a quelli della Finanza ma sollevò il telefono e chiamò la centrale dei reparti speciali per scambiare qualche parola con gli uomini che avevano fatto l'appostamento. Ne poté ricavare qualche descrizione sull'aspetto dei due che erano scappati e sulla bicicletta utilizzata per fuggire lungo la viottola del macchione del Rovaio: una vecchia bicicletta da uomo nera con telaio a triangolo e manubrio arrugginito, come ce n'erano centinaia a Volterra e nelle campagne.

Si mise allora a frugare negli schedari per vedere se saltava fuori qualche faccia che somigliasse alle descrizioni dei finanzieri, in attesa che arrivassero i referti del medico legale. Era sempre così nelle piccole città di provincia: una noia mortale per mesi o anni, poi, all'improvviso uno con la testa quasi staccata di netto dal busto e praticamente nessun segno di colluttazione sulla scena del massacro. Di certo lo avrebbe chiamato il colonnello prima di sera per informarsi sullo stato delle indagini, e lui gli avrebbe risposto che per il momento si brancolava nel buio, che altro?

Diede tuttavia disposizione di controllare nel circondario se risultassero fuggiti animali feroci da qualche circo, da qualche campo di zingari o di giostrai o dalla villa di qualche eccentrico signore che si dilettasse nell'allevare illegalmente pantere, leoni o leopardi – una moda, stando a quello che si sentiva dire, abbastanza diffusa – e aspettò che arrivasse il referto del medico legale sulla necroscopia del Ronchetti.

Fabrizio arrivò al Museo poco prima delle nove e si sedette al suo tavolo per dare inizio alla sua giornata di lavoro. Aveva appena incominciato che sentì bussare alla porta ed entrò una ragazza carina, bruna di capelli, ben fatta e anche ben vestita, non il tipo di pallide vestali che spesso aveva incontrato nei musei e nelle soprintendenze.

«Ciao, sei Castellani, vero? Io mi chiamo Francesca Dionisi e sono ispettrice qui a Volterra. Il Soprintendente ti vuole.»

Fabrizio si alzò e uscì con lei. «Abiti da queste parti?» le chiese mentre percorrevano il corridoio.

«Sì, abito in contrada Oliveto, quella stradina che si stacca sulla sinistra dopo la prima curva sulla strada per Colle Val d'Elsa.»

«Ho capito» rispose Fabrizio. «Mi sembra che non abitiamo lontani: io sto nel podere Semprini in Val d'Era.»

Erano ormai davanti all'ufficio. «Ascolta» le chiese prima di entrare «tu hai sentito niente questa notte?»

«No, perché, cosa avrei dovuto sentire?»

Fabrizio stava per risponderle ma in quel momento salì Mario dalle scale. «Avete sentito? Hanno trovato il Ronchetti, il tombarolo, nelle campagne del Rovaio con la gola squarciata e la testa quasi staccata dal busto.»

«E come lo sai?» gli chiese un usciere.

«Ci ho mio cugino che guida l'ambulanza: l'ha visto bene, era massacrato. Dicono sia stata un belva, c'è chi dice un leone, chi un leopardo o una pantera che è scappata da un circo. Vi ricordate di quella pantera che scappò l'anno scorso a Orbassano? Ecco, una così.»

«Quando è successo?» chiese Castellani, improvvisamente pallido in volto.

«Mah, chi dice alle due chi alle tre. Stanotte, insomma.»

Fabrizio riudì nella sua mente, distinto, inconfondibile l'urlo ferino che aveva squarciato la notte mentre lui lavorava in silenzio nel Museo e un lungo brivido gli percorse la schiena.

Francesca lo riscosse: «Che cosa avrei dovuto sentire?».

«Mah... un urlo... un...»

Lei lo guardò sorpresa e incuriosita, era pallido e impacciato, sicuramente in preda a una forte emozione. «Vai che il Soprintendente ti aspetta» gli disse per toglierlo d'imbarazzo. «Ci vediamo più tardi se vuoi.» E l'introdusse nell'ufficio di Balestra.

«La disturbo se fumo?» chiese il Soprintendente con buona maniera. «Sto prendendo il caffè e ho l'abitudine di...»

«Anzi» rispose Fabrizio. «Forse ne ho bisogno anch'io, se me ne offre una, e magari anche un goccio di caffè, se c'è.»

Balestra gliene versò un poco dalla moka e gli passò una sigaretta. «Credevo non fumasse.»

«Infatti non fumo. Ma qualche volta fumo... cioè, se sono un po' teso.»

«Capisco. Quando si lavora a una cosa importante, succede.»

«Mi ha fatto chiamare: c'è qualche cosa?»

«Sì» rispose Balestra. «Abbiamo una grana.»

«Spero non per il mio permesso...»

«O no, stia tranquillo. Per quello non c'è problema. Si tratta di altro e spero che lei mi possa dare una mano.»

«Se posso, con piacere!»

«Allora» riprese Balestra. «Questa notte la Finanza ha sorpreso dei tombaroli mentre aprivano una tomba e mi hanno telefonato subito. Erano le due e mezzo. Io ho chiesto di mettere qualcuno di guardia che poi saremmo andati noi.»

Fabrizio si domandò se il Soprintendente sapesse della faccenda del Ronchetti ma immaginò di no e preferì comunque non parlarne, almeno per il momento. In fondo, ufficialmente non ne sapeva nulla nemmeno lui e la relazione confusa di Mario poteva benissimo essere esagerata.

Balestra prese ancora un sorso di caffè, aspirò una boccata di fumo dalla sigaretta e proseguì: «Mi chiedevo se lei non se la sentirebbe di andare a fare il sopralluogo e scavare quella tomba. Le posso dare un paio di operai, anche tre o quattro se è necessario. È un momentaccio, guardi: io sono pieno di lavoro fino agli occhi e ho delle scadenze che mi assillano, la dottoressa Dionisi è impegnata in uno scavo d'emergenza nella trincea dell'elettrodotto dell'ENEL, uno degli altri miei ispettori si è infortunato ed è a casa in malattia, un altro ancora è in ferie – meritate, poveraccio: ha lavorato tutta l'estate nell'insediamento villanoviano della Gaggera... –. Insomma, io di lei mi fido, so che ha già scritto e pubblicato numerosi interventi di questo genere, e dunque, come dire, io ho fatto il possibile per venirle incontro, se lei fosse così gentile...».

Fabrizio rimase impressionato da quella proposta: era inaudito che il Soprintendente non effettuasse di persona lo scavo di una tomba etrusca presumibilmente inviolata, presumibilmente di alta epoca: di certo era impegnato in qualche cosa di così grosso e di così importante che non poteva distogliersene per nessun motivo, nemmeno per occuparsi di un evento di quella portata.

Rispose comunque con sollecitudine: «Non lo dica neppure, Soprintendente, sono onorato della sua fiducia. Mi faccia sapere quando vuole che cominci...».

«Mi dispiace interrompere il suo lavoro, creda. So che per lei è molto importante ma non so proprio come fare e, guardi, sinceramente chiedere uomini a qualche collega non mi va perché dopo bisogna restituire il favore, poi ce ne sono di quelli che... be', meglio non parlarne...»

«Davvero» insistette Fabrizio, «davvero lo faccio volentieri. Mi dica quando desidera che cominci.»

«Bisogna cominciare subito, Castellani. Questa, lo vede lei stesso, è un'emergenza. Vada dalla Dionisi e si faccia dare gli uomini che le servono.»

Fabrizio terminò di bere il suo caffè, poi si congedò e uscì. Francesca Dionisi lo attendeva in corridoio come se avesse indovinato quale incarico gli era stato conferito. «Allora?» chiese «che cosa voleva il capo, se non sono indiscreta?»

«Vuole nientemeno che scavi la tomba che hanno scoperto questa notte.»

«Ah. La tomba del Rovaio.»

«Quella. Spero di non metterti i bastoni fra le ruote. Guarda, io sono qui per altro e...»

«Lo so, il fanciullo della sala Venti.»

Improvvisamente Fabrizio pensò alla voce femminile che aveva udito la sera prima al telefono: non avrebbe potuto essere la sua? Ma per quanto si sforzasse di ricordare non riusciva a collegare il timbro della voce al telefono con quello naturale di Francesca.

«A cosa stai pensando?» chiese lei.

«Oh, a niente, scusami.»

«Allora: no, non mi crei nessun problema, anzi mi fai un piacere e il Soprintendente te ne sarà grato. È un uomo che non dimentica chi lo aiuta e sono certa che in questo momento apprezzerà moltissimo la tua disponibilità.»

Francesca lo fece accomodare nel suo ufficio dove campeggiava su un piattino una mela verde, probabilmente il suo spuntino o, chissà, il suo pranzo.

«Senti, se ho tempo faccio un salto al Rovaio a vedere

che cosa stai tirando fuori; però non contarci perché sono incasinata anch'io fino ai capelli. Adesso ti firmo l'ordine di servizio per gli operai: quanti? Uno, due, tre?»

«Due mi basteranno.»

«Benissimo. Due.»

«Francesca.»

«Che c'è?»

«C'è una cosa che non capisco: il Soprintendente lascia per settimane la sua sede centrale di Firenze per venire a seppellirsi in questo ufficio periferico. Viene rinvenuta una tomba inviolata probabilmente clamorosa e lui non va nemmeno a darle un'occhiata, ma incarica dello scavo un esterno che per di più è un universitario che... Insomma, a me questa faccenda non quadra neanche un po' e mi chiedevo se...»

«Se io ne so qualcosa? Sì, caro, qualcosa ne so, ma fai finta che non ne sappia niente. È una roba grossa, più grossa di quanto puoi immaginare.»

Fabrizio pensò che se la ragazza avesse veramente voluto spegnere sul nascere la sua curiosità avrebbe semplicemente risposto che non ne sapeva nulla e continuò quindi a stuzzicarla: «Più di una tomba inviolata, diciamo di quinto o quarto secolo?».

«Di più.»

«Per la miseria.»

«Ecco, per la miseria. E adesso prendi i tuoi operai e vai al Rovaio a scavare quella tomba che poi me la racconti.»

«In pizzeria, stasera?» azzardò Fabrizio.

Francesca fece un mezzo sorriso: «Che fai, ci provi?».

«Ma cosa vuoi, sono solo come un cane e detesto mangiare da solo.»

«Ci penserò. Intanto vedi di fare un buon lavoro, che Balestra è pignolo come la morte.»

«Lo so. Ne ho sentito parlare.»

Scese in strada e aspettò il camioncino con gli operai, montò davanti vicino all'autista e partirono. Raggiunsero il luogo dello scavo mezz'ora dopo e il finanziere di guardia fu felice di tornarsene al comando a fare rapporto.

Fabrizio decise di effettuare uno scavo frontale, ovvero dall'ingresso principale della tomba, perciò, individuata la collocazione della facciata, cominciò a far rimuovere il terriccio che vi si era accumulato davanti nel corso dei secoli per l'erosione della collina che si ergeva alle spalle dell'edificio funebre, il quale certo non doveva essere l'unico nella zona. Forse il Ronchetti e i suoi amici avevano scoperto una nuova necropoli suburbana di Velathri, l'antica Volterra, la cui esplorazione completa avrebbe richiesto mesi, se non anni...

Ci vollero tutta la mattinata e una parte del pomeriggio per liberare la fronte dell'ipogeo: una struttura ricavata nel tufo a imitazione della facciata di una casa, con un portone a due ante – che recavano scolpite le maniglie a mo' di grandi anelli – e un frontone triangolare adorno con il simbolo della luna nuova, o almeno così gli sembrò di doverlo interpretare; non un segno, non un indizio che potesse portare all'identificazione dei defunti che riposavano all'interno della cella funeraria. Gli parve anche strano che sul piano di calpestio non si fosse trovato alcun resto, o reperto o prova anche minima di una frequentazione. Le tombe erano visitate molto spesso e nelle ricorrenze di varie cerimonie religiose e commemorative, e davanti al loro ingresso aveva quasi sempre trovato, in altre occasioni di scavo, le tracce dei riti sacrificali e delle offerte in onore dei defunti.

Cominciava a fare scuro quando si trovò di fronte alla porta. Tutto lo spazio davanti all'ingresso era stato pulito e rilevato. Nemmeno durante la rimozione dei depositi alluvionali si era trovato alcunché e neppure nello strato di calpestio delle aree immediatamente adiacenti alla tomba. Fabrizio tirò un profondo respiro e restò in piedi per un po', in silenzio, con la cazzuola in mano, davanti a quella porta chiusa, e molti pensieri gli attraversarono la mente, nessuno dei quali piacevole. La voce di Francesca, che era sopraggiunta in quel momento, lo riscosse e fu un sollievo.

«Bella. Non resta che aprirla.»

«Già. Domani, se tutto va bene.»

Poco dopo arrivò la camionetta della Finanza con due uomini per il turno di guardia.

«Hai fame?» chiese Francesca.

«Abbastanza. Ho mangiato solo un panino all'una con un bicchiere d'acqua minerale.»

«Allora andiamo. Conosco un posto simpatico dove si può anche chiacchierare in pace. Sali sulla mia macchina, poi ti riporto a casa io.»

Fabrizio salì e fece per chiudere lo sportello ma si fermò subito come se fosse stato colto da un pensiero improvviso. Tornò indietro dai due finanzieri, due ragazzi di forse venticinque anni, uno del Nord e uno del profondo Sud.

«Sentite, ragazzi. Non prendetela alla leggera. Questo non è un posto tranquillo: non per loro, poveretti, che non danno fastidio a nessuno – e indicò la porta della tomba –, ma per quella bestiaccia o che diavolo sia che ha scannato il povero Ronchetti. È ancora in giro, per quel che ne so.»

I due giovanotti mostrarono il mitra con il colpo in canna e la Beretta calibro nove lungo infilata nella fondina. «Stia tranquillo, dottore, che qui non succede un bel niente.» Si accesero una sigaretta ciascuno e quando Fabrizio si voltò, più avanti, prima di girare dietro una curva, le due braci sembravano gli occhi di un animale in agguato nel buio.

III

Il locale era una casa colonica trasformata in agriturismo lungo una stradicciola di campagna che si diramava dalla provinciale in direzione di Pisa. Servivano antipasti rustici con salame di cinghiale, ribollita e, volendo, una fiorentina.

Mentre lasciavano la strada asfaltata Francesca e Fabrizio videro un'Alfa dei carabinieri sfrecciare a tutta velocità in direzione di Pisa con la sirena innestata.

«Hai visto?» chiese il giovane. «Ma che cosa sta succedendo in questo posto? Io me lo immaginavo un luogo tranquillo, per non dire un mortorio...»

Francesca entrò nel cortile e parcheggiò sotto un olmo, poi si diresse all'ingresso del locale e cercò un tavolo libero. «Be', se è per questo il morto c'è, e non è detto che non se ne aggiungano degli altri...»

«Siediti, adesso ci portano il vino.»

«Povero disgraziato. Lo conoscevo sai, il Ronchetti, qui i tombaroli li conosciamo tutti: a volte è gente che fa quel mestiere da generazioni. Alcuni hanno sviluppato una vera e propria passione per la materia, qualcuno, mi dicono, si è perfino messo a studiare...»

Fabrizio l'ascoltava divertito e Francesca continuò: «In generale pensano di essere più bravi e più efficienti di noi e da un certo punto di vista è vero: loro non hanno le limitazioni del metodo scientifico, vanno a colpo sicuro e recuperano tutto il recuperabile nello spazio di pochi minuti. A parte gli scherzi, in una cosa ci superano, nella conoscenza del territorio: conoscono la loro terra palmo a palmo, si può dire che abbiano rivoltato ogni pietra, e qualcuno pensa addirittura di essere la reincarnazione di qualche antico personaggio del mondo etrusco. Ma forse ti racconto cose che conosci già...»

«Affatto. Sai, io vengo dall'ambiente universitario: i nostri sono scavi tranquilli, organizzati con tutto il tempo che ci vuole. Voi delle Soprintendenze invece siete sempre in trincea e immagino che qualche volta dobbiate affrontare anche situazioni rischiose.»

«Succede, benché questa volta siano stati i nostri concorrenti a incappare in qualcosa di terribilmente pericoloso a quanto mi è stato detto. Ma lasciamo perdere questo argomento, parlami piuttosto del tuo intervento oggi in contrada Rovaio.»

«Non c'è molto da dire. Hai visto anche tu che ho liberato la facciata. Però non ho trovato niente nello strato di sedimento. Tutto inerte. E nemmeno sul piano di calpestio.»

«O tenevano una gran pulizia o quello era un posto che nessuno frequentava...» ipotizzò la ragazza.

«Ci ho pensato anch'io. Dico, i cimiteri sono sempre stati luoghi frequentati: si vedono le impronte del passaggio prolungato, piccoli oggetti che la gente perde con l'andare degli anni e poi pesta sotto i piedi. Lì non ho visto il minimo segno. E il piano è quello, sono arrivato alla base del monumento, non c'è alcun dubbio. Ma secondo te per quale motivo?»

L'oste portò il vino e un piatto di salame e Francesca ne addentò una fetta gustando il forte sapore della carne di cinghiale. «È presto per affermarlo» disse «però è così: il sentiero che passa davanti a una tomba è sempre frequentato e qualcosa si vede o si trova. Quella gente non aveva un cane che portasse un'offerta o venisse a dire una preghiera, come si direbbe oggi. Hai visto qualche segno sulla pietra?»

«Mi è sembrato di vedere la sfera della luna nuova.»

«E cioè la luna buia.»

«C'è qualcosa che non va, vero?»

«Senti, è inutile congetturare. Domani apri e vedi come stanno le cose. Mi rode soltanto di non poterci essere. Almeno, non prima di mezzogiorno.»

«Vuoi che ti aspetti? Tiro per le lunghe con i rilievi, batto un po' di quote, faccio pulizia...»

«Ce n'è anche troppa di pulizia. No, tu vai avanti, che poi hai pure il tuo lavoro al Museo che ti aspetta.»

Fabrizio cercò a un certo momento di spostare il discorso dal campo professionale ad argomenti più personali, ma Francesca si metteva sulla difensiva, con cortesia, con una certa soavità addirittura, tenendo pur sempre le distanze. Si sentì allora improvvisamente scoraggiato e solo, senza un particolare motivo per continuare in quella schermaglia.

«Ho avuto paura ieri notte» disse all'improvviso.

«Mi hai detto di aver sentito qualcosa, infatti.»

«Un urlo. Atroce, belluino, un rantolo gorgogliante... una cosa da far rizzare i capelli in testa, te l'assicuro.»

«E l'hai messo in relazione con la morte di Ronchetti, non è così?»

«Tu che penseresti?»

«Oggi mi sono fermata sul posto mentre venivo da te. Non c'è il minimo segno in terra, né fra i cespugli. Se fosse stato un animale si sarebbe visto qualcosa, che so, rami spezzati, terreno smosso.»

«Allora?»

«Io ho le mie idee ma...»

«Mi interessano: forse mi fanno stare più tranquillo visto che vivo isolato in quella fattoria. Ancora un po' di vino?»

Francesca annuì. «Ci sono dei pastori sardi qui in giro, barbaricini. Gente dura.»

«Ne ho sentito parlare.»

«Metti che il Ronchetti fosse in società con qualcuno di loro che gli dava copertura...»

«Dalla Finanza?»

«Per esempio. Il pastore è dappertutto: ha modo di segnalare l'arrivo di chiunque...»

«Continua.»

«Metti che il Ronchetti avesse fatto uno sgarro, per esempio non avesse voluto dividere il bottino o non avesse passato parola riguardo a quest'ultima scoperta... L'uomo viene fatto fuori... strangolato, poi il cadavere viene portato altrove e uno dei cani da pastore – ne hanno di molto feroci – completa l'opera. In tal modo non si vedono i segni dello strangolamento...»

«E l'urlo che ho sentito io ieri sera?»

«Mah... possibile che non l'abbia sentito nessun altro?»

«Come puoi dirlo?»

«La città è piccola. Qui la gente si agita anche per il rumore di una foglia che cade, figurati per un ululato del genere. Il mattino dopo ne avrebbero parlato tutti.»

«Me lo sarò sognato allora.»

«Non dico questo. Ma sai, la notte amplifica i rumori e anche le sensazioni. Il verso di un randagio... credimi.»

«Sarà così, ma io mi sono portato il fucile da caccia e lo carico a pallettoni.»

«Sei un cacciatore?» chiese Francesca.

«Vado alla lepre talvolta. Perché, sei un'animalista?»

«Ho mangiato la fiorentina, mi pare.» E lo disse con un certo compiacimento felino. Fabrizio restò qualche momento in silenzio senza alzarle gli occhi in faccia, poi continuò: «E questa misteriosa faccenda che tiene prigioniero Balestra dentro al suo studio e lontano da Firenze?».

«Scusami, ma non te lo posso rivelare. Rischierei di dire cose inesatte perché nemmeno io ho notizie sicure... Solo voci... voci di corridoio.»

Fabrizio annuì come per dire "Non insisto".

Francesca ordinò il caffè. «Come te la passi al podere Semprini? È una casa bella grande, dovresti starci comodo.»

«Anche troppo» rispose Fabrizio. «È di quelle case di

una volta, da famiglia patriarcale, ci sono almeno sei camere da letto... un vero spreco per un uomo solo.»

«E la tua ragazza non viene mai a trovarti?»

Fabrizio si stupì di quella domanda che riportava la conversazione sul piano personale: evidentemente Francesca non amava raccontare i fatti propri ma le piaceva indagare su quelli altrui.

«No, visto che non ho alcuna ragazza. Mi ha piantato qualche mese fa, diciamo per motivi di differenza di classe. Credo che i suoi le abbiano cercato un marito più adatto al loro rango economico.»

«Deve essere seccante» commentò Francesca.

Fabrizio si strinse nelle spalle e rispose con un tono fermo: «Sono cose che capitano. Sopravviverò». Insistette per pagare il conto e Francesca lo ringraziò con un sorriso. Almeno non era una di quelle femministe assatanate e probabilmente sotto i jeans portava biancheria intima di un certo gusto. Verso le undici si alzarono e salirono in auto continuando a chiacchierare finché Francesca non si fermò davanti all'ingresso del Museo dove Fabrizio aveva lasciato parcheggiata la sua Punto. Non si era creata nemmeno l'atmosfera per un bacio sulla guancia e Fabrizio non ci provò. Disse solo: «Buonanotte, Francesca. Ho passato una bella serata, ti ringrazio per la compagnia».

Francesca gli sfiorò la guancia con la mano: «Sei un bravo ragazzo e meriti di farti strada. Anche per me è stato un piacere. Ti vedo domani».

Fabrizio accennò di sì con il capo, poi salì sulla sua Punto e si diresse alla fattoria. Aveva lasciato accesa la luce sul portone, per fortuna.

In quello stesso momento il tenente Reggiani entrava nel laboratorio di medicina legale a Colle Val d'Elsa. Il dottor La Bella, un uomo sulla sessantina di corporatura massiccia, gli venne incontro con il grembiule ancora sporco di sangue.

«Mi sono precipitato» disse Reggiani. «Allora?»

«Venga» rispose il medico e gli fece cenno di seguirlo prima nello spogliatoio e poi nel suo studio. La puzza di cadavere li seguiva dappertutto e vinceva perfino quella delle cicche accumulate in gran numero in due posacenere stracolmi sul tavolo del dottore. La Bella si accese una nazionale esportazione senza filtro, sigaretta praticamente introvabile, il che lo fece passare agli occhi di Reggiani per un professionista scrupoloso.

«Io non ho mai visto una roba del genere e faccio questo mestiere da trentacinque anni...» esordì. «Ho sondato le ferite con il manico del bisturi e sono andato giù tanto così» e appoggiò l'unghia del pollice su una biro in modo da evidenziare una profondità di oltre sei, sette centimetri. «Nessun cane, che io sappia, ha delle zanne di questa lunghezza. Tutto il plesso solare era disarticolato, le costole superiori strappate dallo sterno, le clavicole spezzate, un massacro. Della trachea non era rimasto quasi nulla. Neanche gli fosse venuta addosso una tigre, o un leone, altro che cane!»

Reggiani lo guardò dritto negli occhi scandendo le parole: «Non ci sono leoni in zona, né pantere o leopardi. Ho fatto passare al setaccio mezza provincia, ho allertato tutte le nostre stazioni, la polizia, i vigili urbani, perfino i pompieri. Non ci sono circhi né campi di zingari, né risulta che in alcuna residenza privata siano segnalati animali esotici. Ho fatto controllare i negozi di cibi per animali, macellerie, macelli e quant'altro per vedere se qualche cliente fosse solito approvvigionarsi di quantitativi sospetti di carne. Niente. Non il minimo indizio».

La Bella accese una seconda sigaretta con il mozzicone della prima rendendo in breve l'atmosfera del piccolo studio quasi irrespirabile.

«Eppure so bene di non sbagliarmi» ribadì. «Scovate quella bestiaccia, tenente, o fra poco mi troverò un altro disgraziato da sezionare sul mio tavolo operatorio.»

«L'orario della morte?»

«Su questo mi pare non vi siano dubbi: fra le due e le tre della notte scorsa.»

«Ma non ci sono altre analisi che potremmo fare? Che so, il DNA della saliva di questo animale... per stabilire almeno di che si tratta.»

La Bella spense anche la seconda sigaretta, poi tossì forte, una tosse grassa che sembrò soffocarlo per qualche istante. Quando riprese a respirare disse: «Quella è roba da film americani, caro tenente. Prima che la pratica venga espletata, di questo cadavere saranno rimaste sì e no le ossa. E poi sono analisi che costano un sacco di soldi. Si fanno giusto in casi di violenza carnale o stupri o cose del genere. Questo qua è solo un tombarolo di cui non frega un cazzo a nessuno».

«Vedremo» disse Reggiani alzandosi in piedi. «Ha già stilato la sua relazione?»

La Bella aprì un cassetto e ne trasse un fascicolo: «Eccola qua, bella e pronta».

Reggiani lo ringraziò, gli strinse la mano e si congedò. Prima di uscire si volse tenendo in mano la maniglia della porta: «Ma lei si sarà fatto un'idea, no?».

«Oh, sì» rispose La Bella. «Se dovessi rappresentarlo penserei a un animale del peso di almeno cento, centoventi chili, con zanne lunghe sei o sette centimetri, artigli poderosi e mandibole in grado di spezzare la schiena a un toro. Sì... una leonessa, per esempio, o una pantera: ho fatto controllare dalla scientifica se c'erano dei peli sul cadavere, ma nulla, non hanno trovato niente, una cosa incredibile, non pensa? E voi? Non vi è venuto in mente di cercare dei peli?»

Reggiani scosse il capo con aria di compatimento: «È la prima cosa che ho fatto. Ho fatto spazzolare il terreno per un'area di quattro o cinque metri quadri attorno al punto in cui è stato rinvenuto il cadavere del Ronchetti e l'ho passato alla scientifica».

«E allora?»

«Ci sono i capelli di Ronchetti ma per il resto niente, neanche un pelo di gatto.»

La Bella si alzò a sua volta per accompagnarlo all'uscita: «E allora io non so che dirle, caro tenente. Se proprio ci tiene cercherò di vedere se possiamo ottenere quest'analisi del DNA».

«Per favore. »

«Ma non le assicuro niente.»

«Naturalmente.»

Poco dopo l'Alfa blu di servizio partiva sgommando e spariva in direzione di Volterra. Appena arrivato nel suo ufficio Reggiani prese il telefono e compose il numero di un cellulare.

«Brigadiere Spagnuolo» rispose una voce dall'altra parte.

«Sono il tenente Reggiani. Come vanno le cose lì?»

«Tutto tranquillo, signor tenente. Fra mezz'ora ci danno il cambio, sia a noi che a quelli della Finanza.»

«Va bene, ma non vi rilassate, non giocate a ramino, non leggete i giornaletti, non riposatevi in macchina. Tenete gli occhi bene aperti e guardatevi il culo l'un l'altro perché siete in pericolo. Ripeto, in pericolo di vita. Sono stato chiaro?»

Ci fu un momento di incertezza dall'altra parte, poi la voce rispose: «Chiarissimo, signor tenente, staremo attenti».

Reggiani guardò l'orologio: era l'una del mattino. Si slacciò la cravatta e la giubba, si appoggiò allo schienale della sedia e sospirò. Gli sembrava che quella notte non dovesse mai passare.

Fabrizio uscì di casa alle sette e si diresse immediatamente al luogo dello scavo dove un carabiniere di guardia lo salutò.

«È andato tutto bene questa notte?» chiese Fabrizio.

«Benissimo. Non s'è mossa una foglia, non s'è vista un'anima.»

«Meglio così. Se volete, per me potete anche andare.»

«Il signor tenente ha detto che è meglio che uno di noi resti sempre qua per ogni evenienza, non si sa mai. Fra un po' verrà il mio collega a darmi il cambio e spero anche che mi porti un caffè caldo.»

«Ce l'ho io» disse Fabrizio svitando il tappo del suo thermos. «Prima del terzo caffè non sono mai sveglio del tutto e quindi ne ho sempre una scorta con me. E poi vedo che gli operai non sono ancora arrivati.»

Si sedette su una pietra di tufo ben levigata, mentre il carabiniere rimaneva in piedi con la mano sinistra appoggiata al grilletto del suo MAB e sorbirono in pace il caffè nell'aria fresca della mattina. Una bella mattina di ottobre in cui le foglie degli alberi cominciavano a cambiare di colore e le bacche dei biancospini e delle rose canine prendevano accese tonalità di rosso e di arancio.

Arrivò il camioncino con gli operai e gli attrezzi e Fabrizio si avvicinò allo sportello di guida. «Secondo me questo portone è incernierato su cardini, roccia su roccia. Dobbiamo creare sotto i battenti una luce di almeno cinque centimetri, pulire i cardini con un leggero getto d'acqua e poi vedere se riusciamo a farli scorrere spingendo all'indietro.»

Gli operai iniziarono a lavorare, prima con i picconi mettendo in luce un fermo trasversale che fu rimosso con cura in capo a un'ora di lavoro, e poi con le piccozze sotto i battenti del portone. Quando ormai non restava che un leggero diaframma di terriccio pressato, Fabrizio intervenne personalmente rimuovendolo con la cazzuola, centimetro per centimetro, fino a penetrare nello spazio interno.

Lo scambio con l'aria esterna gli portò alle narici soltanto odore di terra umida. L'odore dei millenni, inconfondibile alle narici di un archeologo, se n'era andato con la prima rozza apertura della volta da parte dei tombaroli. Quando tutto lo strato inferiore ai battenti fu libero, si fece passare la pistola di un piccolo compressore elettrico collegato al generatore di corrente e liberò dal terriccio i cardini, lavandoli accuratamente a pressione. Ora non c'era altro da fare che aprire i battenti.

Si alzò in piedi e fece cenno agli operai di avvicinarsi. Uno da una parte e uno dall'altra con lui al centro che premeva nel punto di congiunzione dei due battenti. Cominciarono a spingere con forza uniforme e costante sotto la direzione di Fabrizio che continuava a dire: «Piano, piano... non abbiamo nessuna fretta. Ecco, così, ancora un po-co...».

I due battenti si separarono finalmente uno dall'altro con un lieve scricchiolio di sabbia macinata nei cardini, lasciando filtrare all'interno il primo raggio di sole dopo duemilacinquecento anni. Il ghigno di Charun, il traghettatore dei morti, fu quello che apparve subito a Fabrizio, un affresco di buona qualità, opera probabilmente di un artista tarquiniese, valutò a prima vista l'archeologo. Ordinò di spingere ancora finché i battenti si scostarono a sufficienza per permettere con agio l'ingresso di un uomo. Si voltò indietro, prima di entrare, ricordandosi delle parole di Francesca e per vedere se la ragazza fosse apparsa per condividere con lui quel momento così emozionante. Ma non vide nessuno.

Erano le dodici precise quando passò sotto il segno della luna buia e varcò la soglia dell'antico sepolcro. Si guardò intorno per abituare lo sguardo alla penombra dell'interno e al contrasto tra la parte illuminata frontalmente dal sole e quella lasciata nell'oscurità.

Era là, alla sua sinistra, che si distingueva il corpo sdraiato di una donna scolpito morbidamente in un blocco di alabastro. Rappresentava una persona ancora nel fulgore della sua bellezza ma di età indefinibile, forse trentenne, appoggiata sul gomito destro in modo che il suo sguardo si posava, quasi, sull'altro sarcofago che le stava davanti, lungo la parete della tomba opposta a lei: nudo e scabro, scolpito in un blocco di arenaria appena sbozzato, senza alcuna rifinitura e men che meno decorazione.

La figura femminile era adorna dei suoi gioielli: una collana, un bracciale, anelli e orecchini, e portava i capelli raccolti sulla nuca e cinti da un nastro. Il volto, reso nel pallido incarnato dell'alabastro, era di straordinaria dolcezza e al tempo stesso di una fierezza intensa e dolente.

"Una situazione strana, inquietante" pensò Fabrizio avvicinandosi al sarcofago e percorrendone l'orlo con la mano. Ma proprio quel gesto gli rivelò una situazione inaspettata: il sarcofago era stato scolpito in un unico blocco, in altre parole era quasi sicuramente massiccio ed era dunque da considerarsi un cenotafio, una bara in cui non era sepolto nessuno. Una cosa rara, per non dire unica: non ricordava di avere mai visto niente del genere. Controllò ancora attentamente sui fianchi e nella parte posteriore ma non vide un segno che potesse indicare una separazione fra coperchio e cassa, e poi non c'era un nome o una parola di qualunque genere, anche questo un fatto assai inusuale.

Si volse a quel punto dall'altra parte e fu subito impressionato dai profondi segni incisi disordinatamente sul pavimento, come se artigli d'acciaio lo avessero graffiato durante una spaventosa colluttazione. Non riusciva a pensare ad altro in quel momento che a zanne e ad artigli, e a un urlo feroce che lacerava la notte e gli gelava il sangue. Cominciò a prendere misure e a disegnare la pianta della tomba con la collocazione dei vari oggetti. Lanciava ogni tanto un'occhiata al misterioso sarcofago grezzo che aveva davanti, come se volesse rimandare al più tardi possibile l'incontro con ciò che conteneva.

Uscì verso l'una per mangiare il suo panino, prendere un po' d'aria e vedere se per caso non arrivasse Francesca. Ci avrebbe tenuto che assistesse all'apertura del cassone. I carabinieri avevano un fornellino a gas, prepararono il caffè e anche Fabrizio ne bevve un sorso prima di rimettersi al lavoro. Gli operai avevano portato l'attrezzatura necessaria: piazzarono due cavalletti davanti e dietro il sarcofago, vi appoggiarono un travetto trasversale e a quello appesero un verricello elettrico collegato a un generatore di corrente. Dal verricello fecero scendere un cavo con un anello al quale agganciarono quattro cavi separati che terminavano con quattro angolari di alluminio, opportunamente sagomati, da applicare ai quattro spigoli del coperchio.

Fabrizio si assicurò che non vi fossero fratture e alle tre e un quarto precise del pomeriggio fece cenno di accendere l'interruttore che azionava il verricello a velocità minima. Le quattro funi d'acciaio si tesero nello stesso istante, il coperchio si sollevò lentamente senza il minimo rumore e l'interno del grande cassone apparve come un vano completamente buio in cui non era possibile distinguere alcunché. Ma questa volta sì che lo percepì il fiato dei millenni: un sentore di muffa e di pietra umida, di polvere e di chiuso, un odore indefinibile le cui diverse componenti avevano avuto tutto il tempo di decomporsi e di riaggregarsi mille volte con il passare delle stagioni, dei secoli, delle ere, del caldo e del freddo e, soprattutto, del silenzio.

Accese la torcia e ne diresse il raggio all'interno. Lo spettacolo che emerse d'un tratto dal buio gli gelò il sangue e gli mozzò il respiro. Si aspettava un'urna con le ceneri di un defunto e vicino gli usuali oggetti di corredo del rito funerario e invece gli si offrì alla vista una scena di orrore su cui si era posato soltanto il sottilissimo velo di polvere caduto durante i secoli dalla parte inferiore del coperchio di arenaria.

Vide un groviglio di ossa umane e ferine mescolate insieme e quasi fuse da una furia e da una ferocia senza limiti: enormi zampe artigliate, una mandibola disarticolata da cui sporgevano zanne mostruose, un corpo umano quasi non più riconoscibile: ossa in frantumi, arti maciullati, un cranio sfracellato in cui si riconosceva a malapena l'arcata dentale superiore spalancata sulla mandibola in un grido di dolore non più udibile, ma presente, disperato, immortale. Sia le pareti che la parte inferiore del coperchio erano solcati dai profondi graffi che Fabrizio aveva visto anche sul pavimento accanto alla tomba.

Non potevano esserci dubbi: un essere umano era stato sepolto assieme a una fiera ancora viva che ne aveva dilaniato il corpo e si era dibattuta in preda a spasimi atroci all'interno di quell'angusta prigione di pietra prima di morirvi soffocata. Al cranio dell'uomo aderivano ancora dei frammenti della stoffa grezza che l'avvolgeva al momento della sepoltura, e anche questo dettaglio sembrava non lasciare dubbi sul rito spaventoso che ne aveva provocato la morte.

Fabrizio si ritrasse dal sepolcro pallido e madido di sudore freddo, mormorando: «Oh, Cristo, Cristo! Un... Un *Phersu*...».

IV

Francesca arrivò verso le diciassette e vide che gli operai avevano caricato sul camioncino il sarcofago di alabastro «a cenotafio» con l'immagine della dama sdraiata sul lettino funebre e stavano scollegando i cavi del verricello. Vide il portone aperto ed entrò. Fabrizio era appoggiato all'orlo del cassone grezzo con il capo e le braccia protese verso l'interno.

Si alzò quando sentì i suoi passi e lei restò impressionata dall'espressione del suo volto: sembrava che tornasse dall'inferno.

«Che ti succede? Hai un aspetto orribile.»

«Sono un po' stanco.» Le fece cenno di avvicinarsi. «Guarda qui. Hai mai visto una cosa simile?»

Francesca si sporse a guardare l'interno del cassone e il suo sorriso si spense d'un tratto: «Santo Dio... ma è...».

«Un *Phersu*... secondo me è un *Phersu*. Guarda il cranio: ci sono ancora attaccati brandelli del sacco in cui gli avevano chiuso la testa.»

«È una scoperta sensazionale: io credo che sia la prima volta che si trova la prova archeologica di quel rito, finora attestato solo nell'iconografia, se non sbaglio.»

«È così, eppure non riesco a esserne né contento né soddisfatto. Quando ho sollevato il coperchio e ho visto questa scena mi è quasi venuto un colpo. Mi ha fatto un effetto come se fosse appena successo.»

«È normale» commentò Francesca. «È successo anche a me quando ho scavato il molo di Ercolano assieme a Contini: quelle scene di morte e di disperazione cristallizzate nel tempo non avevano perso la loro carica di dramma umano... almeno per me.»

«Che cosa poteva aver fatto questo povero disgraziato per meritare una cosa simile?»

«Sai bene che erano già morti quando li chiudevano nel sarcofago...»

«Ammettiamo che sia così, ma prima? Hai visto questa bestia? Io... io non ho mai visto una cosa simile...»

Francesca si sporse ancora a sbirciare l'interno con ritegno, quasi con timore: «Che cos'è secondo te?».

«Sembra un cane, ma...»

«Sembra anche a me, ha il muso allungato ma è... è enorme. Avevano cani di queste dimensioni a quei tempi?»

«Non me lo chiedere, non ne ho la minima idea. Stasera voglio chiamare una mia amica a Bologna, Sonia Vitali, che è una specialista di paleozoologia. Le manderò le foto e poi le domanderò di venire a vedere queste ossa...»

«E adesso che cosa fai?»

«Ho fotografato tutto sia su pellicola che in digitale, ho posizionato ogni reperto all'interno del cassone. Adesso rimuovo i resti.»

«Balestra lo sa?»

«L'ho chiamato in ufficio e sul cellulare ma non sono riuscito a trovarlo. Tu l'hai visto?»

«Non sono passata dal Museo... però mi pare strano. Credo che gli farebbe piacere vedere la situazione in originale.»

«Lo credo anch'io, ma sia la Finanza che i carabinieri hanno problemi ad assicurare ancora la sorveglianza e così ho fatto caricare il sarcofago di alabastro sul camioncino e adesso rimuovo tutto quanto. Non mi fido a lasciare questa roba incustodita. Non c'è niente di valore, però...»

«Allora ti aiuto» disse Francesca. E si mise all'opera raccogliendo assieme a Fabrizio ogni frammento, ogni pezzo di quella tragedia e riponendolo nelle cassette di plastica. Furono apposti dei cartellini gialli su di esse con scritto: «Tomba contrada Rovaio: sarcofago A, reperti ossei animali e umani», un'espressione vaga e confusa come la situazione emersa dall'apertura di quel sarcofago.

All'interno della grande camera non rimase altro che il cassone grezzo sul quale venne nuovamente deposta la pesante lastra di copertura. Le cassette furono sistemate per ultime sul camioncino, appoggiate su uno strato di gommapiuma, avvolte in un telo di iuta e rinchiuse in sacchi di plastica per proteggerle dalla disidratazione. Erano le sette e mezzo quando tutto fu pronto.

«E la porta?» chiese Francesca. «Conosco gente che ci farebbe un sacco di soldi vendendola a qualche ricettatore in Svizzera.»

«Pesa una cifra» rispose Fabrizio «e ci vorrebbe un'autogru da trenta tonnellate: non riuscirebbe mai a passare per questo sentiero e i carabinieri hanno detto che comunque faranno due o tre passaggi con la jeep questa notte. Mi pare che possiamo stare tranquilli. Quando torna Balestra gli chiederemo il da farsi.»

Francesca annuì: «Per la miseria, non sembri neanche un imbranato di universitario, potresti essere un ottimo ispettore».

«Grazie. Immagino che sia un complimento.»

«Lo è, infatti. Senti... hai fatto un ottimo lavoro.»

«Non era difficile. Non c'era stratigrafia, solo i due sarcofaghi.»

«Hai fatto un po' di ricognizione in giro?»

«Ieri. Soprattutto sulla sommità. Ho recuperato qualche frammento di bucchero, roba da poco. È nel sacchettino di plastica trasparente.»

Francesca diede istruzione agli operai su dove collocare il sarcofago di alabastro e le cassette con le ossa. Due uomini chiusero e bloccarono i pesanti battenti di pietra della porta e l'immagine di Charun dipinta sulla parete di fondo ripiombò nell'oscurità, muto e solitario custode di una tomba vuota.

Il capo operaio mise in moto il camioncino e partì con molta cautela, al minimo, seguito dalla jeep dei carabinieri. I due giovani rimasero soli, uno di fronte all'altra davanti alla porta chiusa dell'antico mausoleo. Scendeva la sera e l'orizzonte si spegneva lentamente sulla boscaglia del Rovaio.

«Va meglio?» chiese Francesca sommessamente.

«Sì... ma guarda che...»

«Lo so, non è niente, però avevi una brutta cera quando ti ho visto. È normale... succede. Non capita tutti i giorni di vedere una scena del genere. Anch'io sono rimasta impressionata. Un simile concentrato di orrore... io non...»

«E ora mi spiego anche quei graffi sul pavimento.»

«E cioè?»

«È stato quell'animale mentre cercavano di forzarlo vivo dentro quella tomba.»

«Ma come avranno fatto?»

«Con dei cappi legati al collo, forse anche alle zampe... non riesco a immaginarmi la scena... Quegli artigli hanno scavato la superficie dell'arenaria, immagina sulla carne di un uomo...»

«Cristo.»

«Già» e alzò le spalle. «Be', non vale la pena pensarci più di tanto. È successo duemilacinquecento anni fa su per giù. Non possiamo ormai farci granché. E magari era davvero un bastardo che meritava di crepare. Comunque non lo sapremo mai.»

Francesca non raccolse la fiacca battuta di spirito del suo compagno. Cambiò discorso: «E la dama?».

«Sua moglie, direi.»

«Forse.»

«O sua sorella.»

«Meno probabile, secondo me. Quel finto sarcofago mi sembra comunque una dichiarazione d'amore.»

Fabrizio estrasse dal taschino della camicia una polaroid

che aveva scattato un'ora prima e guardò i meravigliosi lineamenti della dama di alabastro: «Lasciami indovinare il tuo pensiero: il *Phersu* era lo sposo di questa donna stupenda che ha continuato a credere alla sua innocenza anche dopo l'ordalia e non potendo farsi seppellire in un luogo maledetto ha voluto comunque che la propria immagine vi venisse collocata per lenire lo strazio del marito ingiustamente dannato per l'eternità.»

Francesca lo guardò con un sorriso lieve: «Ti sembra così strano?».

«No, per nulla. E poi non saprei come spiegarmi altrimenti la presenza di un cenotafio femminile in questo posto.»

Francesca si rese conto che a Fabrizio sarebbe piaciuto prolungare altrove la conversazione ma si scusò: «Mi spiace, non posso tenerti compagnia questa sera. Devo andare dai miei a Siena. Mia madre non si sente molto bene».

«Non ti preoccupare, ci vediamo domani o posdomani. E poi non avevo voglia di mangiare. Stasera prendo una tazza di latte e vado a dormire.»

«Allora, ciao...»

«Ciao, Francesca.»

La ragazza salì sulla sua auto, mise in moto e partì. Fabrizio aspettò che si fosse diradata un po' la polvere e poi partì anche lui. Poteva vedere a circa un chilometro davanti a sé i fari della Suzuki di Francesca che rischiaravano il sentiero e sentire il ronzio del suo motore in lontananza. Mise una cassetta di Mozart nello stereo cercando di calmarsi. A un tratto, mentre stava per immettersi sulla strada asfaltata, gli sembrò di nuovo di percepire quell'ululato, ma il suono, se pure lo aveva udito, fu subito coperto dalla sirena dei carabinieri, ed egli tirò un sospiro di sollievo.

Per poco. Cercavano lui.

«Grazie a Dio l'abbiamo trovata, dottore» disse il brigadiere Spagnuolo scendendo, in stivali e mimetica, dalla jeep.

«Perché, che cosa succede?»

«Ne hanno trovato un altro, dieci minuti fa.»

«Un altro di che?»

«Un altro cadavere sbranato da quella bestia. Questo è praticamente senza faccia e sarà ancora più difficile identificarlo. L'ha trovato il Farneti mentre tornava dal caseificio e ci ha chiamati subito. Il signor tenente ha lanciato una battuta gigantesca.»

Fabrizio alzò gli occhi al cielo e vide un elicottero che scandagliava con il faro di prua il bosco di querce tra i macchioni del Rovaio e i calanchi della Gaggera.

«Senta, la dottoressa l'avete vista?»

«Sì, è andata verso Colle Val d'Elsa.»

«Bene.»

«Lei non ha visto o sentito niente prima di arrivare qui?»

«Niente di niente.»

«Meglio così. Ma penso che il signor tenente verrà a farle visita domattina. Dove possiamo trovarla?»

«Al Museo, dopo le nove mi trovate di sicuro al Museo.»

Spagnuolo salutò portando la mano alla visiera del berretto, salì sulla jeep e partì a tutta velocità. Fabrizio ripartì a sua volta e si diresse verso casa: era stanco morto e fortemente eccitato al tempo stesso. L'idea di un altro cadavere così straziato lo spaventava e non poteva scindere in alcun modo la scena che aveva visto all'interno di quel cassone dal massacro che si era appena consumato in qualche angolo isolato della campagna di Volterra.

Prese il telefono e chiamò il cellulare di Francesca: «Dove sei?».

«Vicino a Colle, sto per immettermi sulla superstrada, perché?»

«Grazie al Cielo.»

«Come mai?»

«Ne hanno trovato un altro, mezz'ora fa.»

«Di che cosa?»

«Un altro disgraziato massacrato da quel mostro. Spagnuolo mi ha detto che questo è praticamente senza faccia, o senza testa, non ricordo più.» Francesca non rispose. «Mi senti?»

«Ti sento, sì» replicò la ragazza. «E sono sconvolta.»

La comunicazione si interruppe: probabilmente non c'era più segnale. Ma Fabrizio si sentì più tranquillo. Francesca si trovava ad almeno trenta chilometri dal teatro del massacro. Avrebbe voluto chiamare i carabinieri e chiedere se c'era stata qualche possibilità di identificare il cadavere, perché avrebbe giurato che si trattava di uno dei tre tombaroli che avevano tentato di aprire la tomba della contrada Rovaio, ma si diede dello stupido, vergognandosi di farsi impressionare e di pensare a fantasiose maledizioni etrusche come un dilettante.

Finalmente a casa, sciolse dell'orzo in una tazza di latte e si sedette a lavorare al suo computer. Mise un po' di musica, caricò il programma grafico e cominciò a esaminare le immagini del fanciullo della sala Venti del Museo. Integrò le radiografie con le immagini tridimensionali e prese a far ruotare nello spazio la figura cercando di posizionare quella strana sagoma in un modello il più possibile realistico.

Era passata la mezzanotte quando si convinse che l'ombra che si era manifestata nelle radiografie poteva essere interpretata come il profilo di una lama. La lama di un coltello che fosse penetrata in profondità nel corpo del ragazzo!

Scosse il capo ripetutamente come se volesse scacciare un pensiero fastidioso, poi si alzò, fece un giro intorno alla sala, andò al frigorifero a prendere un bicchiere d'acqua cercando di recuperare lucidità. Erano passati solo tre giorni da quando era arrivato e gli sembrava di essere precipitato in un vortice di pazzia. Non aveva più il controllo delle proprie emozioni e gli pareva che il suo abituale modo di accostarsi ai documenti e agli oggetti di ricerca venisse deformato dal succedersi tumultuoso degli eventi. Si sentiva, ogni momento di più, calare senza scampo in una dimensione ansiosa e distorta.

Tornò davanti allo schermo a osservare l'immagine del fanciullo che continuava a ruotare nello spazio virtuale generato dalla macchina come se galleggiasse in un suo limbo fuori dal tempo.

Com'era possibile? Che ci faceva quell'intrusione nel corpo della statua, perché nessuno se n'era accorto fino ad allora? E come era stata inserita, e perché? Aveva forse un significato, conteneva un messaggio? E se sì, era un messaggio del committente o dell'artista? Purtroppo dagli elementi a sua disposizione non risultava alcuna notizia sul contesto da cui quella statua proveniva che potesse essergli utile. Pensò che non aveva altra scelta che chiedere a Balestra un sondaggio metallografico se voleva risolvere il rompicapo e arrivare a una pubblicazione che avesse un fondamento documentale accettabile. Forse il Soprintendente gli sarebbe stato grato per l'intervento in contrada Rovaio e sarebbe stato disponibile alla sua richiesta. Gli sarebbero bastati pochi milligrammi di materiale per sapere se aveva visto giusto. Sì, l'indomani glielo avrebbe richiesto esplicitamente.

Gli restava ancora una cosa da fare: collegò al computer la fotocamera digitale con cui aveva effettuato le riprese dei resti ossei trovati nella tomba, scaricò due o tre fotografie in un file e l'inviò come allegato a Sonia Vitali con un testo di accompagnamento:

Ciao Sonia,

ieri ho scavato a Volterra su incarico del Soprintendente una tomba etrusca di quarto, terzo secolo e – tieniti forte – ho ragione di ritenere che si tratti della sepoltura di un *Phersu*! Assieme alle ossa dell'uomo ho trovato infatti lo scheletro di un animale – un lupo, o un cane, non saprei – di proporzioni gigantesche. A un primo esame sommario, secondo me misurava almeno un metro e dieci al garrese, era lungo dalla punta del muso alla coda più di due metri e aveva zanne di sei, sette centimetri di lunghezza. Ti accludo una foto in modo che tu mi possa dare il tuo parere, con la raccomandazione di non farne parola con nessuno. Se per caso ti interessa esaminarlo da vicino, credo che Balestra non avrebbe problemi ad affidarti lo scheletro e a consentirti sia di studiarlo che di pubblicarlo. Ti lascio i miei numeri di telefono. Fatti viva appena puoi. Fabrizio.

Si sentiva più tranquillo ora e stava per alzarsi e andare finalmente a riposare quando il telefono si mise a squillare. In quel silenzio profondo della notte il trillo insistente gli suscitò un senso angoscioso di allarme, una spiacevole sensazione di solitudine e di insicurezza. Pensò che doveva essere Francesca o Spagnuolo o qualcuno dalla Guardia di Finanza ma dentro di sé temeva che fosse invece qualcun altro. Alzò il ricevitore e una voce che aveva già udito gli intimò: «Non disturbare la pace del fanciullo. Vattene, è meglio per te».

«Senti» rispose Fabrizio più rapidamente che poté. «Non mi fai impressione. Io...» Ma non ebbe la possibilità di proseguire. La comunicazione era stata interrotta.

"Benissimo" pensò fra sé. L'indomani avrebbe chiesto a Reggiani di mettergli sotto controllo tutti e due i telefoni, quello del Museo e quello di casa, e il cellulare per giunta. Così avrebbe avuto presto la soddisfazione di vedere in faccia la signora che si divertiva a fargli quegli stupidi scherzi. Pensò anche che forse lei lo aveva chiamato perché da qualche parte nei dintorni vedeva la sua luce accesa, o addirittura vedeva lui seduto davanti allo schermo del computer. Avesse almeno avuto un cane!

A ogni buon conto chiuse le imposte, spense il computer, andò alla parete, staccò il fucile da caccia, un Bernardelli automatico a cinque colpi, e lo caricò con cinque cartucce a pallettoni. Poi andò verso le scale per salire in camera da letto.

Il telefono squillò ancora.

Si arrestò un momento con il piede sul gradino come se stesse riflettendo, poi tornò indietro e sollevò il ricevitore: «Senti, stronza, non credere di...».

«Fabrizio! Sono Sonia, mi dispiace, credevo fossi ancora sveglio...»

Il giovane liberò un lungo sospiro: «Ah, scusami, non ce l'avevo con te, io...».

«Sono tornata in questo momento dal convegno a Padova, ho visto la tua mail e non ho resistito... Ma chi è questa stronza a cui ti rivolgevi?»

«Mah, non lo so. Una che rompe i coglioni chiamando a ore strane e...»

«Senti, ho visto le foto: è incredibile. Ma le misure che mi hai mandato sono giuste?»

«Centimetro più, centimetro meno.»

«Non ci posso credere: davvero pensi che me lo facciano pubblicare?»

«Non vedo perché no.»

«Ci parli tu con Balestra?»

«Ci parlo io. Ma secondo te che cos'è?»

Sonia restò in silenzio per qualche secondo: «Se devo dirti la pura verità, non so cosa dire. Non ho mai visto un animale di questa taglia in tutta la letteratura scientifica. È un mostro».

La voce di Fabrizio si fece strana, apprensiva: «Che cosa intendi dire?».

«Be', soltanto che non ho mai visto una roba simile e anche adesso, sinceramente, anche adesso, mettiamo un molosso caucasico, che già è un gigante, non raggiunge questa taglia.»

«Ma allora che cazzo è? Voglio dire, sei tu l'esperta, come te lo spieghi?»

«Ehi, ma che cos'hai? Com'è che sei così nervoso? Di', ti ho svegliato, eri già a letto? Anzi, eri a letto con qualcuna?»

«No, scusami, non volevo essere scortese. Insomma, non sai dirmi che cos'è?»

«Dovrebbe essere un canide, ma di così enormi non ne ho mai visti. Un esperto è esperto per quello che ha studiato e che ha visto, Fabrizio, lo sai meglio di me, e io non ho mai visto nulla del genere e nessun altro, a quanto ne so, te lo assicuro. Potrei pensare a qualche razza antica che non conosciamo... a una mutazione genetica forse, che ti devo dire?»

«È una possibilità, certo... Senti, fai una cosa, vieni qui appena puoi, ne parlo io con il Soprintendente.»

«Guarda che io parto anche domani» rispose la ragazza decisa.

«Magari domani no. Dammi un giorno o due. Ti chiamo appena so qualcosa.»

Ci fu un attimo di silenzio e in quello stesso istante risuonò l'ululato che Fabrizio aveva udito la prima notte. Un lungo, disperato lamento che salì di forza e d'intensità fino alla vibrazione più spaventosa, quella di un urlo agghiacciante, come di belva ferita, un rantolo atroce dal timbro quasi umano.

Fabrizio si irrigidì gelato dal terrore mentre la voce di Sonia risuonava piena di angoscia nel ricevitore: «Mio Dio... ma... ma che cos'è?».

«Non lo so» rispose Fabrizio meccanicamente. Appese il ricevitore, afferrò il fucile e mise il colpo in canna.

V

Il dottor La Bella spense il mozzicone nel posacenere, si tolse gli occhiali con gesto lento e studiato e cominciò a pulire le lenti con un fazzoletto candido.

«Allora?» chiese il tenente Reggiani con un tono quasi spazientito.

«È come avevo detto, caro tenente, ricorda? Se non prendete quella bestia presto avrò altri corpi maciullati sul mio tavolo anatomico. Ed eccoci qua.»

«Vorrei solo sapere se è certo che si tratti della stessa causa» disse Reggiani.

«Io non ne dubito» rispose La Bella «anche se non posso affermarlo in assoluto. Comunque, se vuole dargli un'occhiata...» Si alzò e si diresse verso le celle frigorifere.

Reggiani avrebbe voluto dire che no, che a quel punto non gli interessava, ma lo seguì per dovere d'ufficio. La Bella afferrò la maniglia di uno sportello, tirò verso di sé fino a che la salma, coperta da un telo, sporse fino all'altezza della cintola, e sollevò il lenzuolo.

«Cristo santo» mormorò Reggiani distogliendo quasi subito lo sguardo. «È perfino peggio di quell'altro.»

La Bella richiuse la cella frigorifera e bloccò lo sportello: «Ha parlato con il Sostituto Procuratore?».

«Altroché. Mi chiama al cellulare ogni due o tre ore per sapere a che punto sono le indagini.»

«A che punto sono le indagini?» ripeté meccanicamente La Bella.

«Sono nella merda, dottor La Bella, dove vuole che siano? Ho due cadaveri massacrati e nemmeno uno straccio di indizio. Per di più il caso può scoppiare da un momento all'altro, il che significa che in un batter d'occhio la città verrebbe assediata da una torma di troupe televisive e da una canea di giornalisti avidi di sangue e di mistero. Finora sono riuscito a convincere il procuratore a tenere blindata tutta la situazione per non scatenare il panico. Nella disgrazia abbiamo avuto la fortuna che il testimone di questo secondo rinvenimento ha tenuto per ora la bocca chiusa; dei miei uomini so di potermi fidare, però non si può tirare avanti così ancora per molto. Nel medesimo tempo devo mettere in campo il massimo di protezione per i cittadini esposti. Non è facile.»

I due si trovavano sulla soglia della porta. La Bella guardò negli occhi l'ufficiale con un'espressione di sconforto: «Forse dico una stronzata, ma avete provato con i cani?».

«È la prima cosa che abbiamo fatto. Ma la battuta non ha dato alcun risultato. Quelle povere bestie sembravano impazzite, correvano in tutte le direzioni, poi tornavano indietro, poi si spargevano di nuovo nella macchia e poi tornavano di nuovo indietro. Una pietà.»

«Capisco» disse La Bella. «Però non potete non avvertire la gente. Hanno diritto di sapere, non fosse altro per poter prendere delle precauzioni...»

«E lei crede che non ci abbia pensato? Guardi, intanto speravo che il primo caso potesse rimanere isolato: quell'animale, o qualunque cosa sia, poteva essersi dileguato o essere finito altrove, o morto ammazzato, accidenti a lui. Adesso andrò dal procuratore e gli sottoporrò il mio piano.»

«Sono indiscreto se le chiedo di che si tratta?»

«Non è per sfiducia, La Bella, ma devo prima consigliarmi con il Sostituto Procuratore. In sostanza, comunque, si tratta di fare la quadratura del cerchio: comunicare con i cittadini, chiedere alla stampa un atteggiamento responsabile e poi concentrarsi sulla soluzione del caso con tutte le energie disponibili.»

Il dottor La Bella gli batté una mano sulla spalla: «Non la invidio, tenente. E buona fortuna: non ho mai visto in vita mia uno che ne avesse più bisogno».

Reggiani salì sulla sua auto con il brigadiere Spagnuolo e passò dall'ufficio del Sostituto Procuratore. L'uomo sembrava in stato di fibrillazione: non gli chiese nemmeno di sedersi.

«Forse lei non si rende conto, tenente» attaccò «ma da un momento all'altro questa situazione può sfuggirci di mano, provocare addirittura l'intervento dei massimi livelli istituzionali...»

Reggiani perse subito la pazienza: «Questo, se permette, è l'ultimo dei miei pensieri: quella gente se ne sta al sicuro e certamente con tutt'altre faccende per la testa. Quanto alla situazione, ci è già sfuggita di mano, due volte, visto che abbiamo due cadaveri all'obitorio conciati da far pietà e purtroppo tutto fa pensare che potranno esservene degli altri».

«Ma non è possibile!» gridò il Sostituto Procuratore. «È solo un animale: avete unità cinofile, elicotteri, fuoristrada, decine di uomini.»

Reggiani abbassò il capo per nascondere la collera e respirò profondamente prima di rispondere: «Vede, signor Sostituto Procuratore, tutti i mezzi che lei ha menzionato sono stati posti in opera senza che potessimo conseguire alcun risultato e ho impiegato gli uomini migliori sia nelle battute che nelle indagini. Questo non è un caso come un altro. Ora però devo preoccuparmi anche di altre cose e chiedere la sua collaborazione».

Il Sostituto Procuratore assentì non senza una certa degnazione.

«Io vorrei che lei chiedesse in forma diretta e discreta ai direttori dei giornali il silenzio stampa facendo presente la gravità e l'unicità della situazione, dall'altra parte mi organizzerò per mettere al corrente la popolazione, fra cui già sicuramente serpeggiano voci incontrollate, della presenza di una minaccia per la quale devono osservare una serie di precauzioni. Per fortuna non siamo in una grande città. In fondo dobbiamo comunicare con un numero di famiglie abbastanza limitato. Nello stesso tempo cercherò di reimpostare le indagini ripartendo da altri presupposti.»

«E quali sarebbero questi presupposti?» chiese il Sostituto Procuratore.

«Voglio partire da quella tomba» rispose Reggiani «e dall'uomo che l'ha aperta e scavata. Deve essere lì l'inizio di tutto...»

Fabrizio prese dalla rastrelliera il mazzo delle chiavi e scese nei magazzini. Sonia si era così eccitata alla vista delle fotografie che aveva voluto partire subito a ogni costo: sarebbe quindi arrivata con ogni probabilità il giorno dopo ed egli voleva farle trovare il materiale già ordinato per il lavoro. Inoltre non vedeva l'ora di tornare ai suoi studi e dimenticare tutto il resto. Se solo vi fosse riuscito.

Scese due rampe di scale sotto il piano stradale e subito si rese conto di essere nel ventre della città: pareti di tufo, antiche costruzioni dalle caratteristiche indefinibili, un basamento a grandi blocchi, sicuramente di epoca etrusca. Accese la luce e percorse un lungo corridoio coperto da una volta a botte. Ai lati c'era il polveroso armamentario tipico di tutti i sotterranei dei musei e delle soprintendenze d'Italia: pezzi di marmo e di pietra, segmenti di colonne, sculture mutile e frammentate in attesa di restauro da decenni, colli e anse di vasi, mattonelle da pavimentazione, e cassette. Centinaia di cassette. Di plastica, gialle e rosse, impilate l'una sull'altra, ognuna con la propria etichetta adesiva che recava il nome dello scavo, il settore e lo strato da cui provenivano i reperti che vi erano contenuti.

I materiali dello scavo di Contrada Rovaio, a parte il sarcofago di alabastro che era stato collocato in un altro magazzino fuori città, erano in fondo, sistemati sotto un nicchione ricavato nello spessore del muro. Fabrizio sistemò sul pavimento un telo di plastica e cominciò per prima cosa a ordinare i pezzi più dispersi e frantumati dello scheletro umano. Attaccò alla parete di fronte un ingrandimento della polaroid che aveva scattato all'interno del sepolcro, poi accese una lampada portatile da meccanico e cominciò a raccogliere quei frammenti, uno dopo l'altro, cercando con difficoltà gli attacchi, le tormentate linee di ricomposizione di un corpo quasi disintegrato da una forza devastatrice.

Ricostruiva pazientemente omeri e clavicole, allineava le falangi delle dita disperse ovunque. Di tanto in tanto sollevava lo sguardo alla gigantografia che aveva appeso al muro e quell'immagine spaventosa, quel groviglio orrendo di ossa e zanne gli trasmetteva un'inquietudine angosciosa, un'ansia montante che cercava invano di dominare. Quasi senza rendersene conto giunse a sfiorare con le dita il cranio dell'uomo, una parte dell'osso temporale cui ancora aderiva un lacerto del sacco in cui era stata racchiusa la testa al momento della tragica ordalia, e l'emozione che gli premeva dentro esplose con forza incontrollabile. Quei poveri resti gli trasmisero, nitide, le immagini di quei momenti atroci e disperati: un ansimare affannoso, soffocato; il battito impazzito di un cuore attanagliato dal terrore e quelle zanne, pugnali acuminati che si conficcavano nella carne viva mentre l'uomo gridava di dolore agitando alla cieca, e inutilmente, la spada stretta nel pugno. Il sangue che a ogni morso sprizzava più copioso, inzuppando il terreno, il sangue che rendeva la belva sempre più eccitata e aggressiva, più avida di strage. Sentiva il sinistro scricchiolare delle ossa che cedevano di schianto nella morsa dei denti d'acciaio, l'odore nauseabondo degli intestini lacerati, strappati dal ventre e divorati ancora palpitanti, lui vivo e urlante, squassato dai sussulti dell'agonia.

Grondante di sudore, Fabrizio non riusciva a controllare né il palpito furioso del cuore, né le lacrime che gli scendevano dagli occhi e gli rigavano le guance, né il battere convulso delle palpebre che frammentavano quella tragedia in mille aculei sanguinosi che lo trapassavano in ogni punto del corpo e dell'anima.

Gridò un grido rauco e soffocato, come di chi grida nel sonno, ed ebbe l'impressione che la sua voce avesse spento la lampada immergendolo d'un tratto nelle tenebre del sotterraneo. Ma ben presto quell'oscurità silenziosa risuonava di una nenia lugubre, si animava di presenze, oscure, sinistre; spettri ammantati di nero che portavano un feretro con sopra i brandelli cruenti di un grande corpo smembrato. E dietro ringhiava la belva, gli occhi fosforescenti nel buio, schiumante di bava sanguigna, tenuta con lacci e cappi dai bestiari strattonati dalla sua immane possanza. La trascinavano a forza al suo ultimo destino: essere sepolta viva con il pasto umano che avrebbe dovuto saziarla per l'eternità.

Fabrizio gridò ancora e poi si lasciò sprofondare, senza più combattere, in un pozzo di silenzio.

Ignorava quanto tempo fosse passato quando una luce gli ferì gli occhi e una voce lo riscosse d'improvviso: «Dottore, dottore! Ma che cosa le è successo? Si sente male? Vuole che chiami un medico?»

Si alzò passandosi una mano sulla fronte e l'immagine confusa che aveva davanti prese piano piano i contorni del volto ben conosciuto di Mario, il custode.

«No... no...» rispose. «Non c'è nessun bisogno. Devo essere caduto... non è niente, sto benissimo, le assicuro...»

Mario lo guardò di sottecchi: «Ne è certo? Ha una così brutta cera...».

«Certissimo, Mario. Stavo lavorando ma qua sotto c'è umido... manca l'aria...»

«Sì, è vero... non è un posto per lavorare.» Il custode alzò gli occhi alla parete a guardare l'ingrandimento fotografico: «Oh, santo cielo, ma che roba è quella?».

«Non è niente, Mario» disse Fabrizio arrotolando frettolosamente la fotografia. «Solo ossa. Chissà quante ne ha viste.»

Mario capì e cambiò discorso: «Senta, di sopra la cercano».

«Chi è?»

«Il tenente dei carabinieri. Si chiama Reggiani.»

«Sa che cosa vuole?»

«Solo parlarle... sarà per quel disgraziato morto ammazzato. A me ha già chiesto di non fiatare. Non so come facesse a sapere che lo sapevo...»

«È il suo mestiere, Mario.»

«Comunque io non ho più parlato con nessuno ma le voci circolano lo stesso, la gente ha paura.»

«Questo è comprensibile.»

«Già... Allora lo faccio accomodare nel suo studio?»

«Sì, grazie. Gli dica che arrivo subito.»

Mario risalì le scale e Fabrizio tornò a osservare il suo lavoro. Lo scheletro umano era ricomposto solo nella sua parte superiore e in modo incompleto. Pensò che forse avrebbe dovuto chiedere l'aiuto di un tecnico specializzato in osteologia o non sarebbe mai venuto a capo di quell'impresa. Restava ancora moltissimo lavoro da fare, soprattutto per i frammenti piccoli che erano difficili da identificare e restava comunque tutto da ricomporre lo scheletro dell'animale, perfettamente intero a parte alcune scheggiature e fratture dovute probabilmente all'opera del gelo durante i millenni. Si chinò e vide che uno dei quattro enormi canini si era sfilato dalla mascella superiore a causa delle vibrazioni durante il trasporto. Lo raccolse e lo mise in tasca, con l'intenzione di osservarlo accuratamente e di misurarlo, poi salì le scale, spense la luce e richiuse la porta dietro di sé.

Il tenente Reggiani lo aspettava nel suo studiolo e quando entrò si alzò in piedi per salutarlo e stringergli la mano: «Dottor Castellani...». Ma anche dall'espressione dell'ufficiale si vedeva che il suo aspetto non doveva essere del tutto rassicurante.

«Buongiorno, tenente. Stia comodo» lo salutò Fabrizio, sforzandosi di apparire normale. «Posso offrirle un caffè? Quello della macchina, s'intende.»

«Va bene anche quello» rispose Reggiani. «Adesso lo fanno abbastanza buono.»

Fabrizio uscì e riapparve poco dopo con due bicchierini di plastica contenenti il caffè e due bustine di zucchero, e andò a sedersi dietro la sua scrivania. Reggiani mandò giù una sorsata del liquido fumante e cominciò: «Dottor Castellani, mi dispiace abusare del suo tempo ma le circostanze non mi lasciano scelta: lei è al corrente di quanto è successo recentemente nelle campagne di Volterra...».

«Non conosco tutti i particolari, ma diciamo che sono al corrente.»

«Meglio così. Purtroppo la situazione è ben lontana dall'essere sotto controllo e io sono venuto a trovarla nella speranza di poter individuare, parlando con lei, qualche spiraglio in questa intricata vicenda. Mi permetta di riassumerle in breve l'accaduto: mercoledì scorso verso l'una di notte la Guardia di Finanza ha sorpreso tre clandestini intenti a penetrare dall'alto in una tomba etrusca, quella che lei ben conosce.»

«Infatti.»

«Uno di loro, una vecchia conoscenza sia nostra che dei finanzieri, tale Ronchetti, è stato trovato morto il giorno dopo non molto lontano dal luogo del tentato furto con la gola orrendamente squarciata. Il Sostituto Procuratore, che non è abituato a roba del genere, quando l'ha visto ha vomitato anche l'anima.»

«Lo credo.»

«Abbiamo pensato in un primo momento all'aggressione di un cane randagio, ma la cosa ci è parsa comunque strana perché uno come Ronchetti che girava le campagne di notte da anni, con il mestiere che faceva, doveva ben sapere come comportarsi con i cani randagi e infatti nella tasca della giacca aveva la torcia elettrica con il lampeggiatore e una pistola, una piccola Astra Llama calibro 6,35.

Secondo il nostro punto di vista non ha fatto nemmeno in tempo a mettere mano all'arma che già era morto. La sera del venerdì, mentre lei stava completando il lavoro di scavo e di recupero dei materiali, abbiamo trovato un secondo cadavere ancora più malconcio del primo, anche questo massacrato nella stessa maniera raccapricciante. Dai documenti risulta essere un tale Aurelio Rastelli nativo di Volterra, come anche suo padre, un ambulante che frequentava i mercati di paese vendendo articoli di abbigliamento. Assolutamente nessuna ragione poteva giustificare un simile assassinio se non la pura casualità...»

«E cioè» cercò di completare Fabrizio «il trovarsi al posto sbagliato nel momento sbagliato.»

«Abbiamo tuttavia degli indizi che Rastelli sia stato, come d'altra parte il Ronchetti, coinvolto più o meno di frequente in operazioni di scavo clandestino e smercio di oggetti di provenienza archeologica. In queste zone, vede, quello del tombarolo per molti è un po' come un secondo lavoro, una specie di part-time con cui certa gente cerca di arrotondare le entrate. Noi e quelli della Finanza facciamo il possibile ma siamo pochi, il territorio è grande e la gente non sempre collabora... Mi sono rivolto al nostro nucleo di Roma specializzato in questo tipo di investigazioni e il Rastelli è risultato pregiudicato qualche anno fa per detenzione di oggetti di questo genere.»

«Il che non ne fa necessariamente un tombarolo di professione» osservò Fabrizio. «Soprattutto non mi sembra che abbiamo prove che fosse dalle parti di contrada Rovaio quella notte. O mi sbaglio?»

«Ho fatto analizzare il terreno sotto le suole delle sue scarpe ed effettivamente è lo stesso che si trova in quella zona, però, malauguratamente, si trova presente in una vasta area tutto attorno e anche nella zona in cui abitava il Rastelli.»

«E così siamo punto e a capo.»

«Infatti. Ci sarebbe potuto essere, ma ci sarebbe anche potuto non essere. Ma ammettiamo, dal momento che non possiamo escluderlo, che mercoledì notte Aurelio Rastelli fosse al Rovaio insieme a Ronchetti e a un terzo individuo per ora sconosciuto. A questo punto i due uccisi avrebbero qualcosa in comune, e cioè l'essere stati complici nel tentativo di saccheggio della tomba etrusca.»

«Basterebbe allora riuscire a scoprire l'identità del terzo uomo: circondarlo senza farsi notare, con gruppi bene armati e ben selezionati e attendere che si faccia vivo l'assassino, uomo o bestia che sia, per catturarlo o quanto meno ridurlo in condizioni di non nuocere ulteriormente.»

«Vedo che l'intuito non le manca» si complimentò Reggiani.

«Noi archeologi siamo pure degli investigatori, tenente, proprio come voi, ma con una differenza. Voi arrivate sul luogo del delitto qualche minuto o al massimo qualche ora dopo il fatto. Noi dopo parecchi secoli.»

«È vero, non ci avevo mai pensato... Stavo dicendo: purtroppo non siamo per nulla certi che la seconda vittima sia collegabile alla prima in qualche modo e non possiamo aspettare di trovarne una terza per aggiustare il tiro delle indagini...»

«Come pensa che io possa aiutarla?»

Reggiani abbassò il capo come se provasse imbarazzo a esprimere il proprio pensiero: «Non so come dire... Io, ecco, io ho come l'impressione che tutto si sia originato dall'apertura o, se preferisce, dalla violazione del sepolcro di Contrada Rovaio. Forse la farò ridere, ma io mi chiedo se... se non sia a causa di qualche... qualche...».

«Maledizione?» concluse Fabrizio, ma nel suo tono non c'era ombra di sarcasmo.

«Be', non so come spiegarmi... però posso dirle che a volte, quando proprio non abbiamo uno straccio di pista da seguire, né un brandello di informazione da utilizzare, ci facciamo aiutare da certi personaggi... sa, quelli che chiamano sensitivi, e le posso assicurare che non di rado si sono ottenuti dei risultati stupefacenti. Lo fanno anche all'estero, in Francia, in America...»

«Confidenza per confidenza, tenente, anche fra noi c'è chi si fa aiutare da questo tipo di persone, non so dirle con quali risultati perché, per quanto mi riguarda, non ci ho mai creduto» rispose Fabrizio «ma mi rendo conto del suo problema. Se ho capito bene lei non sa dove battere la testa.»

«È così. Non abbiamo tracce di nessun genere, né indizi che ci permettano di imboccare una pista percorribile...»

Fabrizio pensò alle scene che gli era parso di rivivere nel sotterraneo e sentì un brivido percorrergli la schiena. Anche Reggiani se ne accorse.

«E la battuta dell'altra sera?» gli chiese come per distrarlo dalla sua situazione. «Uno spiegamento di forze imponente.»

«Sì, che ha attirato l'attenzione della gente più del necessario. L'abbiamo spacciata per una caccia all'uomo in seguito a una rapina. E comunque, nessun risultato. Come andare a caccia di spettri. Non abbiamo lasciato nulla di intentato. Questa mattina sono andato dall'anatomopatologo e nostro medico legale, il dottor La Bella, un uomo di poche chiacchiere ma di grande esperienza, che ha eseguito l'autopsia, e il referto è raccapricciante. Sia l'uno che l'altro sono stati straziati da un animale feroce provvisto di una forza spaventosa, simile a quella di una grande belva... e di zanne enormi. Si parla di sei, sette centimetri.»

Fabrizio si fece scuro in volto e d'un tratto si ricordò del canino che aveva raccolto dalla cassa nel sotterraneo per studiarlo. S'infilò una mano in tasca e lo sentì, lungo, liscio e acuminato, come se venticinque secoli fossero passati senza intaccarlo minimamente. Lo estrasse e lo mostrò al tenente Reggiani tenendolo per la punta: «Come questa?» chiese.

VI

Il tenente Reggiani fissò stupefatto la zanna acuminata stretta fra il pollice e l'indice di Fabrizio, poi alzò gli occhi a incontrare il suo sguardo, in silenzio, per un lungo minuto pieno di tensione. Disse: «Sì... immagino di sì. Ma... di che si tratta?».

«Sembra facile a dirsi, eppure non lo è» rispose Fabrizio. «Presto dovrebbe arrivare una mia collega da Bologna, una brava specialista in paleozoologia che ha studiato una quantità impressionante di scheletri e reperti ossei antichi di ogni specie, appartenenti sia ad animali selvatici che domestici. Se non ci cava i piedi lei, non saprei proprio a chi rivolgermi. Questo dente fa parte di uno scheletro completo di cui già le ho inviato delle foto per posta elettronica, ma l'ho sentita in difficoltà. Ha detto che è un canide, ma oltre non ha voluto spingersi. Sono le dimensioni che lasciano stupefatti, oltre che le forme inusitate.»

«E dove l'ha trovato?»

Fabrizio aprì il cassetto della sua scrivania e ne estrasse una fotografia appoggiandola sul tavolo davanti al suo interlocutore: «In un sarcofago grezzo e privo di qualunque iscrizione all'interno della tomba che ho scavato in Contrada Rovaio».

«Impressionante» esclamò Reggiani appena riuscì a interpretare l'immagine che aveva davanti. «Ma... che cos'è?»

«È la prima e unica prova fisica giunta fino a noi del più

spaventoso rito della religione etrusca: è la tomba di un *Phersu*. Finora se ne conosceva l'esistenza da poche testimonianze iconografiche: immagini affrescate nella tomba degli auguri a Tarquinia, per esempio, e in un paio di altre tombe, ma non se n'era mai rinvenuta la prova fisica. E soprattutto... non in questa forma.»

«Vada avanti» disse Reggiani come se stesse conducendo uno dei suoi interrogatori.

«Abitualmente si trattava di una sorta di sacrificio umano dedicato all'anima di un defunto di alto rango, un rito molto antico e diffuso presso molte civiltà. Anche presso i Greci, probabilmente, nelle età più arcaiche. Lei si ricorda l'Iliade?»

«Un po', qua e là, quello che ho letto al liceo» disse Reggiani rendendosi conto che il suo interlocutore non avrebbe rinunciato a impartirgli una buona lezione di cultura classica.

«Ma certamente ha presenti i giochi in onore di Patroclo che comprendono anche duelli con la spada, uomo contro uomo. Solo che l'arbitro, in quel caso Achille, interrompe il combattimento al primo sangue. Si pensa che nelle fasi più antiche, invece, i contendenti si battessero fino alla morte di uno dei due la cui anima avrebbe così accompagnato il defunto nell'aldilà. Nelle età successive, sterilizzati della loro componente sanguinosa, questi combattimenti divennero alla fine solo delle prove atletiche che confluirono in grandi manifestazioni sportive e religiose come i giochi olimpici. In Italia invece essi mantennero la loro connotazione cruenta, fino a degenerare, in età romana, nei duelli dei gladiatori nell'arena.»

«Questo non lo sapevo» ammise Reggiani. «Quindi l'origine dei combattimenti dei gladiatori è etrusca?»

«Molto probabilmente. Ma, come ho detto, all'inizio si trattava di un rito religioso, per quanto tremendo possa sembrare a noi moderni: un prigioniero di guerra veniva fatto combattere contro una o più belve in condizioni per cui il più delle volte la sua sorte era segnata. Io credo, tuttavia, che vi fosse una variante ben più terribile: quando un uomo si macchiava di un crimine così spaventoso da superare ogni immaginazione e da infrangere ogni limite imposto dalla legge e dalla natura, quando commetteva una tale mostruosità da far impallidire il delitto più efferato, la comunità era colta dal panico, temendo che l'ira e la punizione degli dei si abbattessero su tutti non bastando la vita di un solo uomo a espiare una simile colpa. L'esecuzione del colpevole tra i più atroci tormenti sarebbe potuta essere la naturale conseguenza dell'evento ma poteva accadere che l'accusato si proclamasse innocente e che non vi fossero prove definitive per dimostrarne la colpevolezza. Veniva sottoposto a una sorta di ordalia: con il capo racchiuso in un sacco, una mano legata dietro la schiena e una spada nell'altra doveva combattere contro un animale feroce, un lupo o addirittura un leone. Se riusciva a sopravvivere era riconosciuto innocente e reintegrato nel suo rango e nei suoi diritti; se soccombeva, la belva che lo aveva ucciso veniva sepolta viva con il suo corpo affinché continuasse a straziarlo per l'eternità. Ecco che cosa ha visto in quella fotografia...» concluse Fabrizio riponendo la foto nel cassetto.

«Una storia da incubo» commentò Reggiani «non c'è dubbio. Ma io devo cercare di capire che cosa c'è dietro queste morti agghiaccianti. E adesso che ho ascoltato le sue parole direi che ci troviamo di fronte, grosso modo, a repliche di quel terribile rituale.»

«Così sembrerebbe» approvò Fabrizio.

«Potremmo quindi pensare a qualcuno che in qualche modo sia venuto a conoscenza di questa scoperta e ne sia rimasto impressionato a tal punto da replicare quel rito in modo del tutto realistico...»

«Può darsi, anche se riesce difficile intuirne il movente.»

«Già» ammise Reggiani. «Tanto più che il cadavere del Ronchetti è stato trovato prima che lei aprisse la tomba.»

«E quindi siamo punto e a capo.»

Il tenente Reggiani si morse il labbro inferiore: «Non

fosse altro che per una questione di principio io devo pensare a cause di carattere naturale, e in termini assolutamente razionali».

«Le sembra forse che io le suggerisca di fare diversamente?» chiese Fabrizio.

«No, certo. Però, perché mi ha mostrato questo dente, allora? Il dente di un animale morto da venticinque secoli, se non sbaglio.»

«Non so... mi è venuto spontaneo.»

Reggiani tese il braccio come per chiedere di poter toccare la zanna che Fabrizio teneva in mano, e lui gliel'appoggiò sul palmo.

«Lo sa?» proseguì l'ufficiale rigirandola fra le dita. «Quando mi ha mostrato questa cosa mi è venuta in mente un'immagine che ho visto qualche giorno fa alla televisione. Uno di quei programmi naturalistici, sa? Facevano vedere il cranio di un ominide sudafricano con due strani segni sulla calotta che nessuno era riuscito a interpretare finché non si è trovato il teschio di un predatore dell'epoca, i cui canini superiori si collocavano esattamente all'interno di quei segni...» Gli mostrò il dente che aveva in mano: «Posso tenerlo ventiquattr'ore?».

Fabrizio si strinse nelle spalle: «Non si potrebbe, ma che diamine, se non ci fidiamo dei carabinieri di chi dovremmo mai fidarci?». E aggiunse: «Che cosa intende farne?».

«Mostrarlo a un amico.»

«Va bene. Però me lo riporti domani, assolutamente: arriverà la mia collega da Bologna e voglio che trovi lo scheletro completo in tutte le sue parti.»

«Può fidarsi» gli assicurò l'ufficiale. Fece per rimettersi il berretto, ma Fabrizio si ricordò di quella voce di donna al telefono e pensò che forse avrebbe fatto bene a parlargliene. E incominciò: «Senta, vorrei raccontarle una cosa...».

In quello stesso momento, però, qualcuno bussò alla porta. Era Francesca. «Buongiorno, tenente» disse per prima cosa vedendo Reggiani e poi, rivolta a Fabrizio: «Il Soprintendente è nel suo ufficio. Vuole parlarti.»

«Vengo subito» disse Fabrizio alzandosi.

«Non voleva raccontarmi una cosa?» chiese il tenente Reggiani.

«Non importa» rispose Fabrizio. «Gliela dirò un'altra volta.»

«Come vuole. Arrivederci, dottor Castellani.»

«Arrivederci, tenente. E... mi raccomando.»

«Tranquillo. Lo riavrà domani stesso.» Si calcò in testa il berretto e si allontanò lungo il corridoio.

«A che cosa si riferiva?» chiese Francesca.

«Niente. Gli ho prestato una cosa... Hai idea di che cosa vuole Balestra?»

«Non ci vuole molto a immaginarlo. Hai scavato una tomba intatta di fine quarto secolo e non gli hai ancora detto una parola.»

«Già. Anzi, adesso che mi ci fai pensare è strano che non se ne sia interessato prima.»

«Non si è fatto vivo perché non c'era. È stato fuori.»

«Dove?»

«Non l'ha detto. Magari al ministero, che ne so.»

Erano ormai davanti alla porta del Soprintendente; Francesca gli fece cenno di entrare e contemporaneamente si allontanò verso il suo ufficio. Fabrizio bussò alla porta.

«Avanti» rispose la voce di Balestra dall'interno.

«Le sembrerà incredibile» cominciò il Soprintendente prima ancora che Fabrizio potesse sedersi «ma con uno scavo in corso di questa importanza non ho avuto un attimo per farmi vivo.»

"Mi piacerebbe tanto sapere il perché" pensò Fabrizio tra sé, ma disse invece: «Immagino. Si passano dei momenti che non si sa dove prendere».

Balestra prese da una scatola un mezzo toscano e se lo infilò fra i denti: «Stia tranquillo» aggiunse subito dopo vedendo l'apprensione sul volto di Fabrizio. «Ho smesso di fumare. Allora, a quanto pare la tomba del Rovaio era completamente inviolata. È così?».

«È così, signor Soprintendente.»

«E me lo dice in questo modo?»

«Be', stanno succedendo cose attorno a quella tomba che spegnerebbero anche l'entusiasmo più scatenato.»

Balestra si rabbuiò improvvisamente: «Non posso darle torto, in effetti. E mi dicono che c'era da lei il tenente dei carabinieri».

«Infatti.»

«In ogni caso mi premeva avere da lei una relazione diretta, prima di quella scritta che mi invierà con comodo. E volevo inoltre dirle che per quello che mi concerne lei può anche pubblicarla da solo, se vuole.»

Fabrizio mostrò di valutare moltissimo l'onore che gli veniva fatto ma si schermì con cortesia: «La ringrazio, Soprintendente, ma non mi sembra il caso, e poi ho già la mia ricerca in corso. Io mi sono limitato a documentare il ritrovamento e a recuperare l'arredo della tomba».

«Insisto perché lei pubblichi almeno una parte dei reperti o firmi con me la pubblicazione, se preferisce. E adesso mi racconti tutto per filo e per segno.»

Fabrizio cominciò a esporre tutte le fasi della ricognizione, dell'apertura e del recupero finché giunse a parlare del sarcofago grezzo appoggiato alla parete nord della camera funeraria e mentre lo faceva il suo volto mutava espressione, comunicava un senso di profonda inquietudine e di smarrimento.

«Mi si è presentato davanti agli occhi uno spettacolo impressionante» disse. «Quel sarcofago è la sepoltura di un *Phersu*...»

«Non posso crederci...»

«È così, ne sono sicuro. E mi sono trovato davanti a un rituale agghiacciante, se la mia ricostruzione è esatta. Guardi lei stesso...» Estrasse dalla cartella un fascicolo e gli mostrò una grande fotografia in bianco e nero.

«Vede» riprese a dire mentre Balestra esaminava l'immagine «la mia ricostruzione dei fatti è che l'uomo è sicuramente un *Phersu* perché ho trovato brandelli di stoffa ancora aderenti al suo cranio e alle vertebre del collo. Ne ho dedotto che doveva avere il capo serrato in un cappuccio o in un sacco sul quale forse era dipinta una maschera...»

Balestra trasalì in modo appena percettibile, ma Fabrizio ne rimase colpito perché il Soprintendente era noto come un duro, con tratti di cinismo nel suo non facile carattere.

«Continui...» disse senza sollevare gli occhi dalla fotografia.

«In più, al centro dell'architrave di ingresso c'è il simbolo della luna nera e sulla parete interna occidentale un affresco con l'immagine di Charun. Il sarcofago è grezzo, senza ornati di alcun genere e senza iscrizione. L'altro scheletro, quello dell'animale, è intatto mentre quello dell'uomo è maciullato. Ne ho dedotto che la belva è stata racchiusa viva con il cadavere del *Phersu*. Ma si potrebbe anche pensare che l'uomo fosse soltanto ferito, che l'ordalia sia stata interrotta per rendere la sua morte più spaventosa di ogni possibile immaginazione...»

Balestra scrutava ora la fotografia con una lente di ingrandimento ma si vedeva benissimo che cercava di nascondere le proprie reazioni emotive. Sudava dalla fronte e dalle tempie e il colorito del suo volto sembrava sempre più terreo.

«Mi sembra una deduzione plausibile» commentò asciutto, controllando il tono della voce. «Continui, la prego.»

Fabrizio trasse un lungo respiro e riprese a parlare: «La mia ipotesi sembra confermata dal fatto che il pavimento davanti al sarcofago è graffiato come da unghioni possenti, segno che la belva ha opposto una terribile resistenza. Altri frammenti di cuoio che ho trovato un po' dovunque fra le ossa, ma anche ai piedi del sarcofago, li ho attribuiti ai cappi e alle cinghie con cui la belva fu forzata dentro al cassone. Ho calcolato che siano stati necessari parecchi uomini per questo».

Sfilò dalla cartella altre foto e le sparse sul tavolo davanti al Soprintendente. «Mi sono permesso di mettermi in contatto con una collega, la dottoressa Vitali dell'Università di Bologna, specialista di paleozoologia, per farle esaminare lo scheletro dell'animale... avrà notato le dimensioni enormi.»

«Già» disse il Soprintendente. «È un essere spaventoso... quasi... quasi chimerico...»

Fabrizio estrasse ancora altre fotografie dalla sua cartelletta e le appoggiò sul tavolo. Rappresentavano il sarcofago con la dama scolpita in alabastro, e cominciò a spiegare il suo punto di vista su quel blocco massiccio all'interno di una sepoltura maledetta ma si rese conto che, nonostante la meravigliosa bellezza di quell'opera d'arte, il Soprintendente non lo stava più ascoltando. Sembrava assorto e sopra pensiero, come fosse risucchiato da un incubo e Fabrizio notò che aveva completamente sbriciolato il sigaro che teneva fra le mani.

«Sta bene, signor Soprintendente?» gli chiese. E sperò che Balestra avrebbe sentito il bisogno di confidarsi con qualcuno, magari con lui stesso, e che lo avrebbe messo a parte del misterioso impegno che lo teneva praticamente segregato nel suo ufficio da settimane, ma il funzionario riprese subito il suo aplomb abituale. «Sì, certo» rispose. «Perché me lo chiede?»

"Come se tu non lo sapessi" pensò, ma lasciò cadere la domanda. Balestra si asciugò la fronte e si massaggiò a lungo le tempie come per controllare fitte dolorose. Fabrizio si fece coraggio e ritenne che fosse venuto il momento di prendere il toro per le corna. "Ora o mai più" pensò e riprese: «Perché la sua reazione davanti a queste immagini e alle mie parole non è stata normale. E se mi consente, non è nemmeno normale che lei abbia lasciato ormai da parecchi giorni la sua sede di Firenze, che si neghi al telefono nove volte su dieci e che non abbia nemmeno il tempo di scavare personalmente una tomba inviolata come quella del Rovaio e ne incarichi il primo che le capita sottomano. Insomma, non potremmo, ognuno di noi, scoprire le nostre carte?».

Balestra prese un altro mezzo toscano dalla scatola e se

lo infilò in bocca restando in silenzio per un poco, poi cominciò: «Penso che lei abbia ragione, Castellani. È giusto: giochiamo a carte scoperte, almeno fin dove è possibile... Allora, tre anni fa venne da me un tale dicendo che durante certi lavori di scavo in un cantiere dalle parti del rio delle Macine era venuta alla luce un'iscrizione antica in sei pezzi, incisa su bronzo e che il proprietario del terreno aveva contatti con dei ricettatori per mandarla all'estero e venderla con comodo tramite un antiquario in Svizzera o in Lussemburgo. Lui era disposto a dirmi dove si trovava se gli avessi garantito un premio.

«Sono cose, queste, che accadono assai di rado, che un tombarolo, occasionale o professionista che sia, venga a offrirci un reperto: pensai che lo facesse per vendicarsi del suo datore di lavoro che probabilmente gli aveva fatto uno sgarbo o forse lo aveva licenziato, e che pensasse anche di farci su un po' di soldi prendendo due piccioni con una fava. Gli risposi che sì, era possibile; se mi avesse guidato su quell'iscrizione avrei potuto fargli ottenere il premio di rinvenimento, anche se per il momento non ero in grado di dirgli a quanto poteva ammontare, visto che non avevo ancora preso visione del reperto.

«L'uomo, un tipo strano devo dire, quasi stralunato, parve soddisfatto delle mie promesse e mi indicò il luogo esatto in cui l'iscrizione era conservata: un sacco di plastica coperto di sabbia e pietre in fondo al torrente. Ci andammo di notte, con i carabinieri del nucleo speciale...»

«C'era anche il tenente Reggiani?» lo interruppe Fabrizio istintivamente.

«No» rispose il Soprintendente. «Reggiani non è del nucleo di tutela del patrimonio archeologico. Lui viene dai ROS e lo avevano messo qui perché si rilassasse dopo tre anni in Sicilia e due in Calabria in zone ad altissima densità mafiosa. È arrivato l'anno successivo e per il momento non ne sa nulla. Almeno credo.

«Recuperammo l'iscrizione e io ne diedi notizia ai miei superiori: al Ministro in primo luogo, e poi al direttore ge-

nerale e ai più stretti collaboratori. In tutto cinque persone, ora sei con lei, Castellani. Poi iniziai a studiare l'iscrizione, o meglio, i sei frammenti. Mi resi conto ben presto
che mancava un pezzo, il settimo, ma non riuscii in alcun
modo a sapere dove potesse mai trovarsi. Misi alle strette
il rinvenitore che mi segnalò, restando però anonimo, il
luogo in cui, secondo lui, era venuta alla luce l'iscrizione.
Feci eseguire immediatamente dei sondaggi per vedere se
ci fosse un contesto di qualunque genere, una qualche
traccia che mi permettesse di inquadrare quell'iscrizione,
di riferirla a un periodo e a un determinato sito in modo
concreto. Ma la mia investigazione non portò ad alcun risultato. Lì non trovai il minimo elemento che mi ricondu-
cesse a un contesto antico. O l'uomo mi aveva mentito o
l'iscrizione era stata trasportata in quel luogo e seppellita
provvisoriamente prima di essere esportata illegalmente
all'estero...»

Fabrizio notò che il Soprintendente aveva ripreso colore: il poter comunicare con qualcuno aveva alleggerito la
pressione che un pensiero angoscioso esercitava su di lui.
Ciò lo convinse che quel pensiero doveva essere più tetro
e cupo di quanto avesse immaginato.

«Mentre allargavo le ricerche per poterci impadronire
del settimo frammento, ammesso che esistesse» continuò
il Soprintendente «mi disposi con il massimo impegno a
studiare l'iscrizione e feci subito una scoperta straordinaria: era redatta in un linguaggio strano, indubbiamente
etrusco ma, per così dire, infiltrato da latinismi arcaici che
in qualche modo rendevano il testo più comprensibile.
Credo che, una volta pubblicata, questa iscrizione verrà
citata dai filologi e dai linguisti di tutto il mondo.»

«Significa che è riuscito a tradurla?» chiese Fabrizio con
un'espressione quasi incredula.

«Penso di esserci vicino e comunque ho capito di che
cosa si tratta... È... un'*arà*.»

«Una maledizione» tradusse Fabrizio.

«In realtà sono sei, una per ciascun frammento... E con ogni probabilità manca la settima e la più terribile di tutte.»

Balestra tacque e anche Fabrizio restò per un poco senza sapere cosa dire.

«Non sarà stato questo che l'angosciava» cercò di minimizzare Fabrizio. «L'antichità è piena di maledizioni che non si sono mai avverate.»

Balestra lo guardò con un'espressione distaccata, quasi infastidita: «Questa sì» disse.

«Prego?»

«Questa potrebbe...» interruppe la frase che aveva iniziato e riprese con un altro tono. «Guardi, Castellani, sarà senz'altro una coincidenza ma quella maledizione è stata scolpita nel bronzo per durare in eterno ed è stata lanciata a causa di un crimine orrendo consumato nell'antichità nella stessa città di Volterra. E lei mi mette sul tavolo la documentazione di scavo della sepoltura di un *Phersu*, apparentemente della stessa epoca dell'iscrizione, e che delinea la situazione più agghiacciante, se vogliamo dire le cose come stanno.»

«A dire la verità, sì» ammise Fabrizio.

«Viene spontaneo collegare le due cose anche se uno non vuole.»

«In effetti.»

«Come se ciò non bastasse, due individui implicati nel tentativo di apertura della tomba vengono trovati con la gola squarciata, il collo e la faccia praticamente divorati da una belva di cui non si è trovata la minima traccia. Mai vista una sequenza di coincidenze di questa portata.»

«Ha parlato con il tenente Reggiani?»

«Sono un funzionario dello Stato.»

«Già.»

«Reggiani è un ufficiale di prim'ordine, un ragazzo con le palle.» Fabrizio restò sorpreso di un'espressione tanto colloquiale da parte del Soprintendente, sempre molto inamidato, e la interpretò come un bisogno di confidenza e di sicurezza, il che lo allarmò ancora di più e gli fece pensare che gli avesse detto molto meno di quanto in realtà sapeva di quell'iscrizione. Era evidente da una quantità di segnali che aveva una paura fottuta.

«Può darsi che riesca a trovare il bandolo della matassa prima di quanto crediamo» concluse il Soprintendente.

«Può darsi. Ma ho avuto l'impressione che non navighi in buone acque.»

«Staremo a vedere» commentò Balestra masticando nervosamente il suo mezzo sigaro.

«Staremo a vedere» ripeté meccanicamente Fabrizio. Pensò che forse Balestra aveva voglia di dire di più e che, insistendo, magari avrebbe potuto avere altre notizie. Disse: «Mi scusi se mi permetto e non mi giudichi troppo invadente: non mi consentirebbe per caso, e in via del tutto riservata, di leggere la traduzione?».

«Non posso» rispose subito il funzionario. «È troppo presto. Non sono del tutto sicuro dell'interpretazione e molte parti sono ancora lacunose. Abbia pazienza: è una cosa delicata.»

«La frammentazione dell'iscrizione in sei o sette pezzi che siano, le risulta che sia avvenuta nell'antichità o adesso, a opera di quelli che forse la volevano esportare clandestinamente?»

«È avvenuta di recente. Ne sono certo. Si vede benissimo che hanno usato un flessibile con disco diamantato, quei barbari.»

«E per quale motivo, secondo lei?»

«Ci possono essere diverse possibilità: la prima è che qualcuno l'abbia tagliata per renderla più trasportabile: un oggetto intero di quelle proporzioni è molto visibile e può facilmente destare sospetti e curiosità. In questo caso bisogna pensare che la tavola fosse in procinto di essere esportata. Un buon restauratore avrebbe poi potuto ricomporla con comodo all'estero saldandola con lo stesso tipo di materiale. Oppure può darsi che il ricettatore o il rinvenitore stesso pensasse in un primo momento di realizzare più denaro vendendo i pezzi uno per volta. La cosa curiosa è che l'autore stesso della maledizione sembra aver scomposto in blocchi, per così dire, il suo testo, tanto è vero che la frammentazione della lastra non ha creato lacune nel testo.»

«E lei come interpreta questo fatto?»

«Nel senso che l'autore abbia voluto imprimere maggiore efficacia a ognuna delle sue maledizioni.»

«Sono d'accordo con lei.»

«Le fratture sono state realizzate da un uomo abbastanza abile che le ha fatte coincidere con gli spazi che separano i sei blocchi di testo... Senta, Castellani, mi dispiace, ma per adesso non posso dirle altro. Deve solo avere un po' di pazienza. Comunque teniamoci in contatto e per qualunque necessità o bisogno o emergenza non esiti a chiamarmi a qualunque ora.» Balestra si alzò per accompagnarlo alla porta e aggiunse: «Mi raccomando, non faccia parola con nessuno di ciò che le ho detto. Sono due anni che lavoro su questa iscrizione e non voglio che trapeli nulla prima che abbia finito di studiarla e prima che...»

«Che cosa, signor Soprintendente?»

«Prima che emerga il settimo frammento. Non ho ancora perso del tutto la speranza.»

«Può contare sulla mia discrezione.»

Fabrizio pensò ancora alla voce di donna che lo aveva chiamato la prima notte mentre lavorava nel Museo e per un momento pensò che avrebbe potuto parlarne con il Soprintendente, ma si rese conto che la situazione era anche troppo ingarbugliata per complicarla ulteriormente con quella faccenda. E non ne fece parola. Raccolse le fotografie dal tavolo e le ripose nella borsa.

«Ne faccia fare delle copie e me le mandi, per favore» disse Balestra. Fabrizio annuì, gli strinse la mano e uscì nel corridoio tornando nel suo ufficio.

Francesca lo raggiunse quasi subito: «Com'è andata?».

«C'è rimasto di sale.»

«Lo credo. Non capita tutti i giorni di vedere immagini del genere.»

«Mi ha parlato dell'iscrizione.»

Francesca sembrò cadere dalle nuvole: «Quale iscrizione?».

Fabrizio le voltò le spalle e si avvicinò alla finestra guardando in basso la gente che passava per la strada. Davanti a lui, dall'altra parte, c'era un negozio di souvenir che esponeva in vetrina una pessima riproduzione del «fanciullo di Volterra». Disse: «Ti sembra il caso di continuare a giocare a nascondino? Ti sto parlando dell'iscrizione in sei frammenti che Balestra sta tentando di tradurre».

Francesca gli si avvicinò e gli appoggiò una mano sulla spalla: «Non è sfiducia» disse con un tono conciliante. «Balestra mi aveva ordinato di non farne parola con nessuno e io sono una persona corretta. Quella è roba che scotta. Manca ancora un pezzo e lui...»

«Anche a me ha ordinato di non farne parola con nessuno e infatti ne sto parlando con te. E comunque so anche del pezzo che manca.»

«Allora?»

«Allora voglio che mi procuri la traduzione. Tu hai accesso al suo studio e ci puoi riuscire.»

«Non se ne parla nemmeno.»

«Allora ci provo io.»

«Sei pazzo. Lo dico ai carabinieri.»

«E tu sei una sciocca che non si rende conto che siamo nei guai, e soprattutto a rischio. Io prima di tutti, ma anche tu. Comunque, fai quel cazzo che ti pare ma non venirmi più fra i piedi.»

Francesca lo guardò allibita senza riuscire ad articolare parola, poi uscì sbattendo la porta.

VII

Fabrizio raccolse le sue carte e si diresse verso l'uscita. Si fermò un istante, istintivamente, a guardare il fanciullo della sala Venti. Il cielo grigio che copriva Volterra filtrava dalla finestra rivestendolo di una luce tenue, diffondendo sulle sue gracili spalle un pallido riflesso verde. I radi visitatori si fermavano pochi istanti, leggevano la loro guida e alzavano di tanto in tanto gli occhi come se tentassero di capire ciò che nessuna guida poteva spiegare: il senso misterioso di struggimento che aleggiava intorno al bambino, quasi che l'amore perduto e il dolore inconsolabile dei suoi genitori potessero ancora fluttuare in quella sala, come nebbia leggera, a distanza di millenni.

Scese le scale, uscì in strada e trovò Francesca appoggiata allo stipite della porta d'ingresso.

«È carina?» gli chiese voltandosi verso di lui.

«Chi?»

«Quella Sonia. Arriva domani al Museo e tutti sono già in fermento.»

«Ha un bel fisico ma non è esattamente il mio tipo.»

«Meglio così.»

«Perché?»

«Perché sì. Te la sei presa, prima?»

«Sei tu che te la sei presa.»

«Mi hai trattato male.»

«E tu mi hai piantato in asso. Credevo di poter contare su di te.»

«Non è una buona ragione per rivolgerti a me in quella maniera. Non ci riprovare.»

«Cos'è, una minaccia?»

«È un semplice avvertimento.»

«Sono nervoso.»

«Si vede. Fatti una camomilla. Io prendo un cappuccino se vuoi farmi compagnia.»

Francesca si incamminò verso un caffè a pochi passi di distanza e Fabrizio la seguì all'interno. Ordinarono un cappuccino e un tè.

Fabrizio la fissò negli occhi con un'espressione strana: «Sei tu quella del telefono?».

«Quale telefono?»

«Quello che squilla alle due del mattino nel corridoio del Museo e mi dice...»

Francesca scosse il capo come cadendo dalle nuvole: «Ma che cosa stai dicendo?».

«Lascia perdere. Fa conto che non ti abbia detto nulla.»

Francesca allungò una mano attraverso il tavolo a toccare quella di Fabrizio volgendo nel contempo il viso verso la strada come se fosse interessata ad altro. Disse: «Sono disposta ad aiutarti».

«Davvero?»

«Sì. Ma non è una cosa facile, ti avverto. I file di Balestra sono sicuramente protetti da un codice di accesso, e lui è uno che ci sa fare con il computer.»

«Potremmo entrare di notte quando io lavoro al Museo. Ti stacco l'allarme, entriamo nel suo studio e...»

Francesca scosse il capo: «Niente da fare. Il suo studio ha un allarme indipendente che suona direttamente dai carabinieri qui dietro l'angolo. In dieci secondi netti ti trovi il brigadiere Spagnuolo in tenuta da combattimento a farti domande imbarazzanti. E comunque, ti sembra bello approfittare così della fiducia che ti ha accordato?»

«No» rispose Fabrizio, «non mi sembra bello nemmeno

un poco ma non ho scelta. Gli ho chiesto di poter leggere quel testo anche solo lì nel suo ufficio ma ha rifiutato. Eppure dalla sua reazione mi sono reso conto che lui collegava istintivamente il testo che sta leggendo ai fatti di sangue che si sono verificati nelle campagne di Volterra in questi giorni. E...»

«Cos'altro?» insistette Francesca.

«Alla sepoltura del *Phersu* in Contrada Rovaio... a meno che non sia soltanto una mia impressione.»

«Mi sembra che qualcuno qui stia dando i numeri.»

«Probabile. Intanto però due persone sono morte scannate e secondo me non è finita, visto che Reggiani per ora non riesce a cavare un ragno dal buco. Come pensi di fare?»

«Ad aprire quei file? Non chiedermelo, non ne ho idea. Ci devo pensare. Tu però non fare casini, lascia che mi muova io. Sono l'unica che può riuscirci. Ma, se ce la faccio, la cosa dovrà restare segreta altrimenti sono finita. Hai capito? Se Balestra sospetta anche solo qualcosa, io ho chiuso. Mi sono spiegata bene?»

Fabrizio annuì: «Grazie, Francesca».

«Lascia perdere. Allora io vado che ho da fare. Ci sentiamo appena so qualcosa.» Gli sfiorò la guancia con un bacio e uscì.

Sonia Vitali arrivò al Museo l'indomani in tarda mattinata dopo essersi sistemata al Corona, un alberghetto da pochi soldi nei dintorni della Fortezza, e Fabrizio la condusse prima a conoscere il Soprintendente e poi immediatamente nel sotterraneo dove erano state disposte alcune attrezzature e un impianto di illuminazione per consentirle di lavorare con un minimo di agio.

«Ho provato a separare le ossa dell'uomo da quelle dell'animale con risultati molto parziali e discutibili, come puoi vedere.»

«Accidenti!» esclamò Sonia appena ebbe visto lo scheletro. «È anche più grande di quanto mi aspettassi...»

«Che cosa pensi di fare?» chiese Fabrizio.

«Voglio ricomporlo, in piedi, e magari farci una mostra quando sarà completato. Con ricostruzione virtuale e tutto: ti immagini che sballo?»

«Ah, sì, certo» disse Fabrizio senza entusiasmo. «Pensi che ti ci vorrà molto?»

«Non so... Non è una cosa che si fa in quattro e quattr'otto. Sono procedimenti delicati. Bisogna trovare gli attacchi, preparare i sostegni. E poi, sai come sono questi lavori: lo impari quando ci sei dentro. E la tua statua? Come va la ricerca?»

«È ferma. È saltata fuori questa maledetta tomba e ho dovuto scavarla, trasportare i materiali e quant'altro. Balestra era troppo incasinato con certe sue faccende e i suoi ispettori erano tutti impegnati.»

«Comunque ne verrà fuori una cosa clamorosa, se ho capito bene.»

«Anche troppo. Per questo, almeno per il momento, acqua in bocca. Non vogliamo la stampa fra i coglioni.»

«Tranquillo. Voglio soltanto lavorare in pace. Adesso comincio a prendere qualche fotografia e poi si vedrà; chissà che non mi venga qualche buona ispirazione.»

Fabrizio fece per congedarsi.

«Che si fa qui di sera?» chiese la ragazza già con l'occhio al mirino della sua camera digitale. Ed essendo evidente che la stagione turistica era finita e che Volterra si preparava per il letargo invernale, la domanda suonava senz'altro retorica. Fabrizio non raccolse: «C'è qualche ristorantino interessante e un teatro di prosa con un programma non male... Ci sono anche un paio di cinema e qualche discoteca. Purtroppo, da quando sono qui non ho avuto molte occasioni di distrarmi.»

Sonia mormorò qualcosa sottovoce mentre Fabrizio saliva le scale per tornare nel suo ufficio a lavorare.

Reggiani arrivò verso le cinque.

«Le ho riportato il suo dente» disse appoggiando sul tavolo la zanna color avorio.

«La ringrazio. La mia collega è già al lavoro e devo rimetterlo al suo posto. Posso sapere che cosa ne ha fatto?»

«L'ho mostrato al dottor La Bella, il nostro medico legale, e lui ha sondato le ferite dei due cadaveri con quest'affare. Ha detto che sembrava assolutamente di misura.»

«Interessante, ma di nessun aiuto per le sue indagini, suppongo. Mi chiedo perché abbia fatto un simile esperimento, visto che gli scheletri non vanno in giro ad azzannare la gente.»

«Curiosità» rispose Reggiani. «Pura curiosità. Quando la sua collega avrà finito la sua indagine sapremo certo di più su questo animale, ma temo che nel frattempo avremo altri guai. A proposito, lei abita in campagna, vero?»

Fabrizio avvertì improvvisamente un forte senso di disagio: «Sì, certo. Nel podere Semprini, in Val d'Era».

«Stia attento quando rientra di notte. Parcheggi l'auto davanti all'uscio di casa e una volta entrato chiuda porte e finestre.»

«So cavarmela, tenente» lo tranquillizzò Fabrizio. «E poi ho un Bernardelli automatico a cinque colpi caricato a pallettoni... con licenza di caccia, beninteso.»

«Stia attento lo stesso: quei due che ho appena rivisto in cella frigo non erano degli sprovveduti e giravano armati... L'ultima volta che ci siamo visti mi parve che avesse qualcosa da dirmi. Ha forse cambiato idea?»

Fabrizio esitò pensando che in fin dei conti quella voce avrebbe anche potuto non farsi più sentire, ma poi ritenne che a quel punto tanto valeva mettere Reggiani al corrente di tutte le peripezie che gli erano capitate dopo il suo arrivo a Volterra.

«È successo la prima notte che mi sono trattenuto qui, nel Museo, a lavorare all'oggetto della mia ricerca: la statua di fanciullo della sala Venti. La conosce?»

«Sì, certo» rispose Reggiani. «È quella che sembra una scultura di Giacometti.»

Fabrizio rimase favorevolmente impressionato dalla preparazione di Reggiani. Disse: «Proprio quella. C'è qualcosa di anomalo nella fusione, che sto cercando di capire e di studiare. Ebbene, proprio mentre ero assorto nel mio lavoro, poco prima delle due del mattino una voce femminile al telefono mi ha detto: "Lascia in pace il fanciullo" e ha riattaccato. Sul momento mi ha fatto impressione perché non riuscivo a capire chi potesse essere e come facesse a sapere della mia ricerca...».

Reggiani lo interruppe: «Possiamo darci del tu? Abbiamo circa la stessa età, mi pare».

«Molto volentieri» rispose Fabrizio. «Come ti chiami di nome?»

«Marcello.»

«Benissimo. Dicevo, la cosa mi ha impressionato: così nel cuore della notte, chi diavolo poteva sapere? Ho pensato a uno scherzo, ma mi pareva strano. Praticamente non mi conosceva nessuno qui.»

«Non è detto che la voce si riferisse a quel fanciullo... a volte si verificano strane coincidenze. Si è più fatta sentire di recente?»

«No, per il momento» mentì Fabrizio, rendendosi conto che Reggiani era già sufficientemente stressato.

«Allora prendiamoci un grattacapo per volta» disse l'ufficiale. «Comunque, vedo se riesco a mettere sotto controllo i tuoi telefoni, qui al Museo e nel podere Semprini. Non credo che chiamerà sul cellulare perché si metterebbe nei guai: immagino che tu abbia dato quel numero a una ristretta cerchia di persone...»

«Una trentina in tutto. Non mi piace essere scoccato tutti i minuti.»

«Appunto. Se avessimo la fortuna che ti richiamasse potremmo risalire all'apparecchio da cui è partita la telefonata e forse alla persona che l'ha fatta. Ma dubito: ultimamente non sembra che abbiamo molta fortuna.»

Fabrizio gli scrisse il numero sul retro di un suo biglietto da visita e glielo consegnò: «Se richiama come devo comportarmi?».

«Prova a trattenerla in modo che i nostri tecnici riescano a localizzare la chiamata. Ci vogliono almeno un paio di minuti.»

«Va bene. Farò del mio meglio.»

«Allora ci sentiamo presto. Se hai bisogno, per qualunque cosa, chiamami.» Si alzò per uscire.

«Posso chiederti un piacere?»

«Se posso, volentieri.»

«Dovresti mettere qualcuno dietro alla mia collega, la dottoressa Vitali. È quella che sta ricostruendo lo scheletro di quell'animale ma è una ragazza vivace e un po' imprudente: non vorrei che a volte andasse in giro di notte, che so...»

«Ci avevo pensato» rispose l'ufficiale, poi si mise in testa il berretto, calzò i guanti di pelle nera e uscì.

Fabrizio scese nell'interrato a rimettere il dente al suo posto; Sonia non c'era ma aveva già dato inizio alla sua opera alla grande, concentrandosi sul teschio che aveva collocato su una piattaforma sotto due lampade alogene. Con le sue occhiaie vuote e la grande mandibola irta di denti sarebbe potuto sembrare una maschera grottesca, se non fosse stato il reperto materiale di una tragedia tanto spaventosa. Notò che aveva attaccato un gran numero di particelle di pasta adesiva lungo una serie di linee tracciate con il gesso per il lungo, dalla nuca alla punta del muso, e di traverso, da tempia a tempia. Su ogni particella di adesivo erano fissati spilli da mezzo centimetro con capocchie di vario colore a seconda delle linee. Attorno ai fori auricolari c'erano spilli più lunghi e di colore diverso.

Fabrizio si inginocchiò, pose con cura e grande precauzione l'enorme zanna nel suo alveolo, poi risalì nello studio e si immerse nel lavoro. Le giornate si erano ormai notevolmente accorciate e il piccolo studio cominciava a oscurarsi con il declinare del giorno. Quando vide che doveva accendere la luce, constatò che erano le sette e mezzo e che il Museo era vuoto. Si chiese dove fosse Francesca in quel momento e avrebbe voluto telefonarle ma pensò che lei non aveva sentito il bisogno di chiamarlo e quindi era meglio lasciar perdere.

Copiò i suoi file su un dischetto e si alzò per andarsene; prima però scese a salutare Sonia: «Ti va di mangiare un boccone con me?» le chiese. Ma la ragazza declinò l'invito: «Mi spiace, sono troppo stanca. Prenderò un bicchiere di latte in albergo e me ne andrò a letto». «Allora ricordati di attaccare l'allarme prima di andare via, mi raccomando» disse Fabrizio, che risalì e, uscendo, si diresse verso la trattoria della signora Pina per cenare. C'era ancora qualche turista per la strada e quando sboccò nella Piazza dei Priori vide parecchie persone sedute davanti ai due bar principali a prendere l'aperitivo. Passò in mezzo ai tavoli intenzionalmente per sentire di che cosa parlava la gente in quella città assediata da un mostro sanguinario e sentì che la maggior parte parlava di calcio. C'era un'importante partita di club per la Coppa dei campioni quella sera: Milan contro Real Madrid, e la gente faceva pronostici e scommetteva, ognuno proponeva una formazione alternativa a quella messa in campo dal commissario tecnico.

Veniva un po' d'aria da via San Lino portando profumo di fieno e di mentastro fin dentro la grande piazza di pietra grigia, e da un piccolo caffè si diffondevano le note di *Struggle for pleasure*, una musica che suonava a Fabrizio particolarmente malinconica nonostante il ritmo. Gli sembrava assurdo mangiare da solo quando in città c'erano due colleghe, ambedue carine, ma Sonia era stanca e, quanto a Francesca, pensava che dovesse essere affaccendata se non si era ancora fatta viva. Se la prese comoda bighellonando per la città e fermandosi davanti alle vetrine e alle librerie e quando entrò nella trattoria erano passate da un pezzo le otto.

La signora Pina venne a prendere l'ordinazione e gli portò qualche bruschetta con un bicchiere di vino bianco per iniziare. C'era un gruppo di ragazzi già sistemati davanti al televisore in attesa del fischio di inizio della partita, e una comitiva di tedeschi seduti attorno a un lungo tavolo che vuotavano una caraffa dopo l'altra senza aver ancora cominciato a mangiare.

La signora Pina servì tutti quanti e poi venne a sedersi al suo tavolo, perché era lui l'unico avventore con cui avrebbe potuto scambiare due parole, dato che la partita era già cominciata e i tedeschi erano già alticci oltre che allofoni.

«Vuole saperne una, dottore?» gli chiese con aria di mistero.

«La voglio sapere sì, signora Pina» rispose Fabrizio rifacendole il verso.

«L'altra sera ho visto delle luci filtrare dalle cantine di palazzo Caretti Riccardi.»

«Qualcuno sarà sceso a prendere una bottiglia di vino» suggerì Fabrizio non sapendo che altro dire.

«Scherzi, scherzi, dottore. Non c'è anima viva che esca o entri da quel portone» disse indicando l'ingresso «da quando se ne andò il povero conte Ghirardini, che poi ci ha abitato due o tre anni in tutto.»

«Secondo lei che cos'è stato allora, fantasmi?»

«Ah, io certamente non glielo so dire, ma me lo dica lei che è istruito e che sa di lettere, chi poteva mai esserci laggiù all'una di notte a vagare in quei sotterranei che al solo pensarci mi viene la pelle d'oca, mi viene.»

«Ci sarà pure un padrone di casa da qualche parte. E può darsi che sia venuto a prendere qualcosa che gli serviva...» Non aggiunse altro perché la risposta gli sembrava troppo stupida; la signora Pina scosse le spalle: «Dicono che lei sta studiando il bambino allampanato del Museo etrusco».

«È la verità ma mi piacerebbe sapere chi gliel'ha detto.»

«Oh, la città è piccola e la gente parla. Lei è un forestiero e tutti si chiedono che cosa ci sia di tanto speciale in quella statua, che è lì da tanti anni e nessuno ci ha mai fatto caso.»

«Niente di speciale, infatti. C'è un editore che sta facendo un libro sugli Etruschi e a me mi hanno incaricato di studiare alcune statue del Museo di Volterra. Tutto qui. E, ora, se mi vuole portare il conto, signora Pina, io andrei verso casa.»

«Vada pure, dottore, buonanotte. To', guarda là» aggiunse subito dopo guardando fuori dalla finestra.

«Che c'è?» chiese Fabrizio.

«Nulla. È il comandante dei pompieri che va a letto con la moglie dell'avvocato Anselmi. Eh, già, oggi è martedì e l'avvocato dorme a Grosseto nell'altro studio.»

Fabrizio scosse il capo e si alzò. Dalle immediate vicinanze del televisore esplose un boato di giubilo da cui dedusse che il Milan doveva aver segnato. Pagò, si buttò la giacca sulle spalle e uscì dirigendosi verso palazzo Caretti Riccardi invece che per la strada da cui era venuto. Percorse il marciapiede lungo tutto l'isolato e constatò che ogni tanto c'era una grata di ferro massiccio che chiudeva le aperture di aerazione delle cantine.

Le imposte erano chiuse e la vernice scrostata. Aveva ormai completato il perimetro del palazzo e stava per tornare sulla piazzetta davanti alla facciata quando sentì il cigolio di una porta che si apriva.

Corse in direzione dell'ingresso e per un attimo vide un bambino che stava entrando dal portoncino secondario. La luce del lampione gli permise di distinguerlo abbastanza bene: era magro ed esile, con i capelli corti e grandi occhi scuri. Ma fu un attimo, il bambino scomparve all'interno e la porta scattò chiudendosi dietro di lui.

Fabrizio corse verso l'ingresso e batté ripetutamente sulla porta ma inutilmente. La serratura principale era coperta di ruggine: nessuno vi aveva inserito una chiave da molto tempo. Il portoncino secondario aveva una serratura Yale di cui, evidentemente, qualcuno possedeva ancora la chiave.

Si allontanò perplesso: chi poteva mai essere quel bambino? Se avesse avuto tempo gli sarebbe piaciuto andare al catasto a scovare i proprietari: magari vivevano a Milano in un qualche appartamento di via Montenapoleone e semplicemente si erano dimenticati di possedere quel catafalco. Prima di svoltare in via di Porta dell'Arco si girò istintivamente a scrutare la mole del palazzo nell'oscurità e vide un riflesso rossastro balenare per pochi istanti dalle aperture di aerazione sul bugnato del basamento. Trasalì e cercò di convincersi di aver sognato. Avrebbe voluto tornare indietro a guardare da vicino ma non ne ebbe la forza né la volontà: seguì le note di un'altra musica che venivano dal piccolo caffè del centro perché lo facevano sentire partecipe di una normale realtà.

Dalle finestre delle case emanava il più familiare baluginio dei televisori e si udivano le esclamazioni della gente che guardava la partita. Passò un'auto dei carabinieri senza fare il minimo rumore, come se viaggiasse a motore spento. Passò in bicicletta un vecchio con una lunga zazzera di capelli candidi lunghi fino alle spalle che fluttuavano nel vento come un velo da sposa. Un cane razzolava in un sacco della spazzatura che era riuscito a estrarre da un cassonetto. Da lontano veniva un rumore di pale attutito dalla distanza: un elicottero pattugliava le campagne a caccia di mostri invisibili. Squillò il telefono cellulare che teneva nel taschino della giacca e Fabrizio sussultò violentemente. In quella calma piatta, in quella città addormentata, qualunque suono che avesse un ritmo appena più frequente e un tono un po' più alto del ticchettio di un orologio sembrava una tromba del giudizio.

«Ciao, Sonia» disse vedendo il suo numero sullo schermo.

«Ciao, bello. Mi spiace non averti fatto compagnia, ma ero proprio stanca e senza appetito.»

«Non fa nulla. Dove sei?»

«In albergo.»

«Brava. Non devi andare in giro di sera: si possono fare brutti incontri.»

«Già. Ho saputo dei due morti ammazzati. Potevi anche dirmelo.»

«Non volevo impressionarti.»

«Impressionarmi un cazzo. Qui lo sanno tutti e hanno tutti una paura fottuta. Tu dove sei?»

«In giro.»

«Ti va di passare da me?»

«Nel senso se mi va di scopare?»

«Stronzo.»

«Dammi dieci minuti. Che cosa succede?»

«Ho ricostruito il muso di quella bestia. Se vuoi vederlo in faccia. Virtualmente, s'intende.»

«Stai scherzando. Non avevi detto che eri stanca e che te ne andavi subito a letto?»

«Mi è passata. Senti, ho un programma formidabile, il meglio che c'è in giro, ed è ovviamente opera mia. E poi non scherzo mai sul lavoro. E non scopo nemmeno.»

«Peccato. Cominciavo a farci un pensierino.»

«Muovi le chiappe, ti aspetto nel bar dell'accettazione.»

Fabrizio raggiunse l'auto e partì in direzione dell'albergo di Sonia. Lei lo stava aspettando seduta a un tavolo e fumava una sigaretta tenendo davanti a sé il suo portatile acceso.

«Senti, quando sono arrivata mancava il canino sinistro inferiore dalla mandibola, poi mi sono assentata per andarmi a comprare un panino e quando sono tornata il dente era al suo posto. Mi pare bizzarro. Sono scherzi del cazzo o che?»

«Tranquilla, ce l'avevo io e l'ho voluto rimettere al suo posto.»

«Meno male. Allora, sei pronto?» gli chiese.

«Ma come hai fatto?»

«Guarda» disse cominciando a caricare il programma. «Si fissa la serie dei punti in cui si innestano i muscoli, e a seconda delle dimensioni dell'attacco il computer dimensiona anche il muscolo attingendo al programma di anatomia che ha in memoria...»

Man mano che Sonia parlava, appariva sullo schermo il teschio della belva e si rivestiva prima dei muscoli, poi delle vene e infine della pelle.

«Quello che non possiamo determinare, ovviamente, è il colore degli occhi e del pelo. Ma diciamo che il pelo sarà stato nero. Mi sembra più adatto alla situazione, e gli occhi gialli, per stare in argomento.»

La testa della belva apparve con impressionante realismo: Sonia l'aveva rappresentata in atteggiamento terrifico, con il muso contratto e le labbra sollevate a scoprire le gengive irte di denti acuminati. L'aspetto era quello di un enorme lupo che da certe angolazioni sembrava invece assumere dei tratti quasi felini: un animale orrendo, una specie di Cerbero sanguinario. Fabrizio scosse la testa incredulo: «È spaventoso...» mormorò sottovoce. «Ma quanto è realistica questa ricostruzione? Non è che ti sei divertita a giocare con questa tua macchina?»

«Diciamo che al novanta per cento questo era il suo aspetto. Ovviamente non posso dirti se era maschio o femmina. Però direi che era maschio. E forse ho anche un'idea di che cos'era.»

«E cioè?»

«Devo passare prima in biblioteca per alcune consultazioni prima di pronunciarmi. Mi è venuta in mente un'idea... Be', allora, che te ne pare?»

«È formidabile, Sonia. Io lo sapevo che sei la migliore. Continua così.»

Rimasero ancora un poco a parlare e a bere una birra insieme, poi Fabrizio si fece dare il floppy, si congedò e uscì.

Raggiunse la sua auto e si diresse verso casa. Erano passate le undici quando inserì la chiave nella serratura, accese la luce ed entrò. Andò a sedersi davanti al computer e inserì un dischetto nel drive suscitando dallo schermo l'immagine del fanciullo di Volterra. *L'ombra della sera.*

VIII

L'immagine, tridimensionale, ruotava nello spazio virtuale davanti a lui e la macchia scura che aveva notato nelle radiografie acquisiva volume e contorni netti man mano che il programma sviluppava la sua capacità di risoluzione. Gli pareva che non ci fossero più dubbi sul fatto che la forma era quella di una lama conficcata all'altezza del fianco, e impartì alla macchina il comando di stampa, riproducendo un'immagine su carta. L'avrebbe mostrata al Soprintendente l'indomani e gli avrebbe chiesto il permesso di effettuare un microsondaggio per un'analisi metallografica. Era praticamente sicuro che avrebbe scoperto un metallo di lega diversa sotto la superficie della statua nel punto evidenziato dalle radiografie. E se Balestra gli avesse negato il permesso, avrebbe chiesto di poter esplorare l'interno della statua partendo dai tenoni, i perni che ancoravano i piedi alla base, un metodo non invasivo e non pericoloso per il capolavoro. Ma costoso, questo sì. E problematico. Significava togliere la statua alla visione del pubblico per diversi giorni, per un risultato che sarebbe anche potuto essere discutibile o non di così grande importanza come sembrava a lui.

Squillò il telefono. Un rumore irritante in quel silenzio totale, a quell'ora della notte. Sonia, forse? O Reggiani? Gli passarono mille pensieri per la testa nel breve intervallo di tempo che impiegò per alzarsi e raggiungere l'apparecchio. Sollevò la cornetta: «Pronto?».

«Ti avevo detto di lasciare in pace il fanciullo. Ti avevo avvertito» disse la stessa voce femminile che aveva già udito due volte. E questa volta era dura, perentoria, minacciosa.

«Senta» si affrettò a dire, «non riattacchi per favore. Io...» Ma la sua misteriosa interlocutrice aveva già riagganciato. Appoggiò a sua volta la cornetta del telefono e restò per un poco assorto, in piedi, poi d'un tratto, come colto da un'improvvisa consapevolezza, si precipitò al quadro elettrico e accese tutti gli interruttori delle luci esterne, agguantò una grossa pila da un cassetto della credenza e si precipitò fuori dalla porta. Udì il rumore di un motore, un furgone passò dalla strada e scomparì lontano.

Lei doveva essere vicina se lo aveva visto lavorare al computer e se aveva visto l'immagine del fanciullo sullo schermo. Corse affannosamente attorno alla casa guardando in ogni punto, spalancò con un calcio la porta della stalla e illuminò ogni angolo con la torcia elettrica: non notò nulla, se non un gruppo di scarafaggi che rimasero immobili al centro del pavimento, sorpresi da quell'improvvisa, rumorosa irruzione.

Richiuse la porta e corse verso la macchia ai bordi dell'uliveto illuminando il suolo per vedere se si scorgevano tracce sul terreno molle. Solo il frullo d'ali di qualche uccello spaventato ruppe il silenzio della notte. Si fermò ansimante sciabolando ancora l'oscurità con il raggio della torcia ma non vide nulla né udì alcun rumore sospetto. Possibile? Possibile che lei potesse osservarlo così da vicino e che lui non riuscisse a scoprire alcun segno della sua presenza? Forse lo osservava da lontano con un binocolo e lo aveva chiamato con un telefono cellulare? E chi poteva mai essere una donna che andava in giro di notte per le campagne deserte a quell'ora senza temere ciò di cui tutti avevano terrore?

D'un tratto si rese conto di essere a quasi duecento metri da casa, ai bordi del bosco, e subito dopo udì un mugolio sordo, e poi un ringhio cupo e gorgogliante provenire dal macchione in fondo alla valle. Spense immediatamente la torcia mentre un getto di adrenalina gli incendiava il sangue e si mise a correre verso la casa con foga disperata, con il cuore che gli martellava il petto e le tempie. Inciampò al buio in un ramo secco e rovinò al suolo spellandosi le mani, le braccia e il mento, si rialzò freneticamente, scivolò ancora, si lanciò di nuovo in corsa mentre il ringhio sordo si dispiegava in un lungo, agghiacciante ululato che la gola incassata fra i colli dilatò a dismisura come se l'urlo stesso dell'inferno fosse esploso nell'aria immota della notte.

Volò attorno al bordo del macchione e infilò la viottola sterrata che conduceva alla casa, ma gli sembrava di avere nell'orecchio quell'urlo e il passo concitato della belva alle spalle. La porta era ormai a meno di trenta metri e i battenti appena accostati lasciavano vedere le luci accese nella sala. Si infilò all'interno in un lampo e richiuse dietro a sé i battenti uno dopo l'altro. Corse alla rastrelliera ma in quel momento il ringhio echeggiò all'interno della costruzione: proveniva dalla loggia centrale, alla sua destra. Fabrizio si sentì gelare il sangue: «Oh, Dio» mormorò «è qui dentro». E pensò alla porta che aveva lasciato aperta. Staccò il fucile dalla rastrelliera, fissò, con febbrile concitazione, la torcia accesa alla canna con del nastro adesivo che aveva dimenticato appoggiato sul tavolo, mise il colpo in canna, poi andò verso la loggia e aprì la porta buttandosi subito con le spalle agli stipiti. Era deserta, e quando il fascio luminoso colpì le due porte che davano ai piani superiori vide che erano chiuse. Accese la luce e tirò un lungo sospiro: era stata solo l'eco riverberata dalla volta ricurva della loggia aperta verso l'esterno, con il lunotto chiuso da una raggiera di lance di ferro battuto.

Richiuse la porta dietro di sé e tornò nella sala per controllare la chiusura dell'altra porta. In quel momento, passando davanti alla finestra vide, in alto, il fanale di una bicicletta che scendeva dalle colline e udì nello stesso tempo un lieve scampanellare. «Oh, merda!» imprecò fra i denti.

E pensò che fra pochi istanti un'altra vittima sarebbe crollata al suolo con la gola squarciata. Non c'era un attimo da perdere. Uscì nel cortile, richiamò il numero di Reggiani dal cellulare e appena ebbe la linea gridò: «Sono Fabrizio, corri, presto, per l'amor di Dio, è qui!».

«Chi è lì?» gridò la voce di Reggiani dall'altra parte, ma Fabrizio aveva già chiuso e si precipitava in avanti con il fucile spianato. Puntò il raggio di luce in direzione della bicicletta e gridò più forte che poté: «Attento! Attento! Giù, mettetevi al riparo!» ma l'uomo, ancora troppo distante non l'udì e continuò a scendere di buon passo.

Fabrizio gridò ancora, ma nello stesso istante udì prima il rantolo della bestia in agguato e poi l'urlo feroce che già lo aveva gelato di spavento pochi minuti prima. Vide una grande massa scura balzare dalla macchia verso la strada e cercò di prendere la mira senza riuscirvi. Un attimo dopo udì un grido di orrore, uno sferragliare confuso e poi solo il ringhio soffocato della belva che affondava il muso nel sangue. Balzò dall'argine in mezzo alla strada e per una frazione di secondo l'ebbe davanti: il pelo irto, le zanne scoperte e lorde di sangue, gli occhi gialli. Puntò il fucile e tirò, ma l'animale già non c'era più. Si era tuffato nella selva con un balzo spettacolare, leggero come fosse fatto d'aria.

Una gragnuola di spari esplose alle sue spalle nella stessa direzione ed egli si buttò a terra terrorizzato mentre la scena del massacro era improvvisamente illuminata a giorno da potenti fasci di luce. Con gran cigolio di gomme l'Alfa di Reggiani inchiodò a pochi centimetri dai suoi piedi e l'ufficiale balzò fuori con la pistola in mano esplodendo in rapida successione tutto il caricatore della Beretta nella direzione in cui aveva visto fuggire la belva.

Una trentina di uomini in tuta mimetica e con i fucili d'assalto arrivarono in due minuti e si lanciarono nella boscaglia con una muta di cani lupo. E ben presto anche un elicottero cominciò a volteggiare sulle loro teste scandagliando la foresta con il faro di prua.

Il tenente Reggiani si avvicinò al cadavere e lo guardò senza poter trattenere un'espressione di ribrezzo. Era quasi decapitato, le vertebre del collo erano state maciullate e la testa era attaccata al busto soltanto con qualche brandello di pelle. Fabrizio si alzò tenendo ancora fra le mani il fucile fumante e gli si avvicinò: «Non sono riuscito» disse con la voce rotta dall'emozione. «È stato un lampo... un lampo. L'avevo davanti a me, sotto tiro... ho sparato, sicuro che l'avrei colpito...».

«L'hai visto? Voglio dire... in faccia?» chiese Reggiani.

Fabrizio annuì: «La torcia sulla canna del fucile era accesa e l'ho visto per un istante in piena luce: è un animale mostruoso, è una bestia uscita dall'inferno, è...». Era scosso da un tremito convulso, aveva il volto terreo, gli occhi rossi, il respiro breve.

Reggiani gli batté una mano sulla spalla: «Sei sotto shock» gli disse. «Adesso arriva un'ambulanza. Forse è meglio se ti fai ricoverare».

Fabrizio raddrizzò le spalle: «Non ho niente» rispose. «Ora mi passa.»

L'ambulanza arrivò di lì a poco e aspettò che i militi terminassero il loro lavoro di rilevamento.

«Sei sicuro che non vuoi farti dare una controllata?»

«No, sto bene, ti dico. Ma vado in casa: ho bisogno di sedermi, le gambe mi tremano.»

«Lo credo» disse Reggiani. «Con quello che hai passato, lo credo. Trovarsi di fronte quella bestia... Però è un peccato che tu non sia riuscito a centrarla, sarebbe stato un bel colpo e non avremmo più dovuto pensarci.» Si rivolse al brigadiere dietro di lui: «Spagnuolo, io vado con il dottor Castellani. Se avete bisogno, sono qua a due passi».

«Stia tranquillo, signor tenente» rispose Spagnuolo «qui è tutto sotto controllo.»

Reggiani scosse la testa: «Sotto controllo il mio cazzo» borbottò. «Adesso appena lo viene a sapere il Sostituto Procuratore casca il mondo...»

La voce di Spagnuolo, improvvisamente concitata, lo richiamò indietro: «Signor tenente, signor tenente, corra, presto! È l'elicottero, lo hanno visto!».

«Che cazzo dici, Spagnuolo?» gridò Reggiani voltandosi di scatto e correndo verso la volante. Si attaccò alla radio: «Reggiani. Che succede? Passo».

«L'abbiamo visto, tenente!» gridò la voce del copilota al colmo dell'eccitazione «già due volte, il faro di prua l'ha inquadrato due volte: corre a una velocità inverosimile.»

«Sparategli, porca puttana! Usate la mitragliatrice, che cazzo aspettate, passo.»

«Ci stiamo provando, tenente, ci stiamo provando...» Si udì crepitare la mitragliatrice, una, due volte. Poi si udì la voce del copilota che gridava: «Attento! Attento, vira, vira!».

«Che cazzo state combinando?» gridò ancora Reggiani nel microfono. «Rispondi, accidenti, rispondi!»

Si udì ancora il copilota che gridava: «Stiamo imbardando, stiamo imbardando, dai gas, dai gas!».

Reggiani rimase con l'orecchio incollato al ricevitore e il cuore in gola, aspettandosi da un momento all'altro di sentire lo scoppio di un'esplosione. Invece, pochi attimi dopo tornò la voce del pilota: «Sono il maresciallo Rizzo. Abbiamo rischiato di schiantarci contro la montagna, signor tenente. Adesso va tutto bene, ma lo abbiamo perso. Cerchiamo ancora, passo».

«Maledizione! Maledizione! Maledizione!» imprecò Reggiani sbattendo il ricevitore sul sedile di guida. Poi si rivolse al brigadiere: «È scappato e a momenti vanno a schiantarsi contro la montagna. Ci mancava solo quello. Resta tu in ascolto, Spagnuolo. Io vado».

Spagnuolo scosse il capo avvilito: «C'è mancato poco, signor tenente. C'è mancato poco... Vada pure, la chiamo se succede qualcosa».

«Che cosa è successo?» chiese Fabrizio.

«Per un pelo non lo beccano.»

«No!»

«Altroché. Lo hanno inquadrato due volte con il faro e

hanno anche fatto fuoco con la Browning. Poi l'hanno perso.»

«Ma allora...»

«È una creatura in carne e ossa? Io non ho dubbi, e tu?»

Entrarono in casa e Fabrizio prima appoggiò il fucile alla rastrelliera, poi andò alla credenza a prendere una bottiglia di whisky: «Mi ci vuole» disse. «Ne vuoi un goccio anche tu?»

«Bell'arma» osservò Reggiani buttando un'occhiata al Bernardelli. «Sì, grazie, bevo un goccio anch'io» soggiunse prendendo una sedia.

Fabrizio mandò giù due sorsate di liquore e tirò un lungo sospiro: «Nemmeno io... Insomma, non lo so... Però, se tu avessi visto quello che ho visto io...».

Reggiani bevve anche lui un sorso, poi lo fissò dritto negli occhi: «Adesso raccontami tutto» disse. «Per filo e per segno».

Fabrizio mandò giù ancora una sorsata. Stava riprendendo colore e il tremito delle mani si era di molto attenuato.

«Ma prima di tutto» chiese Reggiani «che cos'è?»

Fabrizio bevve ancora un poco.

«Vacci piano con quella roba, non è mica Coca Cola.»

Fabrizio appoggiò il bicchiere vuoto sul tavolo e pensò improvvisamente alla ricostruzione virtuale che Sonia aveva realizzato sul teschio dello scheletro rinvenuto nella sepoltura del *Phersu*: «Che cos'è?» ripeté «io... io non lo so... So soltanto che la mia collega ha costruito un'immagine generata dal computer sul teschio dell'animale recuperato nella tomba del Rovaio ed era... guarda, non ci crederai ma era praticamente uguale».

«Ma cos'è?» insistette Reggiani. «Un cane, un lupo, una pantera? Deve pur essere qualcosa di riconoscibile, accidenti a lui!»

«Sembra un cane o un lupo. Solo che è di proporzioni smisurate, è capace di compiere balzi incredibili e... e... non lo so, accidenti, non lo so!»

«Lascia perdere» disse l'ufficiale. «La cosa importante è che non è uno spettro. E c'è mancato poco che i ragazzi lo impallinassero come si deve... ho sentito io cantare la Browning nella radio.»

Il trasmettitore che portava attaccato alla spallina gracidò con la voce di Spagnuolo: «Signor tenente...».

«Che c'è?»

«È arrivato il signor Sostituto Procuratore.»

«Vengo.»

Si mise in testa il berretto, si infilò i guanti e uscì. «Torno fra un poco» disse. «Il tempo di mandarlo a fare in culo se rompe troppo i coglioni.»

Si fermò subito fuori dalla porta, si accese una sigaretta, aspirò una lunga boccata e poi si incamminò.

Un paio di militi stavano ancora facendo rilievi e prendendo campioni.

«Senta, Reggiani» cominciò il Sostituto Procuratore con la voce stridula.

Reggiani buttò il mozzicone e alzò la mano alla visiera: «Dica, signor Sostituto Procuratore».

«Questo è il terzo cadavere...»

"Sa anche contare fino a tre" pensò fra sé Reggiani.

«E non abbiamo ancora cavato un ragno dal buco.»

«Qui non abbiamo a che fare con ragni, signor Sostituto Procuratore, qui abbiamo a che fare con una belva sanguinaria, una specie di cane o di lupo grosso come un leone, con zanne di sette centimetri, che pesa probabilmente più di un quintale e corre così veloce e si sposta con tale rapidità che il mio elicottero a momenti finisce contro quella montagna laggiù nel tentativo di inseguirlo. In una parola, un mostro. E se permette, c'è mancato poco che i miei ragazzi lo beccassero. La battuta è ancora in corso con uomini e cani e ce la stiamo mettendo tutta. Nessuno sta seduto a grattarsi le palle.»

«Ma, tenente!»

«Con licenza, s'intende, signor procuratore.»

Si avvicinò Spagnuolo con il portafogli della vittima.

«Chi era?» chiese Reggiani.

«Non ha documenti.»

«Gli hai preso le impronte?»

«Naturalmente. Ho anche scattato una foto digitale e la sto spedendo con il mio portatile al computer dell'archivio centrale per vedere se è schedato da qualche parte. Sto aspettando una risposta» indicò un computer acceso appoggiato sul cofano della sua auto, collegato a un cellulare.

Il Sostituto Procuratore si rivolse nuovamente a Reggiani: «Che cosa ha intenzione di fare?» gli chiese.

«Dobbiamo scoprire dove ha la tana. L'elicottero è in comunicazione con gli uomini a terra e questa volta riusciranno a rilevare le tracce. Lo hanno visto, per Dio, e gli hanno anche sparato. Hanno localizzato esattamente il punto...»

Spagnuolo si avvicinò: «Signor tenente, è arrivato un riscontro, venga».

Reggiani si avvicinò al computer e vide una foto segnaletica di fronte e di profilo che occupava lo schermo e sotto una banda bianca con i dati anagrafici e di identificazione: Santocchi, Cosimo, di Amedeo: disoccupato, senza fissa dimora, nato a Volterra il 15-4-1940. Precedenti: furto con destrezza, traffico di modica quantità di stupefacenti.

«Questo almeno non sembra essere un tombarolo» commentò Reggiani.

«Così parrebbe» confermò Spagnuolo «ma non è detto.»

«Già... Le impronte corrispondono?»

«Sì» rispose il brigadiere «guardi.» Inserì una lamella di gelatina in un drive collegato al computer e le impronte rilevate furono immediatamente accostate e poi sovrapposte a quelle offerte dall'archivio. «Coincidono perfettamente.»

«Infatti» confermò Reggiani. «Fai analizzare la terra che ha sotto le scarpe e vedi se ci sono tracce delle argille gialle di Contrada Rovaio, non si sa mai. Non mi stupirebbe che anche lui avesse preso parte al picnic.»

«Provvedo subito, signor tenente.»

«Allora io vado, se lei permette, dottore» disse l'ufficiale rivolto al Sostituto Procuratore. «Devo terminare la mia conversazione con il dottor Castellani, che ha visto la belva un attimo dopo che aveva sbranato questo poveraccio. La vedo dopo, magari.»

«Sì, sì, vada, tanto qui abbiamo ancora parecchio da fare.»

Reggiani tornò indietro. Prima di entrare alzò gli occhi al cielo e vide che cominciava a rannuvolarsi. Fabrizio era ancora seduto al suo tavolo e scarabocchiava degli appunti su un brogliaccio. A fianco aveva la stampa della ricostruzione virtuale elaborata da Sonia.

«È quello?» chiese Reggiani.

«Sì. Guarda. È molto simile, direi che è quasi identico e la cosa è impressionante, se permetti. Questa ricostruzione virtuale, da considerarsi affidabile al novanta per cento, riguarda un animale che è morto asfissiato o di infarto circa ventiquattro secoli fa. È un esemplare per il quale non ci sono altri riscontri, che si sappia, almeno per il momento. E adesso salta fuori questa belva che è praticamente la sua fotocopia e salta fuori proprio la notte in cui quella tomba è stata aperta...»

Reggiani si strinse nelle spalle: «Coincidenze... che altro? I fantasmi, sia pure di animali, non vanno in giro a scannare la gente. Chi uccide, ne sono certo, può essere ucciso. Dobbiamo trovare la tana, ecco tutto, e poi riempirlo di piombo. Vedrai che dopo non ci saranno altri problemi».

«C'è un'altra faccenda» disse Fabrizio. «Si è rifatta viva.»

«La voce misteriosa?»

«Quella. Dieci minuti prima che succedesse tutto questo disastro. Ho cercato di trattenerla per darvi tempo di localizzare la chiamata ma ha riattaccato immediatamente.»

«Che cosa ti ha detto?»

«Aveva un tono duro, minaccioso. Mi ha gridato: "Ti avevo detto di lasciare in pace il fanciullo. Ti avevo avvertito". E poi ha riagganciato. Non c'è stato niente da fare. Ho pensato che fosse qui nei dintorni, magari con un binocolo, e potesse vedere lo schermo del mio computer. E così mi sono precipitato fuori a cercare dappertutto. È stato allora che ho sentito il ringhio e poi l'ululato di quella bestiaccia. Cristo, ti giuro che m'è andato il sangue in fondo ai piedi. Sono corso in casa, poi dalla finestra ho visto il fanale di una bicicletta che scendeva dalla statale e sono corso fuori gridando per mettere in guardia il ciclista. È stato allora che ti ho chiamato sul cellulare. Ma ormai era tardi... Il resto lo sai meglio di me.»

«Non è detto che non siano riusciti a localizzare la chiamata. Ora hanno dei mezzi molto sofisticati. Domani, se c'è qualcosa, ti saprò dire. Ora cerca di dormire tranquillo. Ti lascio due angeli custodi, due ragazzi svegli e di mano svelta e, anzi, avrei dovuto farlo prima, ma pensavo che...»

«Non importa, davvero. So cavarmela da solo, come hai visto.»

«Sì, ma devi pure dormire, e quando uno dorme, dorme.»

«Va bene, ti ringrazio.»

Reggiani si alzò per augurargli la buonanotte quando Spagnuolo lo chiamò di nuovo alla radio: «Signor tenente. Gli uomini del reparto speciale sono tornati indietro, vorrebbero fare rapporto».

«Arrivo subito» disse l'ufficiale. Poi, rivolto a Fabrizio: «Dimenticavo di dirti che sei stato in gamba, davvero. Di gente con le palle ce n'è sempre meno in giro. Buonanotte».

«Buonanotte» rispose Fabrizio e gli richiuse la porta dietro le spalle.

Reggiani raggiunse il luogo del massacro e vide che i portantini stavano rimuovendo il cadavere dalla strada dopo averlo chiuso in un sacco di plastica. Il Sostituto Procuratore da un lato prendeva appunti sul suo taccuino.

Si avvicinò il capo del reparto speciale che aveva pattugliato il bosco, un giovane maresciallo dei ROS di nome Tornese che si era distinto in numerose brillanti operazioni.

«Allora, maresciallo?» chiese Reggiani, già preparato alla descrizione di un fallimento.

Il sottufficiale si portò la mano al basco: «Signor tenente. È successo qualcosa di molto strano. L'elicottero ci ha segnalato i punti dove avevano localizzato l'obiettivo prima di invertire la rotta e io ho fatto convergere gli uomini con i cani in quel luogo: è un costone boscoso che va a terminare nei calanchi della Mottola e il fondo è piuttosto consistente ma non duro. Quando siamo stati abbastanza vicini abbiamo trattenuto i cani e siamo andati avanti noi per rilevare eventuali tracce...».

«Ottima scelta, maresciallo» approvò Reggiani. «Allora?»

«Le abbiamo trovate, e le abbiamo rilevate ma... ecco, come dire, a un certo punto sparivano.»

«Come sarebbe a dire, sparivano?»

«Sparivano, non se ne trovavano più in nessuna direzione. Vede, da quella parte si alza una parete di arenaria abbastanza ripida, quella che stava per creare problemi al nostro elicottero. E il bosco termina lì. Sulla sinistra ci sono i calanchi, sulla destra un macchione di rovi quasi impenetrabile. In mezzo si apre una viottola, poco più che un sentiero che usano i mandriani per condurre i porci a pascolare sotto le querce. Il fondo è di arenaria e se l'animale fosse fuggito da quella parte certamente non avrebbe potuto lasciare tracce, ma poco dopo ricomincia un fondo argilloso, lo stesso dei calanchi.»

«E lì non avete visto niente?»

«Niente. Solo tracce di pneumatici. Ma quello è un posto dove spesso andavano le coppiette salendo dall'altra parte, dal versante di Santa Severa. Adesso non più, ovviamente.»

«Ma... erano tracce fresche?»

«Be', sì, mi pare di sì.»

«Allora le ha lasciate qualcuno che non ha paura ad andare in giro di notte, da queste parti e a quest'ora, con quella bestiaccia che scorrazza indisturbata. È un signore che mi piacerebbe incontrare per porgli una domanda o due. Avete fatto eseguire dei rilievi?»

«Signornò. Non avevamo previsto una situazione del genere e siamo venuti attrezzati per una battuta.»

«Non importa, mandate subito qualcuno. Adesso, maresciallo. E domani mettetevi a rapporto: voglio sapere ogni minimo dettaglio. Mi dispiace, ma temo che dovrete passare la notte in bianco.»

«Non fa nulla, signor tenente, siamo abituati. Stia tranquillo, vedremo di fare tutto quello che si può». Salutò portando la mano al basco e raggiunse i suoi uomini.

Il Sostituto Procuratore si avvicinò: «Mi sembra che a questo punto possiamo anche andarcene. Ha disposto la sorveglianza per il dottor Castellani?».

«Già fatto. Lascio due dei miei uomini migliori e comunque non credo che questa notte succederà più nulla. È già successo tutto quello che doveva succedere, purtroppo. Buonanotte dottore.»

«Buonanotte, tenente. Ah, senta, l'ho vista fumare poco fa, non sapevo che avesse il vizio.»

«Ne fumo una al giorno.»

«Interessante. E quando?»

«Dipende.»

«Da cosa, se posso chiederlo?»

«Dall'incazzatura.»

IX

Sonia entrò nella biblioteca del Museo verso le dieci e passò in mezzo alle scaffalature finché non incontrò Fabrizio intento a consultare un repertorio di bronzistica.

«È vero che ha fatto fuori un altro disgraziato ieri sera?»

«Come lo sai?»

«Mah, me lo immagino. Si sa che ieri notte c'è stata una battuta dei carabinieri, proprio dalle tue parti se non sbaglio. Qualcuno ha udito dei colpi di fucile... Non credo che fosse una scampagnata.»

Fabrizio appoggiò il libro sul tavolo: «Non lo era, infatti. Ma tienilo per te, sono cose spaventose».

«Vieni giù a prendere un cappuccino al bar?»

«Hai delle notizie per me?»

«Forse. Qualcosa... non so...»

«Va bene, vengo.»

«A che punto sei?» le chiese mentre scendevano le scale.

«Il lavoro procede. Sto montando la colonna vertebrale: è il lavoro più eccitante che abbia mai fatto in vita mia. Quasi meglio che fare sesso.» Fabrizio scosse il capo ma non riuscì nemmeno a sorridere.

Si sedettero in un cantuccio appartato del bar e aspettarono che venissero serviti i cappuccini.

«È stata così brutta?» chiese Sonia.

«Peggio» rispose Fabrizio mescolando il suo cappuccino. «Un macello. Non hai idea. Però l'ho visto.»

Sonia sgranò gli occhi : «Non ci posso credere».

«Come vedo te adesso. A una distanza di non più di sette, otto metri. Avevo il fucile, ho sparato, ma quello era già sparito. Lo hanno intercettato un momento con l'elicottero ma poi l'hanno subito perso.»

«E com'era?»

«Non ci crederai: molto simile alla tua ricostruzione virtuale. Per un attimo mi è sembrato di stare in un video gioco. O in un incubo, non so come dirti. So solo che c'è mancato poco che mi scoppiasse il cuore. Allora, che cosa volevi dirmi?»

«Sto cercando in tutti i repertori. Mi sono anche collegata in internet con gli istituti delle altre università straniere. Secondo me c'è una possibilità, sia pure vaga, di identificazione di quell'animale.»

«E sarebbe?»

Sonia prese dalla borsa una cartellina e ne estrasse una stampa in bianco e nero che ritraeva un cane a fauci spalancate in atteggiamento terrifico. Si sarebbe detto un bronzo antico: «Che te ne sembra?» chiese.

Fabrizio l'osservò attentamente masticando un pezzo di brioche: «È abbastanza somigliante» disse. «Che cos'è?»

«È un bronzo di Volubilis, in Marocco. Potrebbe rappresentare una razza di cani giganteschi e ferocissimi, estinti da millenni, che i Fenici avevano importato in Mauritania da una misteriosa isola nell'Oceano.»

«Bella storia, ma ha l'aria di essere come tante altre storie dell'antichità: una favola.»

«Non direi. Un passo di Plinio racconta che il re Giuba II di Mauritania ne aveva alcuni che usava per la caccia: erano giganteschi.»

«E come sarebbe finita a Volterra una bestia del genere, quattro secoli prima del re Giuba II, se ricordo bene?»

«Non lo so. Ma ho trovato una testimonianza secondo cui gli Etruschi verso la metà del quinto secolo chiesero ai Cartaginesi di associarsi a loro nella colonizzazione di un'isola nell'Oceano. Mi è sembrato un indizio interessante, una specie di collegamento, non trovi?»

«Lo è. E non è niente male per un tecnico che non sa leggere il greco. Comunque, come potrebbe esistere ancora, e andare in giro per le nostre campagne a scannare la povera gente?»

«Chiedi troppo. Io ho trovato questi riscontri e mi sono parsi plausibili. Quanto alle razze esistenti, oggi non sono riuscita a trovare nulla che gli assomigli, né per aspetto né per dimensioni. E a dirti la verità non so come spiegarmelo.»

«Ci deve essere una spiegazione.»

«L'unica spiegazione possibile è che si tratti di...»

«Di che?» la incalzò Fabrizio.

«Di una chimera.»

«Andiamo, Sonia.»

«Non hai capito. Non sto parlando di un animale mitologico. Per chimera in biologia si intende il prodotto di una mutazione genetica, casuale e non ripetibile che occorre in un esemplare di una specie qualunque, sia essa vegetale o animale.»

«Come una tigre bianca, per esempio?»

«No. Quella è solo una deficienza di pigmenti, volgarmente detta albinismo. Ti sto parlando di una mutazione profonda dei geni che determinano caratteristiche anomale nella forma e nelle dimensioni. I veterinari dell'Ottocento e dei primi del Novecento usavano quel termine quando si trovavano di fronte a vitelli con due teste o a capre con un corno solo anziché due. Oggi esiti in qualche modo analoghi si possono ottenere con la manipolazione genetica ma possono anche determinarsi spontaneamente in modo del tutto casuale.»

Fabrizio restò in silenzio per qualche istante guardando fuori dalla finestra: era una giornata fosca e umida e la luce giungeva velata attraverso i vetri del bar. La gente andava e veniva, dava un'occhiata al giornale, qualcuno giocava a carte. Tutto sembrava normale, eppure quelle persone gli apparivano come sospese in una dimensione falsa e provvisoria: come comparse in un film di cui non conosceva né l'inizio né la conclusione. Vedeva le loro bocche muoversi ma non udiva le loro parole, e i loro movimenti gli sembravano rallentati e quasi impediti, come se l'atmosfera di quel locale e di quella città si fosse fatta densa come l'acqua.

«Mi stai ascoltando?» chiese Sonia appoggiandogli una mano sul braccio.

«Sì, certo» rispose Fabrizio. «È la coincidenza che non è spiegabile. L'animale vivo è troppo simile alla tua ricostruzione virtuale. Se tu lo avessi visto, avrei detto che ti eri lasciata influenzare.»

«La casualità» disse Sonia con un tono non troppo convinto «può essere talvolta molto sorprendente.»

Si vedeva benissimo che nemmeno lei credeva a quello che diceva, ma Fabrizio finse di prendere per buona quell'affermazione. Pagò il conto e uscì con la ragazza tornando verso il portone del Museo. Giunti all'ingresso Sonia si diresse verso il piano interrato, Fabrizio invece salì al primo piano dove aveva l'ufficio. Incrociò Francesca che usciva dal laboratorio di restauro e le fece un cenno come per dire "Niente di nuovo?".

La ragazza si strinse nelle spalle e scosse il capo.

Fabrizio entrò nel suo ufficio, raccolse i suoi appunti e tornò in biblioteca. Gli era venuta improvvisamente un'idea e cominciò a consultare prima il catalogo del Museo e poi la «Notizia degli scavi» finché non trovò la descrizione del ritrovamento della statua del fanciullo. Si immerse avidamente nella lettura, prendendo di tanto in tanto appunti frettolosi. Quando ebbe finito si accorse che era ora di pranzo e che era rimasto solo in biblioteca. Diede ancora una scorsa alle sue note e poi alla «Notizia degli scavi» mormorando fra sé: "E se fosse... Ma no, no... non è possibile...". L'estensore della breve relazione faceva riferimento alla proprietà dei conti Ghirardini, ma senza fornire indicazioni che potessero permettere una localizzazione precisa: un modo di scrivere piuttosto anomalo per la prestigiosa rivista.

Andò al catalogo delle carte topografiche, ne scelse una, la fotocopiò, la ripose nella sua cartella e si avviò verso l'uscita fermandosi un momento a ritirare gli avvisi dalla casella. Erano quasi le due e si diresse alla trattoria della signora Pina dopo essersi fermato a comprare alcuni giornali.

«Mangia qualcosa, dottore?» gli chiese premurosa l'ostessa.

«Un piatto di verdura e due fette di prosciutto. Con acqua minerale.»

«Vuole stare leggero. Si sieda che la servo subito.»

Fabrizio tolse dalla cartella i giornali che aveva comprato: un quotidiano nazionale e uno locale. Nel primo non trovò che un colonnino in cronaca che titolava: *Misteriose morti nelle campagne di Volterra. Infruttuose per ora le indagini della polizia*. Seguivano una ventina di righe abbastanza generiche. Le vittime erano identificate solo con le iniziali. Nel giornale locale, invece, era dedicata al caso quasi mezza pagina, ma si parlava solo di due morti anziché di tre. Reggiani doveva essere riuscito per il momento a tener coperta la terza vittima. Il cronista parlava abbastanza diffusamente delle due uccisioni, era però evidente che non conosceva i dettagli, e che qualcuno lo aveva depistato su una ipotesi di regolamenti di conti tra pastori sardi che frequentavano la zona, gente che non aveva famiglia né rapporti né relazioni: la comunità non soffriva per la loro dipartita, praticamente non la notava nemmeno.

Se anche questa situazione era favorevole per le autorità, che non volevano lasciar trapelare la verità con tutta la sua carica traumatica, tuttavia la paura che strisciava fra le mura e per le strade della città era palpabile. Si vedeva gente parlottare sottovoce, si sentivano mezze frasi. Non sarebbe più stato così facile tenere l'intera faccenda sotto controllo.

Gli dispiaceva per Francesca. Le aveva chiesto un grosso favore ma non le era stato molto vicino, inoltre non voleva coinvolgerla troppo per non metterla in pericolo. E non voleva farsi vedere troppo in giro assieme a lei. Le avrebbe telefonato per dirle qualcosa.

«Ecco la sua verdura e il suo prosciutto» disse la signora Pina appoggiando sul tavolo due piatti e una bottiglia di acqua minerale.

«Non si siede?» le chiese Fabrizio. La donna depose l'opulento deretano su una sedia e le due grosse tette sul tavolo. A vent'anni dovevano essercene stati pochi a non voltarsi al suo passaggio. «Che mortorio» sbuffò. «Qui quando finisce la stagione turistica è una disperazione. Va grassa se capita qualcuno nel fine settimana da Pisa o da Colle Val d'Elsa, ma forestieri, poca roba. Lei si trattiene ancora parecchio a Volterra dottore?»

«Ancora qualche giorno, sì. Forse una settimana o giù di lì. Dipende dal mio lavoro.»

«Capisco... Ma sa, lei è un giovane così simpatico e conosce tante cose...»

«Senta, signora Pina, volevo chiederle... per quella faccenda delle luci...»

«Ah, lei mi vuol prendere in giro, però le assicuro che...»

«No, no» la interruppe. «Non voglio prenderla in giro. Anzi. Volevo chiederle se le ha più viste. Ieri sera, per esempio...»

«Oh bella, come ha fatto a indovinare?»

«Che cosa?»

«Che le ho viste. Proprio ieri sera. Anzi, ieri notte.»

«Ah. E a che ora, se posso chiederglielo?»

«Saranno state... Guardi, stavo per chiudere. E dunque era passata la mezzanotte da un bel po', forse l'una, direi, ecco, l'una.»

«E che cosa ha visto, esattamente?»

«Gliel'ho detto: ho visto palpitare delle luci dalle grate delle prese d'aria degli scantinati. Ma roba da poco, sa, appena percettibile. Ma io ci ho gli occhi buoni, grazie a Dio.»

«E non ha notato nient'altro? Che so, dei rumori sospetti?»

«No. Non mi pare... Oppure no, ecco, mi sembra di aver sentito il rumore di un motore, come di un furgone o roba del genere. Ma ne passano tanti per le strade.»

Fabrizio pensò che aveva sentito il rumore di un motore la sera che aveva lasciato lo scavo del Rovaio e lo aveva sentito ancora la sera precedente, prima di vedere la bicicletta che scendeva dalla provinciale verso la sua casa. Ma certamente la cosa era del tutto insignificante.

«Senta signora Pina» disse Fabrizio «se le dovesse capitare ancora, mi darebbe un colpo di telefono? Le lascio il mio numero di cellulare.»

«Come, anche all'una di notte?»

«Perché no? Tanto io lavoro sempre fino a tardi. Non mi disturba affatto.»

Scarabocchiò il numero su un tovagliolo di carta e lo passò alla signora Pina che se lo infilò fra le tette, lusingata di quell'interesse, per così dire, scientifico.

«E di quell'altra faccenda dei morti ammazzati» riprese lei abbassando la voce, con tono di complicità «ne ha sentito parlare?»

«Quali morti ammazzati?» chiese Fabrizio fingendo di cadere dalle nuvole.

«Oh bella, i tombaroli che hanno trovato morti scannati nei campi dalle parti di Contrada Rovaio e nei macchioni della Gaggera, lo sanno tutti in città e lei non ne ha sentito parlare. Io credevo che quelli della Soprintendenza ci stessero sopra a queste cose.»

«Non sono della Soprintendenza, signora Pina, e non so di questi morti. Ne è sicura? Non saranno chiacchiere?»

«Quali chiacchiere! Da queste parti se un tombarolo ha il raffreddore lo sanno tutti, almeno gli interessati. E a questi gli hanno tagliato la gola. O peggio. Si sentono altre voci che fanno accapponare la pelle. Certo, per voi è un vantaggio: passerà un bel po' prima che qualcuno si azzardi ad andare in giro di notte con il forone a caccia di tombe. Alla pelle ci si tiene tutti.»

«Non gli dia retta, signora Pina, che si guasta il sangue, tanto lei in ogni caso non corre pericoli, mi pare. Lei fa l'ostessa, mica il tombarolo. Mi dica piuttosto quanto le debbo. E mi raccomando, se vede qualcosa...»

«Stia tranquillo» rispose la donna «che l'avverto subito. Sono quindicimila in tutto, dottore. Vede che la tratto bene.»

Fabrizio pagò il conto e uscì raggiungendo la sua auto. Decise di dirigersi verso casa e non gli parve di essere seguito. Forse Reggiani disponeva la sorveglianza soltanto di notte.

Non gli andava di rimettersi subito a lavorare e si sentiva strano, per l'atmosfera irreale in cui era immerso ormai da parecchi giorni, per la continua tentazione di andarsene e di dimenticare tutto, di cambiare perfino mestiere, perché no? Per i residui del suo sentimento per Elisa, la ragazza che lo aveva lasciato e che non aveva sentito il bisogno di telefonargli nemmeno una volta, e il sentimento che l'attraeva verso Francesca però senza travolgerlo, senza incendiarlo come avrebbe voluto, desiderato e sperato, e infine per una sensazione epidermica ma fastidiosa, di malinconia e di depressione che gli dava quella sua condizione solitaria, temporaneamente senza rimedio. Ed era ancora più strano che avvertisse in quel momento sentimenti di modesta entità quando la notte prima era stato testimone diretto di una scena apocalittica. Forse era una reazione naturale, pensò, una specie di meccanismo di difesa dell'organismo contro uno stress che sarebbe potuto diventare insopportabile. Levò lo sguardo al cielo grigio e uniforme che non si decideva né ad aprirsi né a lasciar cadere la pioggia e si incamminò per la viottola arrivando fino al punto in cui, la notte prima, si era sentito braccato dalla belva e gli parve che quella cosa fosse successa da un secolo.

Tutto era pace e tranquillità, e ogni volta che volgeva lo sguardo su una parte di quel paesaggio aveva la curiosa sensazione di stare scattando una fotografia. Per quale motivo, poi, non avrebbe saputo dire. Discese lungo l'argine fino alla strada e osservò il punto in cui la belva aveva aggredito quel povero disgraziato. C'erano ancora macchie brune sull'asfalto, rami spezzati da un lato e dall'altro della strada e anche un odore strano nell'aria stagnante, ma forse era solo una sensazione. Si sentiva ora un poco più rilassato, immerso com'era nel verde e nel silenzio. Ritornò verso la sua auto parcheggiata nel cortile, prese dal sedile di destra la cartella con i libri che si era portato dalla biblioteca, entrò in casa e si immerse nello studio.

Quando cominciò ad avvertire una certa stanchezza, si alzò per sgranchirsi le gambe e vide che era ormai pomeriggio inoltrato. Si ricordò in quel momento degli avvisi interni che aveva ritirato dalla sua casella e gli diede una scorsa per vedere se mai Francesca gli avesse lasciato un qualche messaggio. Trovò alla fine una busta chiusa e l'aprì. Conteneva soltanto un indirizzo, battuto con una macchina da scrivere.

Ne restò sconcertato, ma non sorpreso, stranamente, e pensò che poteva essere soltanto un preciso appuntamento; riudì anche, mentalmente, la voce che gli aveva parlato già più volte. Prese la carta topografica che gli serviva per il suo lavoro, una tavoletta IGM al 25.000, individuò la località, un posto che non conosceva. Poi salì in auto, mise in moto e partì. Dopo aver percorso per un certo tratto la provinciale, si inoltrò nella campagna dall'altra parte, lungo una stradina polverosa di terra battuta. Ogni tanto azionava il tergicristallo ma le gocce di pioggia sul parabrezza erano meno della polvere e l'effetto erano lunghe striature rossicce di forma semicircolare che impedivano in gran parte la visuale. Ovviamente il lavavetri era secco perché si dimenticava sempre di riempirlo. Ebbe anche l'impressione un paio di volte di essere seguito ma non riuscì mai a stabilirlo con sicurezza.

Sentiva i battiti del cuore che aumentavano di ritmo e

di intensità man mano che si avvicinava al luogo che aveva segnato sulla mappa. Quando lo vide in lontananza, una specie di casolare di campagna riattato che esponeva l'insegna di un bar già illuminata, dovette fermarsi per riprendere il fiato e la calma. Gli vennero in mente mille pensieri, come quello di telefonare a Reggiani o anche di tornarsene da dove era venuto. Pensò inoltre che in fondo non aveva trovato in quella busta altro che un indirizzo e che poteva semplicemente trattarsi d'altro o d'un semplice disguido: tanto valeva andare a vedere. In fin dei conti era solo un bar, una specie di agriturismo si sarebbe detto.

Parcheggiò sulla sinistra, dove vide altri tre o quattro veicoli di varia natura e un paio di vecchie biciclette. Scese dall'auto e si avviò verso l'ingresso ma in quello stesso istante udì un fruscio dalla parte di una piccola siepe di alloro che chiudeva il terreno sul retro dell'edificio. Si volse di scatto, nervoso com'era, e fece appena in tempo a vedere un bambino di forse sette, otto anni con grandi occhi scuri e i capelli corti e fini che gli ricadevano sulla fronte a ciuffi, che sembrava osservarlo da dietro l'angolo della casa, lo stesso, si sarebbe detto, che aveva visto intrufolarsi nel portone di palazzo Caretti Riccardi. Fece per dirgli qualcosa ma quello era già sparito in un lampo.

Venivano dall'interno del locale le note di una musichetta New Age con flauti e timpani e un brusio sommesso di gente che chiacchierava. Entrò e si trovò in una specie di camerone con un pavimento malconcio di cotto e pareti intonacate adorne di improbabili affreschi di ispirazione etrusca. Una ancor meno probabile danzatrice in panni simil-etruschi ondeggiava al suono della musichetta New Age passando fra i tavoli e fra i non molti avventori. Una dozzina in tutto e di aspetto dimesso. Si potevano individuare fra di loro per lo più coppie di residenti tedeschi e inglesi, proprietari dei casolari disseminati nelle campagne. Lo spettacolo, nel complesso, era inquietante nella sua banalità e nel suo squallore.

Si volse verso il bar, un bancone di formica simil-legno

116

coperto da una lastra di vetro che aveva perso da tempo ogni trasparenza. Dietro c'era la barista, una donna fra i quaranta e i cinquanta ancora piacente ma dall'aspetto strano, per l'abbigliamento bizzarro, le pesanti collane e gli orecchini di bigiotteria dozzinale che le pendevano dal collo e dai lobi delle orecchie. Aveva i capelli tinti di un nero eccessivo ma aveva nello sguardo una profondità intensa e magnetica e pieghe ai lati della bocca che le conferivano un'espressione dura, quasi amara. Veniva da chiedersi come potessero gli avventori del locale trovarsi a loro agio con quella specie di moira dietro il banco di servizio.

Nei pochi istanti trascorsi dal suo ingresso Fabrizio notò che aveva ripreso il controllo delle proprie emozioni, che quella realtà, sia pure grottesca, gli aveva ispirato un senso di calma e di sicurezza benché avvertisse netta la sensazione di essere un intruso in quel luogo e a quell'ora e fra quella gente. Si avvicinò al banco, si sedette su uno sgabello e ordinò un bicchiere di vino bianco.

La donna glielo versò fissandolo contemporaneamente negli occhi. «Non pensavo che saresti venuto» disse. «Hai l'aspetto di un bravo ragazzo, mi dispiace che tu ti sia cacciato in un pericolo tanto grande... Rischi di fare una brutta fine... lo sai.»

Fabrizio non si lasciò impressionare, continuò a tener stretta nell'animo la calma che si era conquistata con un grande sforzo di volontà ma avvertì ugualmente un senso di profondo sgomento. Mandò giù un sorso di vino, appoggiò il bicchiere sul tavolo e disse: «Allora sei tu che mi telefoni».

«Lascia perdere tutto e vattene» insistette la donna tenendo la mano destra sul collo della bottiglia. «Vattene ora e... senza pagare. Offre la casa.»

Fabrizio non abbassò lo sguardo mentre beveva ancora un sorso di vino per darsi un tono. «Non credere di impressionarmi» disse. «Sono un professionista e queste storielle non mi incantano» accennò con il capo alle sue spalle «tutta questa mascherata mi fa solo ridere.»

«Sciocco giovane» disse la donna «non ti rendi conto che aprire la terra è un gioco pericoloso? Tu e quelli come te, non capite che potete risvegliare tragedie sepolte, riaprire ferite crudeli. Siete come bambini che giocano con la terra finché non si imbattono in un ordigno sepolto di una guerra passata, un ordigno che può scoppiargli fra le mani e massacrarli...» lo fissò con un'espressione strana, con un sorrisetto sarcastico «bum!».

Fabrizio non riuscì a trattenere un leggero trasalimento ma si ricompose immediatamente: «Faccio soltanto il mio lavoro» ribatté. «Tutto il resto sono sciocchezze che non mi interessano.»

La donna scosse la testa. «So cosa pensi di me» disse «un'isterica con la testa piena di stupidaggini. Mi dispiace... mi dispiace.» Ripose la bottiglia e si accese una sigaretta aspirando profondamente il fumo ed espirandolo dal naso. Il fumo le circondò per un momento il viso e la nera chioma scomposta conferendole l'aspetto di una medusa da teatro di provincia. «Lascerai in pace il bambino?» chiese con voce atona.

«Non è un bambino» replicò Fabrizio. «È una statua. Gli archeologi studiano le statue... fra le altre cose. È tutto. Per favore, non telefonarmi più. Disturbi la mia concentrazione.» Mise mano al portafoglio e appoggiò una banconota sul banco.

«Te l'ho detto, offre la casa» ripeté la donna. Ma il tono di quelle parole, apparentemente banali, risuonò come quello di una oscura minaccia, di una sentenza, come se si riferisse all'ultimo pasto o all'ultima sigaretta concessa al condannato a morte. Fabrizio sentì che la sua sicurezza ne rimaneva intaccata. Avrebbe voluto accennare alla belva che infestava i boschi di Volterra, ma non ne ebbe il coraggio. Esitò un istante con le mani appoggiate all'orlo del bancone e la testa bassa per non incontrare quegli occhi, poi buttò giù l'ultimo sorso di vino e se ne andò lasciando il denaro.

Non era certo durata molto la conversazione, ma attraversando il locale notò che la ballerina era scomparsa e che la gente rimasta parlottava sottovoce bevendo vino. Fabrizio raggiunse il cortile e si incamminò verso la sua auto ma d'un tratto le luci esterne e anche l'insegna del bar si spensero e si trovò completamente al buio. Prima che i suoi occhi si fossero abituati all'oscurità udì un ringhio sordo provenire dalla sua sinistra e si sentì perduto. Si slanciò di corsa verso l'auto che poteva intravedere, grazie al suo colore chiaro, dall'altra parte del cortile. Ma non fece in tempo a raggiungerla: una luce lo accecò e subito dopo sentì un urto fortissimo, un dolore intenso alla testa e al fianco, poi più nulla.

Quando riaprì gli occhi si trovò di fronte un'immagine spettrale, un volto illuminato dal di sotto dal raggio di una torcia elettrica ma la voce che udì lo rassicurò: «Mio Dio... ti ho visto all'ultimo momento, mi sei balzato davanti alle ruote. Ho frenato ma eri già sparito sotto al cofano... Come stai? Fai piano, non ti muovere, chiamo un'ambulanza».

«Oh... che botta... che botta... Ma... chi è lei?»

«Sono Francesca, non mi riconosci?» insistette puntandosi in faccia nuovamente il raggio della torcia elettrica. Poi si mise a comporre il numero di emergenza sul cellulare ma Fabrizio la fermò, si alzò in piedi aggrappandosi al paraurti del fuoristrada: «Non è niente, sto bene. Solo un po' ammaccato...». Quindi, come ricordandosi d'improvviso di ciò che lo aveva terrorizzato, si appoggiò istintivamente con la schiena al cofano dell'auto e afferrò la ragazza per un braccio. «Il cane... la bestia... mio Dio, era qui...».

«Un cane?» disse la ragazza. «È passato poco fa un gregge con un cane da pastore. Si sente ancora scampanellare, senti?»

Fabrizio porse l'orecchio allo scampanellio lontano del gregge che svaniva nella notte.

«Per la miseria» esclamò Francesca illuminandogli il viso con la torcia elettrica. «Hai un aspetto da far paura. Vieni dentro nel bar. Hai bisogno di bere qualcosa.»

Fabrizio notò che l'insegna al neon riprendeva a palpitare fino ad accendersi completamente, mentre le luci esterne rimanevano spente.

Scosse il capo. «Ci sono appena stato» rispose «e non mi piace quel posto. Ma tu come sei arrivata fin qua?»

Francesca gli si avvicinò spegnendo la torcia. «Stavo venendo da te» disse «quando ti ho visto sbucare a velocità sostenuta dalla provinciale, attraversare la statale e sparire lungo quella viottola in mezzo ai campi. Mi sono lanciata all'inseguimento e un paio di volte ho anche lampeggiato, ma tu niente. Dovevi essere ben assorto nei tuoi pensieri... A un certo punto ho perso contatto e a un bivio ho preso la direzione sbagliata fino a trovarmi nell'aia di una fattoria. Allora ho invertito la marcia, sono tornata indietro e ho seguito l'altra direzione finché, "bum!", ti ho trovato. Altroché se ti ho trovato. Sei sicuro di non avere niente di rotto?»

«Sì, sì» rispose Fabrizio. «Stai tranquilla. Ho solo questo bernoccolo qui sulla fronte che mi fa un male cane. Ci vorrebbe del ghiaccio... Ma perché mi eri venuta dietro?»

Francesca lo accompagnò verso l'auto. «Ci sono delle novità. Grosse. Senti, ti vanno due spaghetti? Andiamo a casa mia così ti metto il ghiaccio, mangiamo qualcosa e ti racconto tutto. Vienimi dietro se te la senti di guidare, e vedi di non perdermi.» Gli diede un bacio e Fabrizio rispose con una certa passione: il profumo della ragazza, le sue labbra morbide, le sue braccia attorno al collo gli diedero un senso di sicurezza e di calore di cui aveva in quel momento un disperato bisogno. E quando la strinse a sé sentì il suo seno forte e rotondo premergli il petto. Una bellezza che non aveva mai sospettato, perché Francesca vestiva sempre con larghe camicie e pantaloni che non valorizzavano granché il suo corpo. Disse: «Che Dio ti benedica, dottoressa Dionisi, a momenti mi fai secco», poi mise in moto e aspettò che Francesca partisse con il suo fuoristrada per tenerle dietro.

Quando furono sulla statale Francesca prese a destra e poi a sinistra per la stradicciola secondaria che conduceva al Poggetto dove aveva la sua abitazione. Si fermò azionando con il telecomando il cancello automatico e Fabrizio rallentò. In quel momento squillò il suo telefono cellulare: era Marcello Reggiani.

«Ciao, tenente. Come vanno le cose?»

«Come Dio vuole. Senti, abbiamo localizzato la partenza dell'ultima chiamata.»

«La voce di donna?»

«Quella.»

«E da dove viene?» chiese Fabrizio pensando mentalmente all'indirizzo del locale in cui era appena stato.

«Da una località a circa quattro chilometri da casa tua. Si chiama La Casaccia e il proprietario è un certo Montanari. Pietro Montanari.»

Il cancello si era aperto e Francesca stava parcheggiando in garage. Fabrizio restò interdetto a quelle parole.

«Ne sei sicuro?» domandò.

«Sì. Almeno, i nostri tecnici ne sono certi. Perché?»

«Ma, che posto è?» insistette Fabrizio pensando che potesse comunque coincidere con il luogo che aveva da poco visitato.

«È una fattoria, una casa contadina all'altezza del quinto chilometro, a sinistra sulla Val d'Era.»

Si trovava esattamente dalla parte opposta alla località che aveva visitato e non sapeva che cosa pensare. Disse: «È un buon risultato per il momento. Che cosa pensi di fare?».

«Ho fatto mettere sotto controllo il telefono e stiamo nei dintorni per vedere se ci sono movimenti sospetti. Ti terrò informato.»

Francesca aveva già aperto la porta e acceso la luce del corridoio, e quando lui si avvicinò per entrare, la luce all'interno della casa e il sorriso della ragazza gli scaldarono il cuore.

«Vieni» disse lei «ti prendo il ghiaccio.»

X

Francesca prese dal congelatore un sacchetto di cubetti di ghiaccio, lo avvolse in un asciugamano e lo porse a Fabrizio, che se lo appoggiò sulla fronte dove aveva la contusione. Poi si mise ad armeggiare con i fornelli.

Era anche quella una casa colonica ristrutturata e la grande cucina conservava ancora l'aspetto antico con la stufa incorporata nella muratura, il focolare al centro della parete principale, le pentole e le padelle di rame appese al muro a destra e a sinistra della cappa, tutte risplendenti come se fossero appena state lucidate. Il tavolo al centro era anch'esso molto vecchio e fatto per ospitare una famiglia patriarcale. Quando Francesca apparecchiò per due, appoggiò solo un paio di tovaglioli con piatti e posate in un angolo. Dall'esterno si udì il soffio del vento che aumentava e dopo un po' il picchiettare della pioggia sulla tettoia dell'ingresso e sui vetri delle finestre.

«C'era bisogno di un po' d'acqua» disse Francesca rigirando il sugo di pomodoro. «La mia vigna moriva di sete.»

«Non sapevo che avessi una vigna» disse Fabrizio.

«È di mio padre, in realtà, ma sono figlia unica e lui è molto anziano. È in pensione da tempo e vive a Siena con mia madre. Faccio quello che posso per non lasciarla andare in malora, ma non ho molto tempo, come sai.»

Fabrizio la guardò mentre scoperchiava la pentola per controllare il bollore e mentre pesava gli spaghetti.

«Hai molta fame o poca?» gli chiese voltandosi.

«Molta» rispose Fabrizio. «Oggi ho mangiato solo un piatto di verdura e due fette di prosciutto.»

«Come va la testa?»

«Meglio.»

«Bene. Sorveglia la pentola che io vado a togliermi di dosso questi panni impolverati. C'è del vino in frigo. Serviti e versane un goccio anche per me, se non ti dispiace.»

Sparì nel corridoio e poco dopo si udì la porta di una camera aprirsi e chiudersi, e poi lo scrosciare di una doccia. Fabrizio si sorprese a immaginarla nuda sotto il getto dell'acqua e sorrise: dopo tutto sarebbe anche potuta nascere una storia fra lui e Francesca. O forse era già nata e lui non lo sapeva. Sentiva forte il bisogno di un sentimento che gli riempisse l'animo e ne cacciasse il terrore che lo stava occupando, un terrore cieco che in ogni istante poteva scatenare in lui comportamenti assurdi e irrazionali. Sentiva il sapore delle labbra di lei e il suo profumo leggero da ragazza pulita e semplice che gli era rimasto addosso dopo il suo abbraccio nel buio e pensò che sarebbe stato bello il giorno in cui lei lo avesse accolto nella sua intimità, in quella casa contadina in un letto odoroso di spigo, con la testiera decorata a fiori e madreperla in cui avevano dormito i suoi nonni e i suoi genitori. E sarebbe stato bello risvegliarsi accanto a lei in un mattino di sole e pregustare il profumo del caffè appena fatto. Improvvisamente disse fra sé "Francesca, amore mio", quasi per sentire come sarebbe suonato il giorno in cui gli fosse sembrato giusto pronunciare quelle parole. E gli sembrò che sarebbero suonate bene.

La pentola bolliva: lui appoggiò sul tavolo il sacchetto del ghiaccio e buttò la pasta proprio mentre Francesca riappariva dal corridoio. Aveva i capelli umidi pettinati all'indietro e si era messa un vestito leggero che la fasciava senza stringerla e le scopriva le gambe un po' sopra il ginocchio. Avrebbe voluto farle un complimento, ma non gli venne nessuna frase che gli sembrasse appropriata e preferì parlare d'altro piuttosto che dire una stupidaggine:

«Allora, che cosa volevi dirmi, che mi hai pedinato per cinque chilometri?» le chiese.

Francesca scolò la pasta e per un istante fu immersa in una nube di vapore, poi la condì con il sugo di pomodoro e con qualche foglia di basilico e la servì nei piatti. Appoggiò sul tavolo un pezzo di pecorino e una grattugia e si sedette di fronte a Fabrizio.

«Sono riuscita a consultare la scheda nell'archivio del Soprintendente» disse grattugiando un po' di formaggio prima sul piatto di Fabrizio e poi sul proprio. «L'iscrizione che Balestra sta studiando proviene da una località chiamata La Casaccia, dal podere di un certo Pietro Montanari.»

Fabrizio, che stava per portarsi alla bocca la prima forchettata di spaghetti, si fermò con la forchetta a mezz'aria.

«Ti dice qualcosa questo nome?» chiese Francesca.

Fabrizio si portò la forchetta alla bocca e gustò il sapore del pomodoro fresco e del formaggio. «Buonissimi» disse. E poi, subito dopo: «No. Non mi dice niente. Perché?».

«Non so. Mi sei sembrato colpito dalla mia affermazione. Comunque: questo Pietro Montanari è un pregiudicato per piccoli reati ed è lui che ha denunciato alla Soprintendenza il ritrovamento dell'iscrizione. Finora non si è detto nulla, né si è dato l'annuncio del ritrovamento perché Balestra è convinto che manchi ancora un pezzo, il settimo, e che mantenendo il segreto si possa facilitarne l'emersione. A tutt'oggi, però, non si è giunti ad alcun risultato.»

«Sì, Balestra me ne aveva parlato quel giorno che mi ha ricevuto, ricordi?»

«Altroché. Fu quando mi urlasti di non venirti più fra i coglioni.»

«Sono cose che si dicono ma che non si pensano.»

«Meno male. Allora Balestra ti avrà anche detto che nel luogo in cui fece eseguire dei sondaggi non trovarono assolutamente nulla, nessuna traccia di un contesto e men che meno del pezzo mancante.»

«Me lo ha detto.»

«E che da allora non ha più avuto pace perché non è riuscito a localizzarlo.»

«Me lo sono immaginato. Io sarei messo nello stesso modo al posto suo.»

«Bene. Credo di avere un regalo per te.»

«Non mi dirai che...»

Francesca estrasse dalla sua cartella una piccola scatola e gliela porse.

«Questo è il testo dell'iscrizione...»

«Francesca, io... non so come... Ma come hai fatto? Sei riuscita ad aprire il file?»

«Neanche per sogno. È protetto da un sistema inespugnabile.»

«Non capisco... ma allora?»

Francesca mise ancora le mani nella cartella e ne estrasse un oggetto non molto più grande di un pacchetto di sigarette: «La vedi questa? È una videocamera digitale cui ho fatto collegare un comando a distanza. Quando Balestra entra nel suo studio e si barrica dicendo che non vuole essere disturbato significa che lavora alla sua iscrizione. Io aziono la videocamera che ho nascosto in uno scaffale della biblioteca e riprendo lo schermo del computer. Così mi sono registrata il testo intero. Ti ho dato un nastro video, non un dischetto».

«Geniale» commentò Fabrizio. «È una cosa a cui io non avrei mai pensato... Mi chiedo se tu...»

«Se l'ho letta? No. Non l'ho letta. La sua trascrizione è ancora molto frammentaria e tormentata, quindi non sarei in grado di comprenderla. Perciò te la dovrai trascrivere tu. Ce l'hai un videoregistratore?»

«Ce l'ho» rispose Fabrizio. «L'avevo sistemato per vedermi qualche film, ma chi ha avuto il tempo finora?»

Francesca sparecchiò poi andò al frigorifero: «Ho solo un po' di mozzarella e due pomodori».

«Vanno benissimo» disse Fabrizio.

«Che cosa ci facevi in quel posto?» chiese Francesca appoggiando le vivande sul tavolo e prendendo da un cassetto un pacco di fette biscottate.

Fabrizio restò qualche attimo in silenzio.

«Se non vuoi dirmelo, non importa» soggiunse Francesca con un tono che invece significava esattamente il contrario.

«A questo punto non mi sembra il caso che manteniamo dei segreti. Ho incontrato quella donna.»

«Quella delle telefonate misteriose?»

«Lei. Avevo trovato nella mia casella della posta al Museo una lettera chiusa. Dentro c'era un indirizzo: non ho avuto dubbi che fosse lei e infatti non mi sbagliavo.»

«Che tipo è?»

«Inquietante.»

«Esattamente la risposta che mi aspettavo» disse Francesca con una sfumatura di ironia.

«Insomma, non so come definirla. Potrebbe essere un'esaltata, una visionaria, che ne so? Però ha insistito. Ha detto che devo abbandonare la mia ricerca e andarmene prima che...» Francesca finse di non dare molto peso a quelle parole rimaste in sospeso e Fabrizio continuò: «...prima che mi succeda qualcosa».

«E secondo te a che cosa si riferiva?»

«Non gliel'ho chiesto e nemmeno mi interessava chiederglielo, ma mi sembra evidente ciò che penso e ciò che pensavo in quel momento.»

«La belva.»

«Esattamente. Chi non ci penserebbe?»

«Ma come potrebbe essere connessa una donna che lavora come barista in un locale di terza categoria con quella creatura imprendibile, spaventosa?»

«Questo non lo so e non so nemmeno se ci sia una connessione. Forse lei desidera soltanto che io lo pensi. Per ragioni che mi sfuggono. Comunque ero molto a disagio e non vedevo l'ora di andarmene. E lei mi ha congedato come se fossi già un uomo morto. Non so se mi spiego.»

«Altroché. Ma non me ne farei un problema se fossi in te. Vedrai che è soltanto un capo scarico, un'esaltata che sfoga qualche sua frustrazione atteggiandosi a maga, a sensitiva. Ce n'è parecchia di gente così in giro.» Si alzò e si mise a sparecchiare.

«Mi faresti un caffè?» chiese Fabrizio alzandosi a sua volta per aiutarla.

«Hai intenzione di star sveglio?»

«Credo di sì. Questa notte mi metterò a trascrivere la tua iscrizione.»

Appena fu pronto Fabrizio bevve il caffè e si alzò per andarsene. Per un momento sperò che Francesca gli chiedesse di rimanere ma si tolse subito il pensiero dalla testa. Lei era il tipo di ragazza che viene a letto con te solo se ti ama e se pensa che tu l'ami, anzi, se ne è certa. Dopo di che cominciano subito i progetti di matrimonio. In un lampo di lucidità tutto gli sembrò fortemente prematuro e la sua attuale, forzata castità, un sacrificio sopportabile.

Francesca lo accompagnò alla porta e gli gettò le braccia al collo nell'oscurità. «Se seguissi il mio istinto ti chiederei di restare» gli sussurrò all'orecchio.

Fabrizio si sentì completamente diverso da come si era sentito un attimo prima. «E non hai intenzione di seguirlo, immagino» le disse.

«Meglio di no. Siamo nel mezzo di una situazione difficile e nemmeno tu hai le idee chiare, mi sembra.»

Fabrizio non rispose.

«Ma mi vuoi almeno un po' di bene?»

Fabrizio avrebbe voluto essere altrove e invece si sentì sfuggire quelle parole che aveva detto poco prima fra sé, mentre lei faceva la doccia: «Francesca, amore mio...». La strinse a sé a lungo nell'oscurità mentre la pioggia tamburellava sui coppi della tettoia che copriva la porta d'ingresso e veniva dal bosco vicino un intenso odore di muschio e di legno bagnato. Sentì che non avrebbe mai voluto lasciarla, che il profumo dei suoi capelli e il sapore delle sue labbra erano l'unico calore e l'unico piacere della sua vita in quel momento. La baciò e corse via sotto la pioggia verso la sua auto.

Pioveva a dirotto e di tanto in tanto la terra era illuminata a giorno dai lampi. Più a occidente, in direzione del mare, si scaricavano i fulmini con una frequenza impressionante, ma il rumore dei tuoni giungeva attutito e continuo, per la distanza. Non c'era quasi nessuno in giro a quell'ora e con quel tempo, e Fabrizio pensava al nastro che aveva in tasca, al messaggio che conteneva, parole di un'epoca lontana, parole tremende se il Soprintendente si era isolato a quel modo e aveva reagito in quel modo il giorno che lui gli aveva parlato della tomba del *Phersu*.

Imboccò la strada della Val d'Era e raggiunse la sua casa del podere Semprini. Il cortile anteriore e la corte posteriore erano illuminati dalle luci esterne e i muri di antichi mattoni erano lucidi di pioggia. Entrò per il tempo necessario a depositare il nastro che gli aveva dato Francesca e a prendere il fucile dalla rastrelliera, poi richiuse, risalì in macchina e ripartì, questa volta nella direzione opposta a quella da cui era giunto.

In quello stesso istante il tenente Reggiani, disteso su una poltrona nel suo appartamento, stava guardando un film di Almodovar alla televisione bevendo un whisky con ghiaccio. Era relativamente rilassato date le circostanze, e sobbalzò quando squillò il telefono sul tavolino accanto all'abat-jour. Era il brigadiere Spagnuolo: «È arrivato dieci minuti fa, è entrato un momento in casa e poi è uscito nuovamente.»

«Gli sei andato dietro, spero.»

«Ce l'ho davanti a me a mezzo chilometro.»

«Bravo Spagnuolo. Stagli dietro. Al minimo allarme chiamami e chiama la volante» guardò l'orologio. «Ma dov'è diretto a quest'ora e con questo tempaccio?»

«Non ne ho idea, signor tenente. In questo momento ha preso a destra in direzione della Casaccia, se non mi sbaglio.»

«Credo di capire cosa gli passa per la testa. Comunque, tu non mollarlo, intesi?»

«Intesi, signor tenente» disse Spagnuolo spegnendo il viva voce della sua Fiat Uno.

Fabrizio si fermò al bordo della strada, tirò fuori la sua carta topografica, la esaminò sotto la luce della plancia e poi prese il binocolo e lo puntò in direzione dell'aperta campagna sulla sua destra: la Casaccia, distante forse trecento metri, era un casale mezzo in rovina collegato alla strada comunale da una viottola piena di buche che si erano riempite d'acqua con il temporale. In fondo alla viottola si apriva un cortile con una vecchia casa padronale piuttosto malconcia, l'abitazione che doveva essere stata del contadino, una barchessa con il tetto cadente e una stalla con il fienile anch'essa assai male in arnese. L'intero complesso dava un'idea di incuria e di abbandono e la prima impressione sarebbe stata quella di un luogo disabitato se non fosse stato per un paio di lampadine accese sui muri esterni e per un altro lume che filtrava da una finestra al pian terreno della casa mezzadrile. Fabrizio era abbastanza vicino da vedere l'interno della casa illuminato da una lampada che pendeva dal soffitto. C'era un uomo all'interno, sulla cinquantina, seduto a un tavolo coperto da una tovaglia di plastica con un fiasco e un bicchiere mezzo vuoto davanti.

A un tratto si sentì l'abbaiare di un cane e poi il rumore di una catena che scorreva avanti e indietro lungo un filo di ferro teso fra due edifici. Stava arrivando una macchina e il cane dava l'allarme. Chi poteva essere a quell'ora e in quel luogo così solitario?

L'auto, una specie di furgoncino, si fermò in mezzo al cortile e ne scese una donna che sul momento non poté riconoscere. Quasi subito, però, si aprì la porta e la luce dall'interno la illuminò in viso: era la stessa che aveva incontrato alcune ore prima nel bar delle Macine!

Fabrizio si rese conto immediatamente che quell'incontro avrebbe potuto rispondere a molti dei suoi interrogativi e che doveva assolutamente avvicinarsi se voleva capire.

Frugò nelle tasche e nello zainetto per cercare qualcosa che potesse rabbonire il cane ma non trovò nulla, nemmeno una crosta di pane. Puntò ancora il binocolo e assistette, pur senza udire nulla, a una discussione concitata che subito degenerò in un violento alterco. Poco dopo la donna uscì sbattendo la porta e si allontanò con il suo furgone dileguandosi quasi subito nell'oscurità. Stranamente, per tutto il tempo in cui la donna era rimasta all'interno, forse otto, dieci minuti, il cane non aveva mai smesso di abbaiare e anzi il suo latrato si era fatto così insistente e furioso da farsi sentire distintamente fin dove Fabrizio era appostato. Il cane continuò ad abbaiare ancora per qualche minuto poi tacque. Si sentì scorrere ancora la catena avanti e indietro per un poco e poi più nulla.

Fabrizio decise di farsi coraggio e di avvicinarsi. Mise in moto e poco dopo imboccò la viottola tenendo accese solo le luci di posizione. Si fermò all'ingresso del cortile e scese mentre il cane riprendeva ad abbaiare e a correre avanti e indietro per il cortile fangoso. Quasi subito la porta si aprì e la figura dell'uomo si stagliò come una sagoma scura nel vano della porta.

«Sei ancora tu?» esclamò. «Vattene! Vattene, ti ho detto!»

«Mi chiamo Fabrizio Castellani» fu la risposta. «Lei non mi conosce, ma io...»

Non fece in tempo a dire altro. «Vattene!» ripeté l'uomo e questa volta si capiva benissimo che quell'ordine era rivolto a lui.

«Non sono un ladro né un importuno» riprese a dire Fabrizio «e ho necessità di parlarle, signor... Montanari.»

«So benissimo chi sei» ribatté l'uomo. «Sei tu che non hai capito. Vattene. Lascia questi luoghi. Va' più lontano che puoi, se non vuoi fare una brutta fine. Una fine... orribile.»

Fabrizio accusò il colpo: ripetuta due volte nell'arco della stessa giornata da due persone e in luoghi tanto diversi quanto inquietanti, quella frase lo colpiva d'improvviso con tutta la sua carica di minaccia e di terrore. Si sentì

solo e indifeso, vittima potenziale della propria impru-
denza. Cercò di controllarsi e di fare appello a ogni risorsa
della sua mente e dopo un attimo di incertezza avanzò di
qualche passo. Nello stesso istante il cane si slanciò contro
di lui abbaiando furiosamente, ma quando gli fu quasi
addosso si fermò e cominciò a uggiolare come se lo cono-
scesse. Fabrizio, preso in mezzo da tante e tali emozioni,
riuscì tuttavia a mantenere la calma e a non scappare pre-
cipitosamente.

«Non ho paura» disse con voce ferma. E il tono della
sua voce finì per convincere anche lui stesso.

L'uomo si avvicinò a sua volta scrutandolo da sotto in
su. Guardò il cane che continuava a uggiolare come se
aspettasse una carezza e poi ancora il giovane che aveva
davanti. Scosse la testa e disse: «Sei un pazzo... ma, se proprio ci tieni, entra».

Fabrizio lo seguì all'interno della casa e si trovò in una camera spoglia con gli intonaci cadenti per la muffa e il salni-
tro. Dal soffitto pendeva una lampadina sotto un piatto di
ferro smaltato. Su una delle pareti c'era un'immagine del
Cuore Immacolato di Maria stampata su un cartone arric-
ciato ai quattro angoli per l'umidità e sulle altre c'erano cro-
ci e altre immagini sacre apparentemente incongruenti: un
san Rocco con il cane che gli leccava le piaghe, e un sant'An-
tonio abate, con il cavallo, il gallo e il maialino. Sulla parete
opposta alla porta d'ingresso c'era una piccola madia sor-
montata da una vetrinetta e appoggiato alla madia un apparecchio telefonico, unto e sporco. Al centro un tavolo con
due sedie impagliate e niente altro. Dovunque un fortissimo odore di muffa e di umidità; tutto era squallore e abbandono in quella dimora miserabile.

L'occhio gli cadde istintivamente sulla vetrinetta e notò
su un ripiano, proprio sopra al telefono, dei frammenti di
oggetti archeologici, in particolare alcuni pezzi di bucchero, uno dei quali portava dipinto un motivo a svastiche, lo
stesso motivo che aveva visto nella tomba del *Phersu*.

«Sei un tombarolo» disse fissandolo negli occhi con un

tono più affermativo che interrogativo e passando delibe-
ratamente dal *lei* al *tu*.

«In un certo senso» rispose l'uomo.

«E hai trovato l'iscrizione.»

«Infatti.»

«Per poi consegnarla al Soprintendente. Perché, per il
premio?»

«È un bel gruzzolo.»

«Che non ti verrà consegnato se non dici dove si trova il
pezzo mancante.»

«Già.»

L'uomo si versò da bere e fece un gesto al suo ospite come per dire se ne voleva anche lui. Fabrizio declinò corte-
semente l'offerta con un cenno del capo.

«Dove si trova?» chiese.

L'uomo mandò giù il bicchiere di vino in un solo sorso e
se ne versò un altro. Fabrizio era abbastanza vicino da sentire il suo alito pesante, da alcolizzato.

«Ti pare che lo direi a te?» disse l'uomo con un mezzo
ghigno. Ma dietro la sua espressione e le sue parole si intui-
va un disperato bisogno di comunicare, di parlare con qualcuno, di scaricarsi, forse, di un peso insopportabile.

«Probabilmente no» rispose calmo Fabrizio. «Però io
posso anche dirti che sei stato tu a indicare dove si trovava
la tomba del *Phersu* e anzi, sono quasi certo che eri presente
allo scavo con quegli altri poveri disgraziati che sono morti dilaniati... ma te ne sei andato prima che arrivasse la Finanza.»

L'uomo si fece improvvisamente più attento. «Allora è
vero che sei pericoloso» disse. E ingollò ancora alcune sorsate di vino.

«Chi te l'ha detto? La donna del bar delle Macine?»

«La conosci? Ma come...»

«La conosco, sì. Come te, del resto.»

L'uomo era sempre più frastornato e stupito per le conoscenze del suo interlocutore. Abbassò il capo liberando

un lungo sospiro. «Non per mia volontà» disse. «Fosse stato per me ne avrei fatto volentieri a meno.»

«Anch'io. Allora, perché lei viene a farti visita nel cuore della notte?»

L'uomo sospirò ancora. «Anche gli incubi vengono nel cuore della notte» rispose. «Da quando ho trovato quell'iscrizione è diventata un'altra, un essere terribile.»

«È lei che ti ha detto dove potevi trovare l'iscrizione, vero?»

«Come fai a saperlo?»

«È lei?»

«Sì.»

«Ed è lei che si è tenuta uno dei segmenti dopo che hai fatto a pezzi l'iscrizione?»

L'uomo annuì.

«E ti ha dato istruzione di avvertire la Soprintendenza.»

«Questi sono cazzi miei» reagì l'uomo come ritrovando d'un tratto un soprassalto di orgoglio. «So soltanto che mi avrebbero dato un sacco di soldi. E io non me la passavo molto bene... ero uscito di galera.»

«Ed è lei che ti ha detto dove avresti trovato la tomba.»

L'uomo annuì, nuovamente remissivo.

«Ed è lei che ti dirà dove si trova il settimo segmento di quell'iscrizione maledetta... quando lo riterrà opportuno.»

«Me lo ha già detto.»

«Questa sera?»

L'uomo annuì nuovamente.

«Perché stavate litigando?»

«Perché... ne ho abbastanza. Io non ce la faccio più, io non...» Fabrizio lo guardò: aveva un colorito terreo, la fronte umida di un sudore leggero, da uomo malato, le mani scosse da un tremito incontrollabile, gli occhi dilatati dal terrore.

«Dimmi dove si trova» intimò Fabrizio con un tono perentorio. Ma l'uomo scosse la testa convulsamente, come se fosse prigioniero di una forza che lo dominava completamente.

«Dimmelo!» insistette Fabrizio afferrandolo per la camicia. «Devi dirmelo assolutamente! Molte vite umane andranno distrutte ancora se non me lo dici. Lo capisci questo?»

L'uomo si liberò dalla presa, poi tirò un lungo respiro e sembrò accingersi a parlare quando echeggiò, paurosamente vicino, un lungo ululato e poi un ringhio sordo e rantolante. I due si guardarono in faccia con improvvisa, dolorosa consapevolezza.

«Mio Dio...» disse Fabrizio.

XI

Fabrizio cercò lo sguardo del suo interlocutore ma trovò solo un'espressione smarrita, una luce di contenuta follia. «Hai un'arma?» gli chiese.

L'uomo abbassò il capo e lo sguardo. «È inutile» disse. «È inutile... Questa volta è venuto per me. Non mi sarei dovuto rifiutare.»

Fabrizio lo afferrò per le spalle e lo scosse: «Un uomo come te deve avere un'arma, maledizione! Prendila e cerca di difenderti. È solo un animale: gli spiriti non massacrano la gente in quel modo». Ma mentre parlava percepiva la propria voce come estranea, come fosse di un altro e quella sensazione di straniamento gli procurava un acuto disagio.

«Devi avere un'arma» insistette facendosi forza. «Prendila e tiragli addosso mentre io cerco di raggiungere la mia macchina. Dentro c'è il mio fucile con il colpo in canna.» E mentre parlava gli sembrava di vedere nell'oscurità il lieve riflesso della canna brunita, di percepire l'odore dell'olio di glicerina misto a quello, persistente, di polvere da sparo. I suoi sensi erano dilatati allo spasimo. L'uomo parve finalmente riscuotersi, si avviò verso la vetrinetta e tentò di aprirla, cercando di controllare contemporaneamente il tremito delle mani. Nello stesso istante si sentì l'ululato della belva molto più vicino e l'abbaiare furibondo e arrochito del cane. Si sentì il rumore della catena che

135

scorreva sul filo di ferro avanti e indietro, avanti e indietro, e poi un ringhio feroce e un uggiolio lamentoso subito soffocato. E il silenzio.

L'uomo si coprì la bocca con la mano in un gesto sconsolato. «Ha ucciso il mio cane» disse con un filo di voce. «È già qui.» Poi con un lampo improvviso di coscienza spinse Fabrizio verso l'uscio in fondo alla cucina: «Vattene, fuggi da dietro. C'è la provinciale a meno di cento metri. Passano sempre delle macchine». Lo fissò per un istante con uno sguardo vuoto, con occhi spenti, poi si diresse come un automa verso la porta che dava sul cortile e uscì prima che il suo interlocutore avesse modo di fermarlo. Fabrizio udì un grido di terrore e poi lo stesso ringhio che aveva udito poche notti prima, lo stesso rantolare del muso che affondava nella carne e nel sangue. Si precipitò verso il corridoio, uscì sul retro e localizzò con la coda dell'occhio la sua automobile. Avrebbe potuto farcela. Ma mentre stava per spiccare la corsa vide le luci di due fari, la piccola jeep di Francesca fermarsi nel cortile e subito dopo la voce della ragazza che lo chiamava: «Fabrizio, Fabrizio, sei là?».

Fabrizio sentì il sangue andargli in acqua e, preso dal panico, gridò con tutta la voce che aveva in gola: «Francesca, no! Chiuditi in macchina, chiuditi dentro, corri!». E si slanciò più veloce che poteva verso la propria auto ora parzialmente illuminata dai fari accesi della jeep di Francesca. Ma anche la belva spiccò la corsa abbandonando la propria vittima e Fabrizio ne udì l'ansito ardente alle spalle. Poteva farcela, la macchina era lì e Francesca era viva perché sentiva la sua voce che gridava di terrore nella notte. Aprì la portiera, afferrò il fucile girandosi di scatto e premette il grilletto. Nel fascio di luce dei fari vide la belva, la sua sagoma spaventosa, il pelo irto e ispido sulla groppa, le zanne scoperte rosse di sangue e capì che aveva fallito nell'istante medesimo in cui il terrore lo inchiodava, rallentando e quasi paralizzando i suoi movimenti ma lasciando libera la mente di correre a folle velocità incontro alla propria stessa morte.

Non avrebbe saputo dire che cosa stava accadendo quando il cortile fu spazzato d'un tratto dalla luce accecante di altri fari, e lo spazio dilatato di quell'evento irreale fu lacerato da ogni sorta di grida e di rumori, da una raffica di esplosioni assordanti. Ma riuscì a riconoscere una voce che gridava: «Fuoco! Fuoco! Sparate, maledizione, non lasciatevelo sfuggire!». La voce del tenente Reggiani.

Fabrizio sentì le pallottole fischiare dappertutto, vide il buio di quella notte assurda striato da scie vermiglie, sassi arroventati schizzare dovunque diffondendo nell'aria un acuto odore di selce bruciata, e una massa scura volare con un balzo impossibile oltre lo sbarramento delle volanti scomparendo nel nulla. Senza rumore, senza peso, una forma inconsistente, si sarebbe detto, se non si fosse lasciata dietro una scia di sangue, se il cadavere di un uomo con la gola dilaniata non avesse continuato a sanguinare nel raggio di luce delle auto, vicino e quasi confuso con quello di un cane, di un piccolo bastardo valoroso assassinato nell'adempimento del suo dovere. Gli pareva di impazzire. Gridò: «Francesca!» e la ragazza gli corse incontro, gli si gettò fra le braccia stringendosi spasmodicamente a lui, piangendo.

Fabrizio le passò una mano sui capelli, le accarezzò la guancia. Disse: «Mi credi, adesso?».

«Mi pare che siamo arrivati appena in tempo...» risuonò la voce di Reggiani alla sua destra. Fabrizio si girò verso di lui: indossava la mimetica da combattimento e impugnava due pistole ancora fumanti, una per mano. Poi lo sguardo dell'ufficiale si volse al cadavere di Montanari: «almeno per te. Per quel povero diavolo è finita... Cristo, che morte spaventosa!».

Fabrizio, stremato dall'emozione, appoggiò la mano sulla spalla di Francesca e l'accompagnò verso la sua jeep cercando di calmarla. Si volse verso Reggiani: «Potreste riportare voi la mia macchina a casa mia? Francesca non è in grado di guidare...» e aggiunse: «È sotto shock» come se egli fosse tranquillo e avesse sotto controllo le proprie facoltà. Ma Reggiani finse di credergli e rispose: «Vai pure, ci pensiamo noi. O stasera o domani mattina».

Salì sulla jeep e mise in moto dirigendosi verso casa a modesta andatura, tenendo una mano sul volante e l'altra attorno alla spalla di lei, dicendole ogni tanto: «Su... su... è passata, è tutto finito».

«Dormi con me, per favore, questa notte» gli chiese Francesca quando si fu un poco calmata.

«Sì, dormo con te. Apposta ho chiesto a Reggiani di farmi portare a casa la macchina.»

Attraversò la provinciale e si inoltrò nella strada di campagna che conduceva alla casa di Francesca.

Una volta a casa, lei gli preparò una tisana, ne versò una tazza per sé e si sedette dall'altra parte del tavolo proprio di fronte a lui. Aveva le guance ancora rigate dalle lacrime, i capelli spettinati, gli occhi rossi, eppure era bella, di una bellezza pacata e inconscia di sé e perciò ancora più attraente.

Bevve a piccoli sorsi finché non ebbe finito, poi si alzò e gli disse: «Vieni, andiamo a letto».

L'indomani Fabrizio si alzò di buon mattino e in condizioni passabili, cosa di cui si meravigliò lui stesso e di cui attribuì il merito alla tisana di Francesca. La ragazza era già scesa in cucina e preparava la colazione. Si vedeva che l'avventura della notte precedente l'aveva segnata ma non prostrata. La sua abitudine a razionalizzare l'aiutava a cercare una soluzione plausibile piuttosto che abbandonarsi alle emozioni.

«Perché mi sei venuta dietro ieri sera?» le chiese d'un tratto.

«Ti avevo cercato mezz'ora dopo la tua partenza e non rispondevi.»

«Impossibile. Il mio cellulare non ha mai squillato, ne sono certo.»

«Lo credo bene, visto che l'avevi dimenticato qui. Eccolo» disse la ragazza aprendo un cassetto «l'ho spento e l'ho messo nella credenza.»

Fabrizio scosse la testa, prese il telefono, lo accese e lo mise in tasca.

«Quindi non potendo chiamarti sul cellulare ti ho chiamato sul numero di casa che squillava libero. Avevi dimenticato anche di mettere la segreteria.»

«Probabile» ammise Fabrizio.

«Ci ho riprovato dopo altri dieci minuti pensando che potevi aver avuto un qualche ritardo, o bucato una gomma. Ma poi, non sentendoti... non ci voleva molto a capire. A ogni buon conto sono passata da casa tua: ho visto le luci accese nel soggiorno ma non c'era l'auto. Ne ho dedotto che eri entrato e uscito immediatamente e di gran fretta tanto che avevi dimenticato di spegnere la luce. A quel punto non ho avuto dubbi: dovevi essere andato dal Montanari.»

«Già. E così facendo ti sei tirata dietro i carabinieri.»

«O forse li avevi già dietro. Reggiani ti tiene d'occhio di sicuro.»

«E senza che uno se ne accorga. Ma perché mi cercavi?»

«Perché avevo fatto una scoperta.»

«Dopo che ero partito? Vuoi prendermi in giro.»

«Affatto. Tieniti forte: l'iscrizione di Balestra è opistografa.»

«Che cosa? Vuoi dire che è scritta sui due lati?»

Francesca ostentò calma e distacco: tolse la cuccuma dal fornello e versò il caffè, poi cominciò a friggere tre uova strapazzate mentre abbrustoliva nel forno due fette di pane toscano.

«Come fai a dirlo?» insistette Fabrizio cercando di non mostrarsi spazientito.

«Ho una copia del nastro che ti avevo dato e dopo che eri partito non ho resistito alla curiosità di dargli almeno un'occhiata. Stavo facendo l'avanzamento veloce quando il gatto ha cominciato a miagolare dietro la porta e sono andata ad aprirgli e a versargli nel piattino la scatoletta del suo cibo, dimenticando però di fermare il videoregistratore. Quando sono tornata, il nastro era andato oltre il punto in cui terminava il testo etrusco trascritto da Balestra, l'unico che avevo considerato fino a quel punto, ed era su altre immagini.»

«Quali?» la incalzò Fabrizio. «Non farti cavare le parole di bocca con le tenaglie.»

«La mia videocamera aveva filmato ancora per circa cinque minuti captando una sequenza di immagini sicuramente derivate da uno scanner. Balestra ne ha uno che riconosce sedici milioni di tonalità diverse di grigio. Per motivi che ignoro ha scansito la fotografia che riproduce il retro dell'iscrizione.»

«Ne sei sicura?»

«Più che sicura. Si riconosce benissimo il bronzo del retro, una superficie piuttosto regolare ma leggermente scabra. E poi si riconosce il luogo in cui l'iscrizione è stata fotografata, si direbbe un magazzino di soprintendenza, probabilmente quella di Firenze: l'inquadratura è stretta ma non tanto da non lasciar percepire un po' di ambiente circostante. È probabile che Balestra abbia notato qualcosa di sospetto osservando il retro dell'iscrizione e abbia effettuato le fotografie da passare allo scanner. E così, quelle che a occhio nudo erano poco più che ombre nella risoluzione del computer hanno rivelato delle linee di scrittura. Guarda...» Francesca accese il videoregistratore e fece scorrere il nastro. Fabrizio fissò lo sguardo sullo schermo. «No, non lì, da questa parte» disse appoggiando uno specchio davanti allo schermo. Come per miracolo apparve una sequenza di lettere.

«Latino...» mormorò Fabrizio. «Non ci posso credere...»

«Già...» disse Francesca. «Piuttosto arcaico, ma pur sempre latino. Adesso ti rendi conto del perché di tutta quella segretezza. Balestra ha in mano le chiavi per la traduzione dell'etrusco, se questo testo, come io penso, è la traduzione del testo principale.»

Fabrizio indugiò ancora a lungo sul fermo-immagine: «Incredibile...».

«Tu come lo spieghi?» chiese Francesca.

«Per qualche ragione che ancora non conosciamo l'estensore dell'iscrizione ne fece anche una copia in latino, probabilmente su un materiale di composizione leggermente diversa. Le due lastre sono state a contatto per un tempo sufficiente a creare l'ombra di un'ossidazione differenziata. Certo che Balestra dispone di una strumentazione piuttosto sofisticata... se la sarà pagata lui. Dubito che la Soprintendenza abbia i mezzi per...»

«È la stessa apparecchiatura» lo interruppe Francesca «che ha scoperto le ombre della moneta di Pilato sugli occhi dell'uomo della Sindone. Questo te lo posso garantire io perché ho visto sia l'una che l'altra macchina. Ora che intendi farne?»

«Di che?»

«Di questa iscrizione, ovviamente. Nulla che possa togliere a Balestra il merito della sua scoperta, spero.»

«Non hai nemmeno bisogno di dirlo. L'unica cosa che voglio fare è leggere quello che c'è scritto. Non c'è altro modo per capire che cosa sta succedendo.»

Francesca scosse il capo: «Sei matto come un cavallo... Non penserai davvero che possa esserci una connessione fra queste morti e... ma, Cristo, ci sono duemilaquattrocento anni di mezzo. È impossibile».

«Ieri sera non ne sembravi tanto sicura... Comunque, io so solo che la ricostruzione virtuale del cranio di quell'animale che Sonia ha realizzato al computer è identica alla testa di questa belva e...»

«Ammetto che è una coincidenza impressionante.»

«Un'altra cosa: i conti rimasti aperti nel passato prima o poi vanno saldati. Anche se sono passati duemilaquattrocento anni.»

Francesca non seppe cosa ribattere e del resto non sarebbe servito a nulla: era piuttosto evidente che Fabrizio stava altrove con la testa.

«Allora, cosa proponi di fare?» gli chiese.

«Cominciamo a tradurre.»

Francesca abbassò lo sguardo: «Non siamo filologi. Non ce la faremo mai».

«Ma io ero un discreto epigrafista prima di cominciare a occuparmi di statue e poi posso sempre chiedere aiuto via internet a qualcuno che ne sa più di noi. Vartena, per esempio, o Marco Pecci o Aldo Prada, perché no? È un mio amico. E possiamo farlo solo quando siamo disperati. Adesso fammi chiamare Sonia che sono secoli che non la sento.»

Francesca storse il naso: «Quarantott'ore al massimo».

«È un'amica e sta facendo un lavoro straordinario.»

«Beato chi ti vede!» disse Sonia dal suo cellulare. «Sei sparito dalla circolazione. Che terre batti?»

«Ho avuto dei casini. Tu come procedi?»

«Piuttosto bene. Sto montando la colonna vertebrale e il treno anteriore.»

«Appena ho un minuto vengo a dare un'occhiata...»

«Ah, senti... è passato il tenente dei carabinieri. Ha detto che questa mattina ti avrebbe rimandato la tua macchina. Cos'è, stavate pomiciando e vi ha portati via il carro attrezzi senza che ve ne accorgeste?» Fabrizio non raccolse.

«Piuttosto fico il tenentino» riprese allora Sonia. «Mi piacerebbe incontrarlo in separata sede.»

«Per vedere come se la cava con la pistola?» ribatté Fabrizio sullo stesso tono.

«Stronzo» concluse Sonia. E aggiunse: «Fatti vivo».

Fabrizio la salutò e poi si mise al lavoro. Fotografò con la fotocamera digitale le immagini dallo schermo. Poi chiese a Francesca di condurlo a casa sua.

«Potresti anche trasferirti qui» gli disse la ragazza. «Potremmo lavorare insieme. Io ti preparerei un boccone quando ho un po' di tempo e...»

Fabrizio esitò un attimo, più che sufficiente per offenderla. «Lascia perdere» disse lei. «Fa conto che non abbia detto nulla.»

«È che là ho tutto quello che mi serve» disse Fabrizio. «Molta gente non ha il mio numero di cellulare e mi lascia i messaggi sulla segreteria...» Mentiva, adduceva evidentemente dei pretesti. In realtà aveva improvvisamente paura di trattenersi a lungo nella casa di Francesca, quasi si trattasse di dare inizio a una relazione da subito troppo seria. Gli sembrava di non essere affatto sicuro che avrebbe retto. Si sentiva strano: fuori fase, fuori luogo, fuori tempo. E si sentiva in debito, una cosa che gli creava disagio. Per di più era abituato a una vita solitaria, specialmente quando lavorava. Vide ancora un'ombra di disappunto sul volto della ragazza. «Questa situazione mi renderebbe insopportabile, Francesca. Dopo qualche ora mi odieresti». Ma pensava anche a quello che era successo la notte prima e che sarebbe potuto succedere ancora: non era giusto che Francesca vi fosse coinvolta.

La ragazza non sembrò più dargli peso. Uscì in cortile e aprì la portiera della jeep: «Monta, dai» disse. E mise in moto.

Restarono tutti e due in silenzio per qualche tempo, poi Fabrizio riprese a parlare come se riflettesse ad alta voce: «La belva sembra colpire chi ha direttamente a che fare con quella tomba...». Gli risuonò nella mente la voce della donna che la prima notte gli aveva ingiunto di lasciare in pace il fanciullo effigiato nella statua del Museo e aggiunse: «O forse anche chi ha a che fare con quella statua... cioè io». Rifletté un momento in silenzio, poi riprese a dire: «Tu ne sei fuori per ora, secondo me, e devi rimanerci. Io, forse, ho una pista, ma è inutile rischiare in due, non trovi?».

Francesca distolse un attimo lo sguardo dalla strada e si voltò verso di lui. «A volte si fa ugualmente» disse «se ci si vuole bene. Ma posso capirti: forse io farei la stessa cosa al posto tuo. Immagino che non risponderesti se ti chiedessi di che pista si tratta.»

«Temo di no. Anche perché è solo una possibilità remota. Per ora.»

«Lo immaginavo» rispose lei senza più chiedere altro.

Arrivarono alla casa di Fabrizio quasi contemporaneamente ai carabinieri che gli riportavano la sua auto. Il brigadiere Spagnuolo gliela consegnò di persona e Reggiani scese dall'Alfa di ordinanza con il fucile da caccia. Salutò Francesca poi si rivolse a Fabrizio: «Hai una mezz'ora per due chiacchiere? Spagnuolo deve fare ancora qualche foto a casa del Montanari, poi ripasserà a prendermi».

«Senz'altro» rispose Fabrizio. E invitò in casa anche Francesca. «Se venite dentro vi faccio un caffè.»

Reggiani ripose il fucile nella rastrelliera, poi si sedette assieme a Francesca nello stanzone spoglio attorno al tavolo da cucina mentre l'aria si riempiva dell'aroma intenso del caffè appena fatto.

Reggiani mise lo zucchero nella tazzina di Francesca. «Uno va bene?»

«Sì, grazie» rispose la ragazza.

«Allora, come andiamo?» le chiese l'ufficiale mentre anche Fabrizio si sedeva e cominciava a sorbire il suo caffè.

«Meglio, grazie, molto meglio, ma non ho mai preso uno spavento simile in vita mia...»

«Lo credo. Non capita tutti i giorni di trovarsi faccia a faccia con un simile mostro. Comunque è andata bene. Noi stavamo seguendo Fabrizio a distanza quando lei è entrata da una strada laterale. Era buio e non ho riconosciuto la sua macchina ma quando l'ho vista entrare nel cortile di Montanari m'è venuto un accidente. Ci siamo precipitati e almeno siamo riusciti a evitare che andasse molto peggio di com'è andata.»

«E adesso come farete con questo quarto cadavere?» chiese Fabrizio.

Francesca notò un minimo di esitazione nell'espressione di Reggiani: mandò giù l'ultimo sorso di caffè e si alzò. «Io ho da fare» disse «ci vediamo più tardi.» E uscì.

Reggiani sospirò. «Per ora non abbiamo lasciato filtrare nessuna notizia. Montanari viveva solo e la sua casa è isolata in mezzo alla campagna. Era solito sparire dalla circolazione anche per periodi abbastanza lunghi, per lavori stagionali o per altre faccende meno chiare, come soggiorni di varia durata nelle patrie galere. Nessuno si accorgerà della sua scomparsa. Almeno per un po', e in questo siamo fortunati, ma non possiamo andare avanti così. Ho parlato con i miei superiori e ci stiamo organizzando per una battuta con centinaia di uomini, decine di cani, elicotteri e fuoristrada, visori all'infrarosso...».

«Farete un chiasso infernale: vi salterà addosso la stampa da tutto il mondo. Un caso del genere... figurarsi.»

«Lo so, ma a questo punto mi pare che non abbiamo scelta. Anche perché tu non mi dai un grande aiuto. Per esempio, come sei arrivato alla casa del Montanari?»

«Perché tu mi hai detto che le misteriose telefonate provenivano da lì. Sei al corrente del fatto che Balestra sta studiando un'iscrizione etrusca inedita e di eccezionale valore?»

«Certo, me lo hanno detto i colleghi del nucleo di protezione del patrimonio archeologico. Sono loro che l'hanno recuperata in fondo a un fiume, ma non era di là che proveniva, se ricordo bene...»

«Infatti: quello era soltanto un nascondiglio provvisorio. Il Montanari riferì al Soprintendente di averla trovata in campagna. Balestra ordinò immediatamente dei sondaggi ma non trovò nulla. Un'iscrizione di quell'importanza non poteva essere senza contesto archeologico. Era evidente che Montanari aveva mentito al Soprintendente e che doveva conoscere il luogo della provenienza e forse anche dove si trova il segmento mancante. Volevo mettere alle strette Montanari e sono andato a trovarlo...»

«Senza dirmi niente» lo interruppe Reggiani.

«Ti avrei avvertito. Comunque tu mi pedinavi ugualmente...»

«Questo non giustifica in ogni caso il tuo comportamento. Vai avanti.»

«Inoltre, in casa di Montanari ho visto un frammento dello stesso bucchero con la svastica che ho trovato nei pressi della tomba del *Phersu* e ho collegato le due cose. È lui che ha indicato ai tombaroli dove si trovava la tomba del Rovaio.»

«E la dottoressa Dionisi? Che cosa ci faceva ieri notte alla Casaccia?»

Fabrizio esitò un attimo guardando il fondo della sua tazzina, poi disse: «Era venuta per dirmi qualcosa di urgente».

«Che cosa?» lo mise alle strette Reggiani.

«Una sua scoperta... una scoperta scientifica...»

«E non poteva aspettare di passare oggi? Doveva essere una cosa ben importante.»

«Lo era, ma per ora non posso ancora dirti nulla. Lasciami lavorare un paio di giorni prima di scatenare tutto quel casino.»

«Allora ha a che fare con questo.»

«Non ne sono proprio sicuro, ma forse sì... lasciami tentare.»

«Non posso prometterti nulla ma farò il possibile per rimandare l'operazione per il tempo che ti serve, poi rivolterò questo paese come un calzino. Troverò quella bestia e la riempirò di piombo prima di farla impagliare per qualche museo. Lo sai? Ho visto un film l'altra sera, una cassetta che ho affittato.»

«Ah sì? E di che film si trattava?»

«Spiriti delle tenebre.»

«Lo conosco. Con Michael Douglas e Val Kilmer. È la storia di quei due leoni che mangiarono centotrenta operai che lavoravano a una ferrovia in Africa alla fine dell'Ottocento, se non sbaglio.»

«Proprio quelli. Comunque è vero ciò che il film racconta: tutti pensavano che fossero degli spettri, degli spiriti in forma di leone che non potevano essere vinti in nessun modo e invece finirono impagliati e si possono ancora vedere in un museo di Chicago. E li ho anche visti...»

«Ah sì, e come, sei andato fin laggiù?»

«Li ho scaricati da internet. Abbiamo un carabiniere appena arruolato che sa navigare nella rete come un lupo di mare. E ti dirò che non fanno nemmeno paura. Sono piccoli e spelacchiati. La cosa non ti consola?»

«Per nulla» rispose Fabrizio. «Quel fenomeno oggi viene spiegato abbastanza facilmente dagli specialisti di comportamento animale. Un predatore, per qualche ragione, si ritrova menomato o nella sua velocità o nella sua forza o scacciato dal branco. A un certo punto, e per caso, uccide e divora un uomo e si rende immediatamente conto di come sia una preda lenta, facile e, diciamo, di buon valore nutritivo. Da quel momento mangia solo uomini. Ora, ti sembra che quella bestiaccia sia in qualunque modo menomata e, soprattutto, che uccida perché ha fame?»

Reggiani scosse il capo sconsolato: «In effetti il tuo ragionamento non fa una piega. Comunque le mie intenzioni non cambiano certamente per questo».

Si udì dall'esterno il rumore dell'auto che tornava. «Deve essere Spagnuolo» osservò Fabrizio. Reggiani si alzò per andare verso la porta. «Senti...»

«Ti ascolto» rispose l'ufficiale con la mano sulla maniglia.

«Niente... prima devo verificare questa faccenda, poi ti farò sapere, te lo prometto.»

«Lo spero» disse Reggiani «nel tuo interesse.» Fece per uscire poi si volse nuovamente indietro. «Di' un po'... quella tua collega...»

Fabrizio trattenne a stento un risolino: «Francesca?».

«No, quell'altra...»

«Sonia?» chiese ancora Fabrizio con affettata noncuranza.

«Sì, mi pare che si chiami così... Non è la tua ragazza, per caso?»

«No. Non lo è.»

«Se non fossi nella merda fino agli occhi mi piacerebbe farci un giro. Per la miseria, una così non può occuparsi solo di ossa: le piacerà anche la carne, spero.»

«Immagino di sì» rispose Fabrizio. «Anzi, ci giurerei.»

Richiuse la porta, poi tornò al suo tavolo e accese il computer.

XII

Si era appena seduto che il telefono prese a squillare. Sollevò il ricevitore dopo un attimo di incertezza e disse con voce ferma: «Pronto?».

«Sono la signora Pina» rispose la voce dall'altra parte.

«Signora... come mai...»

«È stato lei, dottore, a dirmi che potevo chiamarla se avessi visto qualcosa che...»

«Oh, sì, certo. Infatti non mi disturba: non ho ancora cominciato a lavorare.»

«Guardi, proprio ieri notte ho sentito dei rumori...»

«Quali rumori?»

«Mah, non saprei dirle... E poi ho visto riflessi di luce uscire dagli sfiatatoi delle cantine del palazzo.»

«E poi che cos'altro ha visto?»

La signora Pina stette un attimo zitta, poi la sua voce si rifece sentire: «Niente. Non si è visto niente. Buio pesto e silenzio di tomba».

«Capisco. La ringrazio, signora Pina. E la prego: mi tenga informato qualunque cosa veda.»

«Non mancherò, dottore. Stia tranquillo. È difficile che mi sfugga qualcosa dal mio punto d'osservazione.»

Fabrizio chinò il capo e sospirò. Poi, dopo essere rimasto qualche istante soprappensiero si mise al lavoro.
Passò allo scanner immagine per immagine, brano per brano fino a inserire l'intera iscrizione nella memoria del

suo computer. Poi lanciò il programma, divise lo schermo in tre e incolonnò la versione etrusca e la versione latina a destra e a sinistra lasciando al centro la colonna vuota per la versione italiana. A fianco sistemò il portatile, lo accese e lo collegò alla rete inserendosi nella memoria del dizionario latino più vasto e completo che esistesse sul pianeta, il *Thesaurus Academiae Internationalis Linguae Latinae,* al repertorio lessicale del *Corpus Inscriptionum Latinarum* e al *Testimonia Linguae Etruscae.* Poi staccò il telefono, spense il cellulare e si mise all'opera.

Lavorò per ore e ore, senza interrompersi mai, senza distrarsi, bevendo solo acqua come era solito fare quando affrontava uno sforzo intellettuale particolarmente intenso. Di fronte a lui sulla parete pendeva la gigantografia del fanciullo di Volterra, che sembrava riempire e pervadere, con la sua aura malinconica, l'intero spazio semivuoto della grande cucina. Si fermò stremato verso le due del mattino e si alzò in piedi stirandosi le membra rattrappite e contemplando con sguardo compiaciuto la colonna centrale dello schermo che andava man mano popolandosi di parole italiane, mediate dal testo etrusco e da quello latino, parola per parola, brandello dopo brandello. Si sedette nuovamente e riprese il lavoro. Restavano ancora lacune, più o meno ampie, vuoti che interrompevano la comprensione, e la frustrazione cresceva come l'eccitazione pesando sulla sua stanchezza, drenando le sue forze fino all'esaurimento.

Prese un'anfetamina per resistere alla fatica e mise nello stereo il disco di una sinfonia di Mahler per sostenere i suoi sentimenti che gli sfuggivano in tutte le direzioni. Passavano le ore e il testo veniva smontato e rimontato in continuazione, riassemblato in una serie ininterrotta di ipotesi interpretative. Sullo schermo al plasma del portatile scorrevano migliaia di informazioni, liste di vocaboli, concordanze, esemplificazioni, centinaia di segni alfabetici rappresentati in tutte le varianti possibili, in latino, in greco, in etrusco. Fabrizio si interruppe solo per guardare l'alba sorgere dai colli boscosi che limitavano l'oriente con una linea curva e ondulata e poi, dimenticando l'ora ante-lucana, chiamò Aldo Prada, un collega linguista, per sottoporgli i dubbi che aveva accumulato durante il lavoro notturno.

«Scusami» disse quando si fu reso conto dell'ora sconveniente. «Sono stravolto per la stanchezza.»

«Ma che cosa stai facendo?» chiese il collega, cui la curiosità aveva immediatamente scacciato il sonno.

«Sto... cercando di leggere un'iscrizione.»

«Inedita, non è così? E dove l'hai trovata?»

La telefonata si stava trasformando in un inquietante interrogatorio.

«Non sarà per caso l'iscrizione di Volterra? Ne ho sentito parlare una volta, però pare che nessuno ne sappia nulla di preciso. Tu non sei forse da quelle parti? L'altro giorno ho scambiato due parole con Sonia che...»

«Aldo... ho bisogno di aiuto, non di domande. È una cosa importante e urgente anche se non ti posso spiegare...»

«Ma mi darai credito nella pubblicazione... Oppure la facciamo insieme, che dici? Perché la pubblichi, vero?»

«No. Non la pubblico. Non è roba mia.»

«Ah» disse il collega con tono fra il deluso e il sospettoso.

«Senti» riprese Fabrizio spazientito «mi sembra che siamo sempre stati amici e per questo mi sono rivolto a te. Se mi puoi aiutare dimmelo, se no lasciamo perdere e tenterò di arrangiarmi come ho fatto fino ad ora.»

«Non te la prendere. Ero solo curioso di sapere... Non sono cose che capitano tutti i giorni. Se mi chiami, significa che ci saranno espressioni importanti, che non fanno parte del corpus conosciuto.»

«È così. Solo tu puoi aiutarmi in questo momento. Se puoi farlo te ne sarò grato e appena tutta questa faccenda si sarà risolta ti racconterò ogni cosa. Ti posso solo assicurare, se ti fidi, che non sto facendo nulla di disonesto, che sono morto di stanchezza e che non connetto più, e se tu non mi aiuti non ci cavo i piedi. Comunque, se non vuoi, non fa nulla, posso sopravvivere ugualmente.»

«Ho capito. Non vuoi rivelarmi niente anche se sono un vecchio amico. Va bene, non ti preoccupare. Allora dimmi quali sono i problemi, però, così a distanza non so se...»

«Accendi il tuo computer che ti mando i passi su cui ho dei dubbi e poi ti richiamo sul telefono e li percorriamo insieme. Ti sta bene?»

«Mi sta bene. Puoi procedere: manda tutto che io riattacco.»

Fabrizio inviò il file con i passi che non riusciva a interpretare, lasciò trascorrere quasi un'ora e poi richiamò al telefono.

«Eccomi!» rispose Prada.

«Allora? Che te ne pare?»

«Accidenti! È una cosa incredibile...»

«Infatti.»

Passò qualche minuto di silenzio, poi la voce risuonò dall'altro capo del filo: «Sai una cosa? Ci sei andato abbastanza vicino... solo che non hai considerato...».

«Che cosa?»

«Alcune varianti nella formulazione dei dittonghi nelle forme arcaiche del genitivo e un morfema che si configura a mio avviso come un *apax* in quanto...»

«Aldo, per favore, non ho tempo per la teoria: per favore, per favore, correggi tutto quello che non va nella fottuta traduzione che ho cercato di imbastire prima che cada per terra svenuto e prima che mi venga un colpo perché sono scoppiato e non ce la faccio più, mi sono spiegato?»

«Benissimo... un po' di pazienza... eh, sì, ho ragione io... qui c'è una formulazione dei dittonghi che...»

Fabrizio lo lasciò dire perché sapeva che la mente di Aldo Prada era la macchina più potente che esistesse al mondo nel campo dell'elaborazione fonetica e morfologica. Se non ci riusciva lui non ci sarebbe riuscito nessun altro. E anche Balestra avrebbe avuto un sacco di problemi precludendosi qualunque tipo di assistenza e collaborazione.

«Lasciami un paio d'ore» disse a un certo momento Prada. «Così sui due piedi... non vorrei sbagliarmi. Certo che una bilingue non s'era mai vista... Però strana... come mai il testo etrusco è così netto e quello latino tanto labile? Sembrano macchie confuse più che lettere... Meglio di niente, certo... Santo cielo, non posso immaginare il chiasso che farà quando ne sarà data comunicazione... Se solo avessi tutto il contesto...»

«Non ci provare. Non lo puoi avere. Devi cavartela con quello che hai. Fammi questo piacere. Non te ne pentirai, te lo giuro.»

«D'accordo. Ti chiamo appena ho finito.»

Fabrizio chiuse la finestra e si appoggiò sul divano per recuperare un poco di lucidità. La fatica, lo sforzo di tutta una notte di lavoro, il digiuno, la sostanza eccitante che aveva ingerito gli procuravano una specie di vigile torpore, un rallentamento dei movimenti e dei riflessi, ma anche una contrazione dolorosa e intermittente dei muscoli, un disagio generale, crampi allo stomaco. Dall'esterno venivano i primi suoni del mattino, il rumore di qualche auto che passava sulla provinciale, il cinguettare dei passeri e, dai casolari sparsi nella campagna, il canto dei galli che salutavano la luce offuscata di un giorno plumbeo e greve.

Non avrebbe saputo dire quanto tempo era trascorso dall'attimo in cui aveva concluso la sua conversazione quando squillò il telefono. Si riscosse con un sussulto e afferrò il ricevitore.

«È un'*arà*» disse la voce di Aldo Prada all'altro capo del filo, in uno strano tono tra finta ironia e malcelata inquietudine «un'invettiva... anzi, di più, una maledizione... Ma c'è dell'altro...»

«È quello che pensavo, ma aspettavo il tuo verdetto su quelle espressioni.»

«Non ho dubbi. E... ha a che fare con il rituale di un *Phersu* se ho visto giusto. Bel casino...»

Fabrizio restò in silenzio per un poco, interdetto.

«Tu nei sai qualcosa vero?» lo incalzò Prada.

«Sì, ne so qualcosa» ammise Fabrizio. «Ho scavato la sua tomba.»

«Del *Phersu*? Cristo santo. E me lo dici così?»

«È una storia complicata e spinosa.»

«Se non fossi così lontano mi precipiterei da te e ti costringerei a sputare il rospo. Se tu mi lasciassi leggere tutta l'iscrizione potrei aiutarti molto di più e molto meglio. Ti do la mia parola d'onore che non dirò niente a nessuno.»

«Mi dispiace, Aldo, non posso rischiare. Se tu pensi che Balestra è blindato da settimane nel suo ufficio eppure io ho il testo dell'iscrizione...»

«Già.»

«Finiresti per parlarne a qualcuno di cui ti fidi ciecamente, ti conosco, e a sua volta costui ne parlerebbe con un altro di cui si fida ciecamente. Fra due giorni la cosa sarebbe di pubblico dominio e questo sarebbe un guaio grosso, tanto grosso che nemmeno te lo puoi immaginare. Per favore, mandami le tue conclusioni e non chiedermi altro. Fra qualche giorno capirai perché.»

Prada non insistette oltre e inviò i passi che aveva interpretato con l'acume e la lucidità che facevano di lui uno scienziato di fama mondiale.

Fabrizio cominciò a inserire i brani risolti dall'interpretazione del collega nelle lacune che costellavano ancora la sua traduzione e, benché si sentisse invaso da una stanchezza mortale, si fece forza, ingerì ancora un'anfetamina per costringere il proprio organismo esausto, il cervello offuscato dallo sforzo ininterrotto a reagire e a condurre a termine un compito che non poteva più attendere. Così, poco per volta, ora dopo ora, cominciò a emergere dall'ombra millenaria un racconto, una storia crudele e delirante che proiettava alla fine un'ansia di vendetta tanto intensa e bruciante da varcare la distesa dei secoli, così acuta e tagliente da riempirlo di sgomento e di paura. Alzò allora lo sguardo a contemplare l'immagine del fanciullo di Volterra e fu come se lo vedesse per la prima volta, come se, finalmente, lo incontrasse su una strada deserta dopo un lungo affannoso cammino, come se riconoscesse un figlio o un fratello minore che non aveva mai saputo di avere, e gli occhi arrossati dalla fatica e dalla lunga veglia gli si velarono di lacrime.

Era certo ormai di avere concluso il suo lavoro e si alzò con l'intenzione di fare una doccia e poi di chiamare al telefono il tenente Reggiani oppure di raggiungerlo dovunque fosse, se non avesse risposto. Mosse qualche passo ma le gambe gli cedettero e si accasciò lentamente sulla stuoia che ricopriva il pavimento. Non poté nemmeno rendersi conto che era di nuovo sera, un crepuscolo precoce e lattiginoso, pervaso da brividi di vento.

Il suo corpo giaceva ora completamente inerte e il riflesso baluginante dello schermo catodico del computer acceso diffondeva sul suo volto un colorito spettrale. Sarebbe parso il volto di un morto se le palpebre chiuse non avessero rivelato un movimento degli occhi rapido e continuo, come quello che caratterizza la fase più intensa e visionaria dei sogni...

La sala era vasta, di forma rettangolare e adorna di affreschi che rappresentavano scene di simposio, illuminata da una doppia fila di candelabri da cui pendevano lampade di bronzo e di onice traslucido, abbastanza numerose da spandere una luce intensa e dorata, assai simile a quella del tramonto ormai spento. I convitati, uomini e donne, giovani e fanciulle, erano adagiati sui letti triclinari davanti alle mense colme di cibi e alle coppe piene di vino e conversavano amabilmente e in toni sommessi.

In mezzo alla sala alcune danzatrici si muovevano flessuose ed eleganti al suono dei flauti e degli strumenti a corda di un piccolo gruppo di suonatori. Era un'atmosfera di festa e di divertimento, l'atmosfera rarefatta e sospesa di un consesso ari-

stocratico e raffinato, simile, si poteva credere, a un consesso di divinità immortali.

Dal soffitto, al fianco di ognuna delle nobili dame che partecipavano al banchetto, pendevano, sospesi a una funicella, degli alàbastra, colmi di profumi rari giunti dall'Oriente e di tanto in tanto qualcuna di loro ne afferrava uno e si ungeva la pelle morbida e candida, sul collo, sulle spalle rotonde, sul seno fiorente. E quel profumo saturava l'aria assieme a quello muschiato del lieve sudore dei maschi.

A capo della sala triclinare, al centro del lato più breve, sullo sfondo di una tenda del colore del cielo notturno, era disteso Lars Thyrrens, il lauchme, signore di Velathri, la rossa città dalle grandi porte, dai templi risplendenti di mille colori. I capelli gli scendevano neri e voluminosi, lucidi di riflessi bluastri fin sopra le spalle adorne di un collare di placche dorate. La clamide ricamata gli ricadeva in due lembi ai lati del torso scultoreo velando soltanto la parte più bassa del ventre. La sua complessione massiccia, le larghe spalle e le braccia robuste erano quelle di un guerriero possente, di un uomo abituato a conquistare con la forza tutto ciò che suscitasse il suo desiderio. Qualunque donna avrebbe desiderato giacere fra le sue braccia, e spesso, durante i banchetti, quando la luce delle lampade si esauriva, molte fra le dame che erano presenti andavano a distendersi accanto a lui, coperte dallo stesso mantello, ignorando i mariti ormai grassi e tolleranti, per conoscere la sua virilità poderosa e brutale. Molte, o forse tutte, tranne una.

Per questo lo sguardo del potente signore si posava avido e insistente sulle forme stupende di Anait, la più bella, la più desiderabile fra tutte le donne della città, così bella da togliere il senno al più saggio e onesto degli uomini, così conturbante da sconvolgere la mente di chi da sempre aveva occupato il potere per soddisfare prima di tutto se stesso, per saziare qualunque voglia di cibo o di vino, di oggetti rari e preziosi, di corpi delicati e seducenti, fossero di donne o di giovinetti nel fiore della gioventù e della bellezza.

Ma lei non ricambiava il suo sguardo, non si stancava invece di contemplare il suo sposo, Lars Turm Kaiknas, bello come un

dio, forte e delicato, soave come un fanciullo. Non cessava di ac-
carezzargli le mani, le braccia e il volto perché finalmente era
tornato da lei dopo una lunga assenza, una campagna di guerra
oltre le montagne del nord nella grande valle settentrionale per-
corsa da un fiume immenso. Là, alla testa delle schiere dei Ra-
sna, si era battuto con orde di biondi Celti invasori guidando le
truppe della dodecapoli del nord sotto le mura di Felsina spin-
gendosi fino ai pantani di Spina, città di legno e di paglia ma
ricca d'oro e di bronzo difesa solo da vaste paludi.

Era in suo onore e nel suo palazzo la festa, e Anait aspettava
con impazienza che gli ospiti si allontanassero, che il lauchme
desse il segnale alzandosi per salutare e poter finalmente ritirar-
si nella tiepida intimità del talamo e spogliarsi davanti al suo
sposo nel lieve chiarore della lucerna notturna. Tutto questo di-
ceva l'ardore del suo sguardo e non c'era per lei nient'altro, nes-
sun altro esisteva nella grande sala adorna e il fitto brusio dei
convitati sfiorava appena le sue orecchie intente alle parole del-
l'uomo che amava, che lei stessa aveva scelto quando, ancora ra-
gazza, aveva inviato un servo come ambasciatore alla casa di lui
per offrirsi come sposa.

Ma ai convitati non poteva sfuggire l'ardore del lauchme e
molti erano a conoscenza delle dicerie che da tempo circolavano,
che il figlio di Anait, il piccolo Velies, fosse stato concepito duran-
te una delle numerose assenze del marito di lei, che fosse figlio di
Lars Thyrrens... Un'infamia che aveva certamente avuto origine
dal palazzo del principe, perché qualcuno almeno credesse che
fosse avvenuto ciò che lui poteva permettersi soltanto di sognare.
In realtà Turm Kaiknas era il più grande guerriero della città, ca-
po dell'esercito e nemmeno il lauchme poteva permettersi di sfi-
darlo né di insidiare sua moglie. E se avesse voluto prenderla con
la forza avrebbe dovuto allo stesso tempo far uccidere il marito,
impresa difficile se non impossibile. Tutti lo amavano, per il suo
valore, per la sua bellezza, per il suo eroismo. Egli sarebbe stato il
principe di Velathri se fosse dipeso dal popolo.

Anait si avvicinò al marito per sussurrargli qualcosa all'orec-
chio e questo turbò ancora di più Lars Thyrrens, che poteva im-
maginare cosa avrebbe provato lui se avesse avuto le labbra di lei

così vicine. Pensò che quello era il momento per fare ciò che da tempo meditava di fare, ed era talmente fuori di sé che non considerava per nulla quali avrebbero potuto essere le conseguenze del misfatto che si accingeva a compiere: fece un lieve cenno a una delle ancelle che attendevano in disparte e quella sembrò obbedire a un comando. Attese che Anait si fosse riadagiata sulla sua kline, le si avvicinò e le sussurrò qualcosa all'orecchio. La bella signora scambiò allora poche parole con il marito, questi annuì e lei si allontanò.

Turm Kaiknas si fece versare da bere e si dispose a guardare i giocolieri e le danzatrici che si erano spogliate delle loro vesti e danzavano nude davanti ai convitati, specie davanti a quelli che non avevano una compagna. Intanto le lampade cominciavano a spegnersi per aver consumato tutto l'olio, un gioco previsto affinché anche i più timidi trascinassero sul proprio divano, sulla kline profumata, una delle danzatrici.

Gli ospiti che stavano dalla parte opposta al capo della mensa videro che Lars Thyrrens si alzava scomparendo dietro la tenda per pochi istanti ma ben presto riappariva per distendersi nuovamente al suo posto. Solo coloro che erano a lui vicinissimi potevano accorgersi che era un altro, un attore a lui molto somigliante, truccato e vestito allo stesso modo, ma anche questo era previsto e nessuno di loro avrebbe manifestato il minimo turbamento. Il commensale che stava disteso nell'angolo del triclinio e vedeva sia la sala sia il corridoio che da essa si dipartiva era l'unico in grado, in quel momento e per pochi attimi, di scorgerli ambedue, il vero Lars Thyrrens che camminava circospetto nella penombra e il falso, disteso a poca distanza da lui, intento a bere vino da una coppa. Ma non avrebbe detto nulla perché anche questo era stato accuratamente predisposto dal maestro di cerimonia della casa, che il lauchme aveva fatto corrompere.

Anait sopraggiunse poco dopo lungo il corridoio dall'ingresso opposto della sala, preceduta dall'ancella che le sussurrava: «Il bambino piangeva, mia signora, e non potevamo consolarlo...» e non si accorse che Lars Thyrrens già l'attendeva nell'ombra, dietro la porta del vestibolo che portava alle camere da letto. Appena lei entrò le fu addosso e la gettò sul pavimento comprimendole la bocca con la mano. Nello stesso istante, nella sala i suonatori alzavano il tono dei loro strumenti, si aggiungevano altri con tamburelli e timpani e quei suoni coprivano il rumore della lotta che si consumava nella semioscurità del vestibolo. Anait era una donna forte e si dibatteva con tutte le sue energie, ma Lars Thyrrens era di corporatura enorme, la sua potenza smisurata. Le strappava di dosso le vesti, cercava con tutte le forze di possederla.

L'ancella si era allontanata frettolosamente benché la sua malizia la spingesse ad assistere a quella scena e non poté vedere che il piccolo Velies si era svegliato davvero ed era uscito dalla sua camera affacciandosi al vestibolo. Il fanciullo si strofinò gli occhi come se non credesse alla scena che aveva davanti, e lei lo vide. Anait vide il figlio, la sua ombra smisuratamente allungata dal chiarore dell'unica lampada, contro il muro. Finse per un attimo di cedere alla foga del suo assalitore e, quand'egli ebbe allentato la presa, gli addentò la mano mordendolo con tutta la sua forza. Il bambino si rese conto di quanto stava accadendo, la scena crudele gli distorse i lineamenti delicati in una maschera di orrore e spalancò la bocca per gridare. Inferocito per il dolore, consapevole che in un attimo il bambino avrebbe gridato con tutta la sua voce richiamando il padre, Lars Thyrrens sfilò dalla cintura il pugnale e glielo lanciò contro.

Il grido del bambino fu spezzato a metà, il suo volto sbiancò nel pallore della morte mentre un rivolo copioso di sangue gli scendeva dal fianco in cui era conficcato, fino all'elsa, il pugnale. Subito dopo il lauchme strinse le mani attorno al collo di Anait che aveva visto tutto, per impedirle di gridare. Strinse sempre più forte finché sentì il corpo abbandonarsi sotto di lui senza vita. Poi si alzò, si ricompose, scivolò lungo il corridoio e riprese il suo posto lasciato libero, nella penombra, dall'attore che lo aveva sostituito.

Turm Kaiknas non era più sulla sua kline, il suo udito era quello del comandante di eserciti affinato da lunghi dormiveglia in luoghi impervi e pericolosi a percepire il minimo rumore sospetto. Aveva udito grida soffocate provenire dai suoi appartamenti: il bambino forse gridava nel sonno agitato da incubi? E dov'era Anait? Perché non tornava?

Si udì un urlo disumano provenire dal vestibolo e Lars Thyrrens gridò a sua volta allarmato. Irruppero le sue guardie recando torce accese e tutti si precipitarono lungo il corridoio. La scena che si offrì loro era raccapricciante. Turm Kaiknas era inginocchiato fra il cadavere di sua moglie e quello di suo figlio e teneva nella mano un pugnale insanguinato.

«Prendetelo!» gridò Lars Thyrrens e, prima che avesse tempo di reagire o di accusare, le guardie gli furono addosso, e benché egli ne abbattesse alcune con lo stesso pugnale che aveva in mano e si divincolasse, aggredito da ogni parte come un leone preso nella rete, alla fine dovette soccombere, stordito da un colpo alla nuca inferto a tradimento.

Lars Thyrrens gridò: «Avete visto con i vostri occhi! Tutti sanno che Turm Kaiknas ha sempre odiato sua moglie perché la sapeva infedele, sapeva che aveva partorito un bastardo, figlio di una relazione illecita».

«È vero!» gridarono tutti i presenti. Perché tutti erano servi di Lars Thyrrens, il potente lauchme di Velathri e tutti erano lì per testimoniare la verità di qualunque cosa lui avesse affermato. Nessuno avrebbe osato contraddirlo. Solo una voce tuonò in quel momento contro di lui alle sue spalle: «Menti! Mia sorella non ha mai tradito suo marito. Lo amava più della sua vita. E Turm Kaiknas adorava suo figlio. Mai avrebbe alzato la mano su di lui se non per accarezzarlo». La voce di Aule Tarchna, il fratello di Anait, augure e interprete dei segni degli dei fra la gente del popolo, sacerdote del tempio di Sethlans sulla collina che dominava la città. Il suo volto era acceso di indignazione ma dagli occhi gli scendevano lacrime ardenti, perché in un solo momento era privato degli affetti più cari e profondi.

«No?» rispose Lars Thyrrens. «Allora non gli sarà difficile dimostrare la propria innocenza superando la prova del Phersu. Tu sei un sacerdote, Aule Tarchna, e sai bene che null'altro che il giudizio degli dei può decidere di un crimine tanto orrendo da superare ogni immaginazione.»

«Maledetto! Maledetto! Non puoi fare questo! Folle sacrilego, belva sanguinaria, non puoi fare questo!»

«Non io» rispose Lars Thyrrens «la legge più antica del nostro popolo. La più tremenda e la più sacra. E tu dovresti saperlo.»

«Mi lascerai almeno i loro corpi?» gridò Aule Tarchna indicando le spoglie esanimi di Anait e del fanciullo.

Lars Thyrrens lo guardò impassibile. «Bruceranno con questa casa: è meglio così affinché tu non li esponga davanti al popolo per coprirmi di infamia e per gridare menzogne».

«Che tu sia maledetto» disse ancora Aule Tarchna dal profondo del cuore, e i suoi occhi erano asciutti, senza più lacrime; l'ardore dell'odio li aveva asciugati. Restò solo nella casa deserta, che fino a poco prima risuonava di canti e di suoni di gioia. Restò a piangere a dirotto sui corpi di Anait e di Velies, finché il crepitare delle fiamme non lo riscosse, finché non cominciarono a crollare le travi di quercia del soffitto tutto attorno a lui. Allora si alzò e fuggì, ombra disperata, senza voltarsi indietro.

Tornò di nascosto, il giorno dopo, per raccogliere quanto poté dei resti e delle ceneri della sorella e del nipotino, e poi per giorni svanì nel nulla. Riapparve solo il giorno del rito tremendo, quando Turm Kaiknas fu spinto nell'arena. Con un braccio legato dietro la schiena, con il capo rinchiuso in un sacco, fu fatto combattere contro una belva sanguinaria che il lauchme aveva fatto venire da terre lontane. Aule Tarchna non si coprì gli occhi, nemmeno quando vide l'eroe sanguinare in ogni parte del corpo, perché voleva che l'odio gli crescesse dentro fino al punto di diventare una forza invincibile, voleva che divenisse capace di sopravvivere da solo attraverso i millenni. Turm Kaiknas si batté con energia sovrumana. Non aveva altro scopo nel breve tempo che gli restava da vivere che coprire di vergogna il suo nemico, e far ricadere il proprio sangue sul capo di tutti coloro che assistevano al suo martirio. Più volte colpì la belva ferendola in più punti ma quando cadde senza vita il mostro era ancora vivo e continuava a straziare il suo corpo inerte.

Lars Thyrrens proclamò che quella era la prova della colpevolezza di Turm Kaiknas e ordinò di seppellire il Phersu con la belva ancora viva, nello stesso sarcofago, perché continuasse a stra-

ziarlo per l'eternità. Alla sepoltura fu destinata una tomba iso-
lata, costruita in un luogo solitario, e senza altra insegna che
quella della luna nera.

Aule Tarchna esercitò il diritto di introdurre nella tomba
un'immagine della sua famiglia perché vi fosse anche una pre-
senza benevola in quel luogo di grida e di tenebre, e fece esegui-
re un cenotafio in alabastro massiccio che ritraesse le sembianze
di Anait. Poi fece eseguire un ritratto di Velies perché fosse col-
locato nella tomba di famiglia. Un grande artista lo fuse nel
bronzo e vi incluse il coltello che lo aveva assassinato, gli diede
le sembianze della malinconia e del dolore e la forma più simile a
quella di un'ombra, di un'anima quasi senza corpo perché gli
era stata negata la vita anzitempo e non avrebbe mai conosciuto
le gioie dell'amore e di una famiglia.

Assieme pose due tavole di bronzo, in cui fece fondere la sua
eterna maledizione.

«Che tu sia maledetto sette volte, Lars Thyrrens, sia maledet-
to il tuo seme e siano maledetti tutti coloro che in questa città
alimentano l'abominio del tuo potere, siano maledetti fino alla
fine delle nove ere dei Rasna. Sia maledetta la bestia e siano ma-
ledetti coloro che la videro straziare un uomo innocente. Possa-
no essi subire ciò che ha subito un eroe senza colpa e piangere
lacrime di sangue...»

Fabrizio si svegliò coperto di sudore gelato, invaso da
un senso oscuro di angoscia. Si alzò a fatica e andò alla finestra. Era notte fonda.

XIII

L'Alfa coupé del tenente Reggiani si fermò davanti alla porta di casa del podere Semprini poco prima delle otto. Fabrizio venne ad aprirgli e lo fece accomodare in cucina. Aveva già messo su il caffè e del pane ad abbrustolire nel forno. Reggiani indossava sopra i jeans un giubbotto di pelle scamosciata blu scuro e si vedeva chiaramente che aveva sotto l'ascella la Beretta d'ordinanza. Si sedette e guardò di sottecchi Fabrizio mentre toglieva dal forno le fette di pane e metteva in tavola burro, marmellata e miele. «Fai paura» gli disse. «Sembra che tu abbia passato la notte all'inferno.»

«In un certo senso...» rispose Fabrizio senza scomporsi più di tanto. Versò il caffè e si sedette. «Serviti, ce n'è in abbondanza.»

«Non vuoi dirmi che cos'è successo?»

«Ho lavorato per molte ore difilato senza mai fermarmi. Ecco perché sono un po' fuori fase.»

«Questo lo so: la tua casa è sotto sorveglianza. Nient'altro?»

«Nient'altro.»

«E che cos'hai concluso?»

«Ho tradotto l'iscrizione di Balestra, ma non deve saperlo nessuno. Era solo per vedere che cosa c'era scritto.»

«E io posso saperlo?»

«Non ancora.»

«E allora perché mi hai chiamato?»

«Perché andiamo a fare un giro... al bar delle Macine.»

«A trovare quella donna.»

«Infatti. Voglio chiederle quello che Montanari non ha fatto in tempo a dirmi perché quel... quell'essere gli ha mangiato la gola.»

«E cioè?»

«Dove si trova il settimo frammento di quell'iscrizione.»

«E lì c'è qualcosa che ci riguarda? Non è solo per il suo valore archeologico...»

«No, altrimenti non mi sarei ammazzato di fatica. L'archeologia di solito ha tempi lunghi. Tu sai chi è quella donna?»

«Sì, mi sono informato. È una vedova che fa la custode al locale e a volte serve al bar. Una persona normale.»

«Ha un nome questa persona normale?»

«Un nome e un cognome. Si chiama Ambra Reiter.» Reggiani mandò giù l'ultima sorsata di caffè e si accese una sigaretta.

«La fumi presto oggi» osservò Fabrizio mettendosi a rigovernare.

«Sono nervoso. Sto preparando tutto per lo scadere dei due giorni che ti ho concesso.»

Fabrizio parve non raccogliere. Si asciugò la mani in un asciugapiatti e disse: «Allora, andiamo?».

Reggiani si alzò e raggiunse l'auto. Fabrizio richiuse la porta e si sedette al suo fianco. «Ha un nome strano» disse. «E che cos'altro sappiamo di lei?»

Reggiani si immise nella provinciale. «Per ora nient'altro se non che è arrivata cinque anni fa e ha lavorato per qualche tempo a servizio in una casa di Volterra. Sto cercando di sapere da dove viene ma per ora non ho granché in mano. Ho sentito dire che fa qualche piccola stregoneria, cose innocenti, come leggere la mano, le carte.»

Impiegarono un po' più del previsto perché l'auto di Reggiani era molto bassa e a ogni buca o piccolo dosso era necessario rallentare, ma Fabrizio ebbe l'impressione che il suo compagno guidasse più lentamente del necessario: forse sperava che allungando i tempi la conversazione sarebbe caduta di nuovo sul contenuto dell'iscrizione, ma Fabrizio restò per la maggior parte del tempo in silenzio, assorto nei suoi pensieri e il suo compagno preferì non disturbarlo.

Quando giunsero nel cortile delle Macine il luogo era deserto, un vento di tramontana diradava la foschia del mattino e faceva volare le foglie secche degli aceri e delle querce assieme a vecchi fogli di giornale e a pezzi di sacchi di carta da cemento. In fondo al cortile si vedeva un mucchio di terra smossa. Pile di mattoni da una parte, sacchi di cemento e di calce dall'altra, protetti da una lamiera ondulata.

«Ampliamenti in corso, si direbbe» commentò Reggiani. «Si vede che gli affari vanno abbastanza bene.» Scese dalla macchina e si diresse verso il locale seguito da Fabrizio. Bussò e la porta si aprì per la semplice pressione della mano: era soltanto accostata. Entrarono guardandosi attorno nella semioscurità: la stanza era deserta, le sedie appoggiate sui tavoli, l'aria stagnante impregnata di un odore indefinibile in cui si percepiva l'aroma di incenso misto a quello del fumo di sigarette esotiche.

«C'è qualcuno?» chiese Reggiani. «C'è qualcuno?» ripeté ancora alzando la voce.

«Aspetta» disse Fabrizio. «Do un'occhiata in cucina.» Passò dietro il banco e ispezionò l'ambiente retrostante: i fornelli erano in ordine, il pavimento pulito, la porta che dava sul cortile posteriore chiusa dall'interno con il chiavistello. Chiese ancora: «C'è qualcuno? C'è qualcuno in casa?». Un gatto spaventato gli corse via fra le gambe miagolando, attraversò il bar in un lampo e fuggì in cortile.

«È strano» osservò Reggiani. «Sembra proprio che non ci sia nessuno, eppure la porta era aperta... Senti, io direi di tornare più tardi: non mi piace stare in casa d'altri quando manca il proprietario. Anche se sono in borghese sono pur sempre un ufficiale dei carabinieri e...»

«Mi avete chiamato?» risuonò improvvisamente una

voce alle loro spalle. Si volsero di scatto e si trovarono di fronte Ambra Reiter, come materializzata dal nulla. Stava ritta in piedi in mezzo alla sala e il suo volto aveva un colorito terreo ma non tradiva alcuna emozione.

«Sono il tenente Marcello Reggiani» disse l'ufficiale con un certo imbarazzo «e questo signore che è con me lo conosce, mi pare: è il dottor Fabrizio Castellani dell'Università di Siena.»

La donna scosse lentamente la testa come se si risvegliasse da un sogno. «Non l'ho mai visto, ma lo conosco adesso. Piacere, Reiter» aggiunse porgendo la mano.

Fabrizio non riuscì a trattenersi: «Ma che cosa dice, signora, sono entrato qua dentro l'altro giorno e lei mi ha servito da bere. Ricorda? E quando ho voluto pagare mi ha detto "offre la casa". E ieri sera lei era alla Casaccia pochi minuti prima che quella belva massacrasse Pietro Montanari».

La donna lo guardò come se avesse di fronte un pazzo: «Belva? Pietro Montanari? Giovanotto, è sicuro di star parlando con la persona giusta? E lei, tenente, vuole spiegarmi che cosa significa tutto questo? Voglio dire, lei è qui in veste ufficiale per accusarmi di qualcosa o che altro?».

Reggiani cercò di spiegarsi: «No, signora, assolutamente, però il mio amico sostiene che lei...». Ma Fabrizio lo interruppe: «Ed è lei» continuò la frase imperterrito «che mi telefona la notte, lei che mi ha fatto minacce abbastanza esplicite se non avessi abbandonato la mia ricerca».

La donna lo guardò ancora più stupita: «Io non so di che cosa sta parlando, non so di nessuna ricerca e nemmeno la conosco. Per me lei farnetica o mi ha preso per qualcun'altra».

Reggiani si rese conto che in quelle condizioni non avrebbe potuto ottenere alcun risultato e fece un cenno d'intesa a Fabrizio come per dire: "È meglio che ce ne andiamo".

Fabrizio assentì e gli andò dietro; prima di uscire però si volse a fissare la donna negli occhi per carpire una risposta o un indizio quale che fosse dalla sua espressione:

trovò solo lo sguardo di una sfinge, ma mentre la squadrava da capo a piedi notò che aveva del fango giallo sulle scarpe.

«Maledetta strega» disse appena furono usciti. «Ti giuro che l'ho vista, che ci siamo parlati, che mi ha minacciato e che l'altra sera... Non mi credi, vero?»

Reggiani alzò le mani come per calmarlo: «Ti credo, ti credo, ma stai calmo adesso. L'unica cosa che posso fare è tenerla sotto sorveglianza: se è la persona che dici, prima o poi si tradirà. Il problema è il tempo. Non ne abbiamo, mi sembra».

Mentre stavano per salire in auto, Fabrizio ebbe l'impressione di udire un fruscio e si volse di scatto, appena in tempo per intravedere la sagoma di un bambino che fuggiva a nascondersi dietro l'angolo del rustico, lo stesso, gli parve, che aveva intravisto l'ultima volta che era venuto alle Macine. «Aspetta...» provò a dire senza troppa convinzione, ma il bambino era già scomparso. Risalì in macchina. «Hai notato le sue scarpe?» chiese non appena Reggiani ebbe messo in moto.

«Mi sembravano normali.»

«Erano sporche di terriccio giallo. »

«E allora?»

«Sono un archeologo. Conosco la stratigrafia dei terreni in queste zone abbastanza bene. È lo stesso terriccio che abbiamo visto ammucchiato vicino alla scavatrice.»

«Vero. »

«Sai cosa significa?»

«Che la donna ha camminato da quelle parti.»

«No. Si è materializzata dietro di noi. Se fosse venuta da fuori l'avremmo vista o sentita. Per me è venuta da sottoterra. Per la precisione da una profondità di due metri, centimetro più, centimetro meno... Ora, se io...»

Reggiani rallentò fino a fermarsi del tutto e tirò il freno a mano: «Fammi indovinare. Se ho capito bene vuoi cacciarti in un sacco di guai. Stammi a sentire: non ti mettere strane idee per la testa come andare in giro di notte a fare

166

ricognizioni sotterranee, per dirne una a caso. Finché c'è questa belva in giro tu non ti muovi se non in compagnia di chi dico io, se vuoi restare vivo.»

«E chi si muove» brontolò Fabrizio. «Il brigadiere Spagnuolo è sempre appostato dietro la curva con la sua Uno grigia. Quasi sempre...»

Reggiani ripartì riportando Fabrizio alla sua dimora nel podere Semprini. Parlarono poco perché ognuno era oppresso dai propri incubi.

«Lo sai quanto manca?» domandò Reggiani spegnendo il motore «dico, all'inizio delle operazioni?»

«Qualche ora?» chiese Fabrizio.

Reggiani guardò l'orologio: «Sei fortunato» disse. «Abbiamo avuto un sacco di problemi a reperire gli uomini necessari e i mezzi, ma fra trentasei ore l'operazione parte, non un minuto più tardi, ma se potrò anticiparla lo farò di certo». Fabrizio sorrise: «La vostra solita spocchia: non avete voluto chiedere aiuto agli altri corpi di polizia... Comunque, dai, non fare l'americano. Lo sai benissimo che un minimo di elasticità alla fine salta sempre fuori. Se avessi bisogno, per dire, di due o tre ore supplementari... o di una mezza giornata...».

Reggiani si passò una mano sulla fronte: forse nemmeno lui aveva dormito granché quella notte. «Meglio che non ce ne sia bisogno» disse. «Spero che tu abbia capito che non sto scherzando e che quando si mobilita un'operazione del genere si stabiliscono ora e minuti. Meglio che non ce ne sia bisogno, ripeto; però è vero, non ne faccio una questione di minuti.»

Fabrizio abbassò il capo. «Non è stata una gran spedizione» disse. «Non abbiamo concluso molto: non mi sarei aspettato che potesse mentire con quella sicurezza totale, senza tradire la minima emozione. Però, quel terriccio giallo secondo me è una traccia importante. Ti saluto, ci vediamo presto.»

Fabrizio rientrò nella casa deserta e pensò che avrebbe dovuto telefonare a Francesca, ma la consapevolezza di non averlo fatto per così tante ore lo scoraggiava perché non aveva voglia di discutere né di giustificarsi. Non sapeva a quel punto che cosa fare, rendendosi conto che Ambra Reiter era l'unica persona che sapeva dove si trovasse il frammento mancante dell'iscrizione, se Montanari aveva detto la verità, e che non avrebbe parlato per nessun motivo. Forse non c'era ormai altra opzione che l'imponente operazione del tenente Reggiani, ammesso che potesse andare a buon fine. Ma non riusciva a rassegnarsi.

Si immerse nella lettura della sua traduzione e si sentì nuovamente invadere dall'oscura visione di quella vicenda remota e crudele che la stanchezza mortale, il farmaco che aveva ingerito e la suggestione di quanto aveva letto e creduto di capire gli avevano proiettato nella mente. Si sentiva oppresso da un senso di scoramento profondo, dalla sensazione di prigionia che provava al sapersi sorvegliato e impossibilitato a muoversi autonomamente in qualunque direzione, si sentiva a disagio per la confusione che aveva invaso la sua mente, per quella strana commistione di realtà e di allucinazione in cui viveva ormai da molte ore, come se scontasse i postumi di una ubriachezza brutale, come se si risvegliasse a stento dall'effetto di una droga potente. Si era sentito così quando aveva provato l'oppio, una volta, l'unica della sua vita, per curiosità, in Pakistan, ed era rimasto stranito e di umore nero per giorni e giorni. Ogni tanto guardava il telefono pensando che avrebbe dovuto chiamare Francesca o sperando che chiamasse lei. Il tempo si era dilatato per lui all'inverosimile e gli sembrava di vivere da mesi o da anni in quell'incubo, in quella dimensione angosciosa e claustrofobica.

A momenti avrebbe voluto uscire, mettere in moto la sua utilitaria e andarsene, rinunciando a tutto, lasciando perdere la ricerca che lo aveva portato a Volterra, dimenticando l'iscrizione incisa nel bronzo dall'odio di Aule Tarchna. Pensava che avrebbe potuto fare un altro mestiere, come l'insegnante di liceo o il giornalista. E subito dopo si rendeva conto che non voleva lasciare Francesca, che non voleva lasciare Marcello Reggiani e nemmeno Sonia, che stava assemblando il suo mostro in uno scantinato del Museo e ormai doveva essere a buon punto. E soprattutto non voleva lasciare quel fanciullo triste che ormai aveva non solo un volto, ma anche un nome, Velies Kaiknas, e una storia. Per lui era come se fosse successo il giorno prima.

Lo riscosse un tocco sommesso alla porta. Chi poteva essere? Ancora un tocco.

«Chi è?» domandò con un certo nervosismo, mentre l'occhio correva istintivamente al fucile luccicante sulla sua rastrelliera. Non udì risposta. Si alzò e andò ad aprire la porta. «Chi è che...» ma non disse altro perché non c'era nessuno di fronte a lui. Poi lo sguardo gli cadde un po' più in basso. C'era un bambino, lo stesso che aveva intravisto alle Macine, almeno così gli sembrava. Magro, esile, con occhi grandi e scuri, molto espressivi.

«Chi sei?» gli chiese con un tono di voce rassicurante.

«Mi chiamo Angelo» rispose deciso. «Mi fai entrare?»

Fabrizio si fece da parte e lo fece entrare. Il piccolo andò a sedersi e appoggiò i gomiti sulla tavola come se aspettasse qualcosa.

«Hai fame?» chiese ancora Fabrizio. «Ho del latte con i biscotti.» Il bambino fece cenno di sì.

«Come hai fatto ad arrivare fin qui?»

«Mi ha dato un passaggio Emilio, quello che porta l'acqua minerale per il bar. Mi porta spesso con sé, così vado un po' in giro.»

«E come sapevi che abitavo in questa casa?»

«Ti ho visto una volta entrare in questo cancello mentre andavo intorno con il furgone di Emilio.»

«I tuoi genitori lo sanno? Staranno in pensiero. È meglio che gli telefoniamo, vuoi?» cercò di convincerlo Fabrizio mettendo mano al telefono. Il bambino scosse la testa decisamente.

«Ma, avrai dei genitori...»

«Sto con la mia matrigna che mi picchia per niente. Mi odia, lo sai?»

«Forse tu non ti comporti bene e lei è costretta a punirti, non è così?»

Il bambino scosse ancora la testa ma non aggiunse altro.

«Perché sei venuto fin qua? Guarda che ti ho visto alle Macine.»

«Perché voglio scavare come fai tu. Voglio fare l'archeologo.»

«E tu come lo sai che cosa sono io?»

Il bambino non rispose.

«Te lo ha detto lei, forse? La tua... matrigna? O hai ascoltato mentre parlava con qualcuno, è così?»

Il bambino non disse nulla. Sembrava intento a inzuppare i biscotti nel latte. Poi Fabrizio si accorse che guardava di sottecchi la gigantografia del fanciullo di Volterra.

«Ti piace?» chiese Fabrizio.

Il bambino scosse il capo come per dire di no e, dopo qualche istante, domandò: «Allora posso restare?».

Fabrizio si sedette di fronte a lui: «Temo di no. Un bambino deve stare con la sua famiglia. Io ti terrei volentieri, ma poi tua madre verrebbe a cercarti, arriverebbero i carabinieri, lo sai? Si chiama "sequestro di minore" e si va in galera».

«Meglio in galera che con quella donna» disse il bambino.

«Non tu. Io. Sono io che finirei in galera per sequestro di minore, cioè tu. Hai capito?»

Il bambino scosse il capo e Fabrizio sospirò. Si sentiva male a negarsi, a rifiutare l'aiuto a un piccolo che sembrava non avere nessuno che si occupasse di lui.

«Angelo, senti... cerca di capire» tentò ancora di spiegargli.

Il bambino si alzò. «Io da lei non ci torno» disse. «Piuttosto vado via.» E si avviò verso la porta. Si comportava come un piccolo uomo, senza piangere né dare alcun segno di debolezza. Per questo destava ancora più compassione.

«Aspetta» disse Fabrizio. «Dove vai? Aspetta ti dico. Ascolta, io adesso non posso spiegarti, ma da questa casa i carabinieri passano molto spesso. Se ti vedono qui con me cominceranno a farmi delle domande come: "Chi è questo bambino e da dove viene e non ce li ha i genitori" e così via.» In quel momento pensò a Francesca e fu felice di avere un pretesto per telefonarle. «Senti, ho un'idea. Ho un'amica che forse potrebbe tenerti per un po' e poi ci pensiamo su e vediamo che cosa possiamo fare, va bene? Ecco, tu stai fermo qui che io vado di là un momento.»

Andò nel corridoio dove c'era l'altro telefono perché preferiva non farsi sentire dal bambino. Francesca rispose al primo squillo dal suo ufficio al Museo. «Chi non muore si rivede, anzi si risente» disse. «Credevo fossi morto.»

«Ti racconterò tutto appena ti vedrò. Adesso ho un problema che però potrebbe anche diventare un vantaggio. È un bambino, che vive con quella donna alle Macine. Mi ha detto che è la sua matrigna e secondo me sa qualcosa che potrebbe aiutarci... Ho tradotto quella cosa che mi hai dato sul nastro, ma al telefono è meglio non parlare. Devo vederti appena possibile.» Francesca restò in silenzio. «Per favore» aggiunse Fabrizio, «per favore.»

«Va bene, ma avresti potuto telefonare. Anche solo per dire "ciao".»

«Capirai tutto quando ci vedremo. Ti prego, vieni subito.»

«D'accordo. Sarò lì fra un quarto d'ora.»

Fabrizio riagganciò e tornò in cucina, ma il bambino non c'era più. Lo chiamò: «Angelo, Angelo, dove sei?». C'era solo il bicchiere di latte vuoto sul tavolo e qualche briciola. Corse fuori e perlustrò i dintorni della casa sempre chiamandolo ad alta voce ma non lo trovò da nessuna parte. Non riusciva a rendersi conto di come si fosse potuto allontanare tanto in così breve tempo. Si sedette sulla panca di pietra vicino all'uscio e aspettò Francesca.

«C'è il brigadiere Spagnuolo poco più in là nella sua Uno grigia» riferì la ragazza scendendo dal suo fuoristrada.

«Lo immagino. Vieni dentro, per favore.»

Francesca stava dapprima piuttosto sulle sue, ma quando ebbe modo di guardare in faccia Fabrizio capì che non era il caso di fare la risentita. Era pallido e aveva gli occhi lucidi come se avesse la febbre, notò inoltre che gli tremavano le mani quando le versò una tazza di tè.

«Ho tradotto l'iscrizione» disse lui «lavorando senza interruzione da quando ci siamo lasciati. Per questo mi vedi un po' provato. Anzi, a dirti la verità sono sfinito... Purtroppo, senza il segmento mancante non riesco a rendermi conto di che cosa possiamo ancora aspettarci...» Francesca scosse il capo guardandolo negli occhi con una certa aria di affettuoso compatimento. Continuava a pensare ad antiche maledizioni. Fabrizio le raccontò subito dopo della visita infruttuosa al bar delle Macine e poi dell'apparizione del bambino e della sua improvvisa scomparsa.

«Se esco con la mia auto, Spagnuolo mi si mette alle calcagna. Potrei nascondermi sul fondo della tua e potremmo andare lungo la provinciale per vedere se lo troviamo da qualche parte. Tu non hai visto per caso un bambino mentre venivi?»

«No. Ci avrei fatto caso.»

«Quindi non si è diretto verso casa. Forse è andato nella direzione opposta. La mia paura è che si perda... che...»

«Sì, sì, ho capito» tagliò corto Francesca come per rimuovere un pensiero inquietante. «Andiamo allora, muoviti.»

Fabrizio accese la luce in cucina, poi uscì e si nascose sul fondo del fuoristrada restando acquattato per il tempo necessario a sparire dal raggio di visuale del suo angelo custode. Andarono avanti per qualche chilometro finché si resero conto che se il bambino si fosse trovato su quella strada non avrebbe potuto allontanarsi tanto.

«Proviamo lungo le strade di campagna» propose Francesca imboccando decisamente uno sterrato che portava verso le colline in direzione est.

«Ho con me la traduzione» disse Fabrizio che nel frattempo si era seduto normalmente sul sedile anteriore. «La vuoi ascoltare?»

172

«Si capisce che la voglio ascoltare. Non vedo l'ora.»

Fabrizio cominciò a leggere, e man mano che le parole gli uscivano di bocca il tono della sua voce mutava, distorto da un'emozione violenta e improvvisa suscitata dalle visioni che quelle parole richiamavano alla sua mente. Si fermò più volte tirando un profondo respiro come per recuperare lucidità e forza, e quando ebbe concluso chinò il capo sul petto in silenzio.

«Mio Dio» esclamò Francesca senza distogliere lo sguardo dalla strada che scorreva ora sul ciglio di una scarpata.

«Io penso che siano troppe le coincidenze perché tutto sia casuale. Ma ammettiamo pure che ci troviamo di fronte a una serie di casualità totalmente svincolate da ogni ragione conosciuta o apparente, io sono convinto, anzi sono... certo che bisogna assolutamente trovare il pezzo mancante e vedere che cosa dice.»

«Come fai a essere così sicuro?» disse Francesca volgendosi verso di lui. «Non c'è niente di certo in questo tipo di cose.»

Fabrizio finse di non raccogliere e continuò a parlare come se non fosse stato interrotto: «L'acquisizione dei significati della prima parte del testo dovrebbe permetterci di leggere con minore fatica il frammento restante quando fossimo riusciti a recuperarlo. In ogni caso avremo consegnato alla scienza un reperto di eccezionale importanza, ma se le cose stanno come io penso, forse potremmo anche trovare la chiave per fermare questo macello... o cose anche peggiori».

Continuarono a battere la campagna per ore e ore fermandosi solo qualche minuto in un piccolo spaccio a comprare due panini con il salame. Quando cominciò a far scuro Fabrizio si decise a chiamare il bar delle Macine dopo aver chiesto il numero alla compagnia telefonica, ma il telefono squillò dodici volte senza che nessuno venisse a rispondere.

«Dove può mai essere?» si chiese passandosi una mano sulla fronte come per scacciare un incubo.

«Inutile lambiccarsi il cervello» rispose Francesca. «Può essere in qualunque luogo, nel più banale. Magari a casa di un amico. È solo un bambino, non può essere in giro a quest'ora in mezzo ai campi. Tranquillizzati.»

«Non sembrava un bambino che avesse amici. Sembrava un bambino solo che non vede mai nessuno.»

«Comunque è meglio tornare. Se Spagnuolo si accorgesse che non sei più in casa potrebbe scatenare una caccia all'uomo.»

«Potrei essermi appartato in mezzo ai campi con la mia ragazza, no?»

Francesca trattenne un sorriso: «E chi sarebbe la tua ragazza?».

«È in città» disse Fabrizio d'un tratto, del tutto fuori tono ma in senso casualmente ambiguo.

«La tua ragazza?» lo sollecitò di nuovo Francesca.

«No, lui, Angelo. La mia ragazza è qui, alla guida di questo veicolo.» E le strinse una mano con forza.

«Come fai a dirlo?» chiese Francesca.

«È solo una speranza, in realtà. Ricordo di averlo visto sgattaiolare dentro al portone del palazzo Caretti Riccardi alcuni giorni fa... sono certo che era lui.»

«Ti sarà sembrato: quel palazzo è chiuso da anni, cade a pezzi e non ci vive nessuno. Te lo posso assicurare.»

Fabrizio si ricordò dell'ultima telefonata della signora Pina, che gli parlava di strani riflessi luminosi provenienti dagli scantinati e si volse verso la ragazza: «Ne sei proprio sicura?».

XIV

Francesca invertì la marcia e si diresse verso la città. «Solo per convincerti che non c'è assolutamente niente là dentro e che il palazzo è chiuso e sprangato».

«Non me lo sarò sognato di aver visto il bambino» disse Fabrizio.

«Non dico questo, ma è un dato di fatto che a volte vediamo ciò che desideriamo vedere o che ci aspettiamo di vedere. Il nostro cervello è una macchina molto più potente di quanto non immaginiamo...»

Fabrizio la guardò con un'espressione strana, come se si rendesse conto che lei gli aveva letto nella mente, che aveva trovato l'accesso a una memoria segreta annidata nelle profondità della sua psiche. Passarono per la provinciale dieci minuti dopo e videro che la Uno grigia era ancora al suo posto, ma probabilmente qualcuno era venuto a dare il cambio a Spagnuolo. In lontananza si vedeva la fattoria Semprini con le luci accese al piano terreno.

«Pensi che basterà a convincerli che sono in casa?» disse Fabrizio.

«Forse sì e forse no. Se Reggiani ti chiama e non ti trova mangia subito la foglia e ti fa cercare anche nei bidoni della spazzatura.»

«Reggiani è un bravo ragazzo e quel carabiniere là dentro è una specie di alibi per la sua coscienza. Lo sa benissimo che sono in giro da qualche parte e sa anche che tenermi in gabbia è controproducente.»

«E quella bestiaccia dove potrebbe essere a quest'ora? Lo sai, da quando l'ho vista l'altra sera non sono più riuscita a togliermela dalla mente. Spesso mi sorprendo a pensarci: dove sarà il suo covo? Come si nutre? Chi c'è con lei?» Fabrizio non rispose. «E tu, non ci pensi?»

«Ci penso. E forse mi sto facendo una mezza idea, ma non chiedermi di che si tratta, prima devo chiarire alcune cose a me stesso... Sei sempre così sicura che questi fatti non abbiano nulla a che fare con l'iscrizione e con i resti di quel *Phersu*?»

«Tu pensi che le ossa umane che hai trovato nella tomba del Rovaio appartengano al Turm Kaiknas dell'iscrizione, non è così?»

«Ne sono certo.»

«Lo immaginavo... e pensi che questo cagnaccio randagio che va in giro di notte sia la belva rediviva di cui la tua amica Sonia sta rimettendo insieme la carcassa.»

«Qualcosa del genere» ammise Fabrizio senza batter ciglio.

Francesca si portò le mani al volto. «Cristo, mi sembra di stare dentro a un fumetto horror... Mi rendo conto che ci sono molte coincidenze impressionanti, ma si tratta solo di coincidenze e quando tutta questa storia sarà finita anche tu sarai d'accordo con me.» Fabrizio non rispose: sembrava perso dietro ai suoi pensieri, molto lontano da quel luogo e da quel tempo. Francesca passò sotto la fortezza ed entrò poco dopo in città attraverso il grande arco di pietra.

Volterra era deserta: non un'anima per le strade, i locali pubblici semivuoti lasciavano intravedere solo pochi avventori che giocavano a carte e bevevano vino in un'atmosfera fumosa. Passò una volante dei carabinieri e il lento ruotare della luce blu proiettò sulle antiche facciate di sasso un riflesso spettrale: Marcello Reggiani vigilava su quel deserto urbano. Francesca trovò un angolo in cui parcheggiare la sua jeep e i due si diressero a piedi verso il palazzo Caretti Riccardi. I due giovani camminavano l'una stretta all'altro, rasente ai muri come se volessero confondersi con le pietre della città: Francesca teneva Fabrizio per il braccio e lui teneva entrambe le mani sprofondate nelle tasche. Tirava un vento freddo che si insinuava per le strette vie della città medievale e faceva vibrare come corde d'arpa i fili del telefono tesi fra una facciata e l'altra. Arrivarono davanti al palazzo in una decina di minuti e il giovane spinse con energia sul portone che non si spostò di un millimetro.

«Che ti dicevo?» disse Francesca. «Questo portone è sprangato da anni.» Non aveva finito di parlare che l'ululato echeggiò, appena percettibile, in lontananza, ma Fabrizio aveva affinato l'orecchio a quel suono e trasalì impallidendo visibilmente: «Hai sentito?» chiese.

Francesca scosse il capo; subito dopo, però, l'ululato risuonò più forte, e più netto, portato dal vento, e la ragazza non poté fingere ancora.

«Hai sentito adesso?» insistette Fabrizio.

«Ho sentito» ammise la ragazza. «Ma è come se non avessi sentito. Non possiamo perdere la testa. Dobbiamo trovare una spiegazione a tutto questo o impazziremo...»

«E quel bambino potrebbe essere là fuori... oh, Cristo santo...» disse Fabrizio come se lei non avesse parlato. Gli tremava la voce. «Io devo entrare in questa baracca» riprese poi. Si guardò intorno esaminando la parete della facciata. Non c'era una placca, una targa, un campanello e nemmeno traccia che ci fossero mai stati, come se nessuno avesse mai vissuto fra quelle mura. Pesanti inferriate chiudevano le uniche due finestre del piano terreno e dietro le inferriate i vani erano stati accecati con murature di mattoni. Ai piani superiori tutte le finestre erano chiuse da pesanti imposte di legno con massicci cardini di ferro battuto. Il tetto sporgeva, oltre il quarto piano, con grandi travi di quercia annerite dal tempo. Al centro della facciata, unico segno distintivo, c'era uno scudo di pietra con uno stemma nobiliare sbiadito e appena riconoscibile.

«Non è possibile che un edificio di queste dimensioni non abbia un proprietario e che questi non si faccia mai vivo» commentò Fabrizio.

«Aspetta» disse Francesca «ho un'idea: in auto ho il mio portatile con il programma della mappa catastale. Spero solo di avere le batterie sufficientemente cariche: non ti muovere, torno subito.»

Fabrizio non fece nemmeno in tempo a fermarla che la ragazza aveva già attraversato di corsa la piazzetta antistante il palazzo e subito dopo era sparita dietro l'angolo di una delle vie. Restò solo a guardarsi intorno e a tendere l'orecchio per sentire se quel richiamo si facesse ancora udire nel silenzio della notte. Udì invece il rumore delle pale di un elicottero e vide un faro scandagliare il terreno in direzione sudest. Reggiani doveva aver udito il richiamo e lanciato il suo ricognitore. C'era il pericolo che l'intera azione venisse anticipata. Ma tutto sommato forse era meglio: se il bambino si fosse aggirato ancora per le campagne o avesse trovato un precario rifugio in una stalla abbandonata o in un qualche ovile, era più facile che venisse ritrovato...

Francesca arrivò in breve tempo con la sua capace borsa di cuoio. Si sedette su un fittone, estrasse un computer portatile, e, appoggiandoselo sulle ginocchia, lo accese; quindi caricò il programma finché non apparve sullo schermo dapprima la mappa catastale della città e poi il particolare di palazzo Caretti Riccardi. «Eccola qua» disse cominciando a ingrandire il quadrante. «Vediamo un po'...»

«Senti» la interruppe Fabrizio «la signora Pina, quella del ristorante, mi ha detto che a volte, a notte fonda, ha visto dei riflessi di luce salire dal basso, dal basamento del palazzo. Se ha visto bene vuol dire che ci sono dei sotterranei e forse delle prese d'aria in comunicazione con l'esterno. È una cosa abbastanza comune nei palazzi antichi.»

«Oh, sì. E può anche darsi che degli immigrati clandestini si siano infilati laggiù trovando un rifugio sicuro. Ce ne sono in tutti gli edifici vuoti o abbandonati... Allora ecco qua. La proprietà è, o meglio, era, di Jacopo Ghirardini, un nobile volterrano sparito dalla circolazione inaspettatamente cinque anni fa... in apparenza senza eredi.»

«Cinque anni fa...» mormorò Fabrizio «cinque anni... è quando è apparsa improvvisamente quella donna... e Reggiani mi ha detto che era a servizio in una casa di Volterra... in questa magari?»

«Mi sembrerebbe strano perché io l'ho sempre visto chiuso. Ma posso informarmi. È possibile che per qualche tempo qualcuno abbia varcato la soglia di quel portone... Ecco qua, ci siamo... guarda... questo rettangolo a filo della parete esterna è certamente una presa d'aria per i sotterranei.»

«Ma sarà murata come le finestre» obiettò Fabrizio «o chiusa da un'inferriata.»

«Non lo sapremo mai se non andiamo a vedere: ecco, secondo la mappa dovrebbe essere sulla parete destra per chi guarda la facciata, lungo la via Cantergiani.» Chiuse il programma, spense il computer e lo infilò nella borsa. «Allora andiamo?» disse alzandosi in piedi e incamminandosi verso il lato destro del palazzo.

Fabrizio le andò dietro e insieme cominciarono a perlustrare il grande muro massiccio sul quale si aprivano finestre solo a partire dal secondo piano. La vasta parete di pietra calcarea era scandita ogni cinque o sei metri da una costolatura verticale di rinforzo e proprio dietro una di queste trovarono la presa d'aria. C'era un coperchio di ferro massiccio alzato appoggiato verticalmente alla parete e fissato a un anello arrugginito. La presa d'aria era chiusa da una grata di pesanti barre di ferro e sembrava che non fosse stata smossa da lungo tempo. Fabrizio cercò di sollevarla ma non riuscì a spostarla di un millimetro. «È come temevo, purtroppo: è murata nel basamento.»

Francesca si inginocchiò a sua volta. «Mi sembra strano, di solito queste prese d'aria venivano anche usate per

introdurre nelle cantine barili di vino e altri generi da con-
servare al fresco o da nascondere nei sotterranei... Per fortuna non c'è un'anima in giro» aggiunse infilando la mano sotto la grata «se ci vedesse qualcuno chissà che cosa
potrebbe pensare.»

«Soprattutto se mi vedesse la signora Pina... per fortuna
oggi è giorno di chiusura, non vedo luci dalla parte del ristorante.»

«A proposito di luci, non hai una pila, per caso?» chiese
Francesca.

Fabrizio frugò nel suo zainetto ed estrasse una torcia
elettrica per illuminare la grata e i contorni della botola
ma il raggio luminoso cadde sul pavimento della cantina.
«Accidenti, guarda laggiù» disse.

Francesca gettò uno sguardo sul pavimento fangoso.
«Tracce di piedi...»

«Già. Piedi piuttosto piccoli, direi. È Angelo, ne sono sicuro.»

«E da dove sarebbe passato, secondo te?»

«Attraverso le sbarre.»

«Non è possibile.»

«È piccolo e magro, te l'ho detto.»

Francesca scosse la testa incredula e continuò ad armeggiare con la mano sotto la grata.

«Trovato!» esclamò a un certo momento. «C'è un cate-
naccetto.» Lo fece scorrere all'indietro e Fabrizio alzò la
grata.

«Vado io per prima» disse Francesca e si lasciò cadere
toccando subito dopo il pavimento. Fabrizio la sentì im-
precare e la illuminò con la torcia. Era scivolata dopo aver
toccato terra ed era seduta nel fango. Si rialzò pulendosi
alla meglio e rivolse lo sguardo in alto: «Adesso passami
la borsa con il computer. Lasciala andare, non aver paura,
la prendo».

Fabrizio lasciò penzolare la borsa più in basso che poté,
poi diede una voce e la lasciò andare.

«Presa» risuonò la voce di Francesca dal sotterraneo.

Fabrizio si lasciò andare a sua volta e i due giovani si guardarono negli occhi in silenzio per qualche istante nella luce fioca che spioveva dall'alto.

«Speriamo bene» disse Francesca «quella botola aperta è una vera e propria trappola, se qualcuno ci cade dentro accidentalmente si massacra.»

«A quest'ora chi vuoi che vada in giro da queste parti? Hai visto che mortorio, non c'è anima viva per le strade.»

«E poi mi piacerebbe sapere come faremo a uscire.»

«A questo penseremo dopo. Potremmo anche uscire dalla porta principale, così diamo un po' d'aria a questo catafalco.» Fabrizio cercava di fare dello spirito perché l'atmosfera era pesante nel sotterraneo completamente buio, nell'aria greve, nell'odore intenso di muffa. Proiettò il raggio di luce sulle pareti e sul soffitto per rendersi conto delle dimensioni e delle caratteristiche dell'ambiente e vide un'altra muraglia che l'attraversava da un'estremità all'altra, interrotta da un paio di archi a tutto sesto, fatta di grandi conci di tufo grondanti di umidità e coperti di muffe grigie.

«Quel muro è sicuramente antico» commentò Francesca.

«Etrusco» concluse Fabrizio, percorrendo con il raggio di luce la muraglia da un capo all'altro. Poi diresse il raggio sul pavimento a illuminare le tracce dei piccoli piedi che si allontanavano attraverso l'arco. Francesca estrasse il computer dalla borsa e lo accese. «Potrebbe esserci una mappa dei sotterranei» disse «il rilievo catastale è abbastanza antico, risale all'età del duca Leopoldo, se non mi sbaglio... infatti, eccolo qua... guarda... ecco, questo è il muro con gli archi, vedi? benissimo, ci siamo... adesso andiamo avanti.»

Procedettero per una decina di metri finché si trovarono di fronte a una ringhiera di ferro che fiancheggiava una rampa di scale che scendevano in basso.

«Questa c'è sulla tua mappa?» chiese Fabrizio sbirciando sullo schermo.

«No» rispose Francesca. «Non c'è, non mi sembra...»

Scesero sette gradini di pietra grigia e si ritrovarono in un altro ambiente completamente spoglio in cui si potevano distinguere ombre di colori sulle pareti, brandelli di intonaco. In un angolo, dalla parte opposta a quella da cui erano discesi, c'era una rampa in lieve pendenza e ripresero a scendere. Ormai era impossibile distinguere orme sulle lastre di pietra; nessuno dei due avrebbe saputo dire se Angelo, ammesso che fossero state sue le impronte sotto la presa d'aria, fosse sceso veramente in quel luogo.

«È possibile che dal livello della cantina ci sia solo modo di scendere? Non può non esserci un punto di risalita verso l'interno del palazzo» disse ancora Francesca come pensando ad alta voce.

«È quello che penso anch'io» concordò Fabrizio, «ma per ora non abbiamo scelta, mi pare.»

Si guardarono attorno. L'ambiente era completamente tagliato a vivo nel banco di tufo e Fabrizio scandagliò ogni palmo delle pareti. «Lo sai dove siamo?» chiese a un certo punto.

«Sotto il piano di campagna della città antica» rispose Francesca «e quella muraglia con i due archi che abbiamo passato prima deve essere un tratto delle mura etrusche.»

«E siamo anche al capolinea, mi pare. Qui non c'è niente e nessuno.»

Rimasero in silenzio qualche secondo ad ascoltare il loro respiro che condensava in nuvolette di vapore, e a esaminare le pareti e il soffitto sopra di loro.

«Vieni, torniamo indietro» disse a un tratto Fabrizio. «Mi sembra di soffocare qui dentro.» Francesca annuì e lo seguì su per le scale fino alla grande cantina in cui erano entrati attraverso la presa d'aria. Esaminarono il muro che si estendeva dalla parte opposta, palmo a palmo, finché trovarono una scala strettissima chiusa fra due spallature di mattoni. Fabrizio cominciò a salire seguito da Francesca, e il senso di oppressione che aveva provato nel sotterraneo continuava a crescere anziché diminuire man mano che si avvicinavano al piano terreno. Sbucarono da una porticina coperta da borchie di ferro in quella che doveva essere la loggia principale del palazzo ma quando alzarono il capo verso il soffitto videro una scala che saliva a spirale in una sola rampa fino alla sommità, a sbalzo sul vuoto, senza alcun sostegno centrale.

«Accidenti...» mormorò Francesca. «Che meraviglia! Sapevo della sua esistenza ma non l'avevo mai vista. È un capolavoro di incredibile perfezione. Credo sia stata attribuita al Sansovino.»

Fabrizio perforò con la torcia l'enorme cavità ellittica dell'ardita scalinata fino a illuminare le travi del tetto: «Cristo santo... a me dà piuttosto l'idea delle spire di un serpente o dei gironi di una bolgia infernale. C'è qualcosa di inquietante in questa spirale e se la fissi con intensità sembra dotata di movimento come una vite senza fine.... non è strano?»

«Pensi che possa essere qui, nascosto da qualche parte?» chiese Francesca. «Magari ci osserva dall'alto di una di quelle rampe. Forse è sceso tante volte piegato in due sul corrimano. Io lo facevo sempre da bambina quando abitavo con i miei nella villa degli Annibaldi a Colle Val d'Elsa.»

Fabrizio si fece forza e chiamò: «Angelo, Angelo! Sei là?». Gli rispose solo l'eco dell'enorme vano vuoto. «Io proverei a salire, almeno sapremo se c'è o se non c'è. Magari è addormentato da qualche parte.»

«Sempre che sia lui» disse Francesca.

«Già» assentì Fabrizio. Provò a premere un interruttore della corrente ma non accadde nulla. Il contatore doveva essere stato staccato da anni. Cominciarono a salire la rampa, lentamente, tenendosi dalla parte del muro finché non si trovarono al primo piano e videro alla loro sinistra un'altra loggia lunga come tutto il palazzo, chiusa in fondo da una grande porta finestra che doveva dare sul balconcino della facciata che sormontava lo stemma nobiliare. C'era un forte odore di polvere e quando diresse il raggio della torcia sui lati del vasto corridoio trasalì alla vista di due lunghe file di forme bizzarre e grottesche che sembravano fissarlo immobili: sia a destra che a sinistra erano allineati un gran numero di animali esotici imbalsamati: leoni e leopardi, gazzelle e antilopi, sciacalli e iene che scoprivano le zanne ingiallite in un ghigno polveroso.

I due giovani avanzarono a passi leggeri fra quelle due file di belve impagliate.

«Quest'uomo doveva essere un pazzo...» disse Fabrizio guardandosi intorno interdetto. «Sapevi di questa collezione?»

«Credevo fosse stata donata a un qualche museo di scienze naturali... Forse è così ma nessuno si è mai preoccupato di far ritirare questi animali. O forse il museo non poteva permettersi il costo del trasporto. Tutto può essere, in questo paese. E nelle camere?» chiese ancora Francesca. «Ci sono porte laterali da un lato e dall'altro... Guarda... qui c'è una bugia con una candela. Tu guarda di là con la pila, io di qua con la candela.»

Cominciarono a perlustrare le camere laterali e ogni volta Fabrizio chiamava: «Angelo! Angelo? Sei qui?». Ma le camere erano solo altri settori di quella grottesca raccolta di creature impagliate. Una camera era piena di uccelli notturni sui loro trespoli: gufi e civette, allocchi, barbagianni, assioli. In un'altra c'erano rapaci diurni, in un'altra ancora ogni tipo di corvi e cornacchie e poi pesci, squali e polpi, tutti spalmati di una coppale lucida e infilati sui loro supporti. Sembravano anime in pena. Fabrizio aprì l'ultima porta e si lasciò sfuggire un grido richiudendola di scatto. Il legno massiccio sbatté con fragore e Francesca si volse allarmata trovandosi a sua volta di fronte il compagno pallido e stravolto.

«Che cosa c'è là dentro?» gli chiese.

Fabrizio scosse la testa: «Niente, solo un'impressione... queste bestiacce fanno impressione...».

Francesca gli si accostò. «Ne hai già viste tante in questi ultimi minuti. Cosa c'è là dentro di tanto speciale da ridurti in questo stato? Sei bianco come un cencio. Fammi vedere...»

Si avvicinò alla porta, l'aprì con decisione e alzò la candela a illuminare l'interno. La richiuse immediatamente e vi si appoggiò all'indietro con le spalle ansimando. «Oh, Cristo santo!» esclamò.

«Te l'ho detto che questa è una bolgia infernale... ma non mi sarei mai aspettato di vedere quella bestia...»

«Hai ragione... È spaventosa...» La ragazza cercò di riprendere fiato: «Te la senti di darle un'altra occhiata?».

«Per forza» rispose Fabrizio. Aprì lentamente il battente della porta e proiettò all'interno il raggio di luce della pila. Al centro della camera c'era un animale del tutto simile a quello che aveva visto poche sere prima dilaniare il corpo di Pietro Montanari. Si volse verso Francesca. «Impressionante, non è vero?» disse sforzandosi di dominare l'emozione.

«Non c'è che dire» assentì la ragazza «sembra proprio lui... Mio Dio, che razza di mostro... Ma... che cosa significa tutto questo?»

«Non lo so. Non me lo chiedere. So soltanto che vorrei tornare a una vita normale... presto, se è possibile.»

«E che cosa ti impedisce di farlo?» chiese Francesca.

«Nulla... anzi... tante cose. Non voglio lasciarti sola, e poi...»

«E poi?»

«Voglio vedere come va a finire.»

Francesca annuì e girò tutto attorno all'animale imbalsamato: era una specie di cane dal pelo ispido e irto, dalle grandi mascelle spalancate che mostravano zanne enormi. Aveva una coda grossa e piuttosto lunga anch'essa coperta di un pelo fitto e arruffato. La polvere ricopriva completamente l'animale tassonomizzato conferendo al mantello nero un colore grigiastro.

«Questo significa che anche l'altro in qualche modo viene da qui?» si domandò Francesca.

«Chi lo può dire?»

«Si sa che il conte Ghirardini era un uomo eccentrico, che faceva lunghe battute di caccia in Africa e in altri luoghi esotici. Di più non si sa, pare fosse un uomo riservato e molto strano.»

«Mi sembra che non possano esservi dubbi. Comunque, sarebbe il sogno di Reggiani: vedere quell'animale imbottito di piombo e impagliato dentro a un museo.»

Francesca si avvicinò ulteriormente con la candela per osservare più da vicino, ma d'un tratto una parte del pelo prese fuoco. La ragazza gridò e Fabrizio si tolse la giacca e la sbatté ripetutamente contro il fianco della bestia riuscendo a spegnere il principio d'incendio.

«Bel guaio hai combinato, a momenti prendeva fuoco tutto.»

Francesca si fece dare la torcia elettrica e si avvicinò alla parte bruciata per constatare l'entità del danno e restò stupefatta da ciò che appariva alla sua vista: «Ma tu guarda...».

«Che cosa?» chiese Fabrizio.

«È finto.»

«Non è possibile.»

«Guarda tu stesso.» Batté con le nocche contro la parte bruciata: «È legno. Questo animale è una specie di scultura particolarmente realistica, come se Ghirardini, o chiunque sia stato, abbia voluto riprodurre qualcosa che ha visto ma che non ha potuto in nessun modo aggiungere alla sua collezione. Se avessimo il tempo di frugare questo posto troveremmo anche i disegni, gli abbozzi, ne sono sicura».

«Quindi anche Ghirardini lo ha visto.» Alzò gli occhi verso Francesca: «In qualche modo quell'animale è collegato a questo luogo».

«Vuoi farmi morire di spavento? Dai, andiamocene via. Qui il bambino non c'è.»

Ma non aveva finito di parlare che si udì un rumore, attutito dalla distanza e poi più forte e più secco.

«Cos'è stato?» chiese Francesca.

«Non so. Era un rumore strano.»

«Forse viene da fuori?»

«No, viene da dentro. Da sopra, forse...»

«Viene da fuori, ti dico. Andiamo via.»

«No, viene da sotto» si corresse Fabrizio «da sotto, senti?»

«Ma non c'è nessuno sotto, hai visto anche tu.»

«Forse non abbiamo guardato bene.»

«Sì che abbiamo guardato. Andiamo via.»

«Per andare via dobbiamo passare da sotto comunque. Non possiamo uscire dal portone principale.»

Francesca parve rassegnata: «E va bene allora, andiamo di sotto a vedere, almeno non avrò più davanti agli occhi queste bestiacce schifose».

Cominciarono a scendere la scala fino al piano terreno e poi ripresero a scendere dalla scaletta sul fondo della loggia principale fino al primo sotterraneo. Il rumore era sempre più forte e distinto: colpi secchi contro qualcosa di duro: terreno, forse, o parete.

«Viene da sotto, che cosa ti dicevo?» disse ancora Fabrizio.

«Senti, io muoio di paura.»

«Tranquilla, vedrai che non succede niente. Magari è qualcuno che è cascato nella botola ed è finito chissà dove là sotto e ora cerca di uscire in qualche modo...»

«Ma là sotto c'è solo quella camera vuota e cieca, tagliata nel tufo» disse Francesca aggrappandosi al suo braccio mentre continuavano a scendere con somma cautela.

«È quello che vedremo» rispose Fabrizio appoggiando il piede sull'ultimo gradino. Dalla camera veniva una lievissima luminescenza, come la luce di una candela.

Si sporse dall'angolo e diresse il fascio di luce della torcia elettrica verso l'interno da cui ora non veniva più alcun rumore e rimase a bocca aperta per lo stupore. Davanti a lui c'era Angelo, coperto di fango da capo a piedi, e teneva in mano il frammento mancante della tavola di bronzo. Ai suoi piedi un mozzicone di candela mandava gli ultimi bagliori.

Il bambino sorrise come se tutto fosse nella più completa normalità. «Lo vedi?» disse. «Sono capace di fare l'archeologo. Allora, posso venire a stare con te?»

XV

Fabrizio si avvicinò cautamente, lentamente, quasi non credesse ai propri occhi, quasi quella visione potesse svanire da un attimo all'altro. Angelo stava di fronte a lui con la schiena arcuata in avanti per reggere il peso, per lui enorme, della lastra di bronzo. Non si mostrava né spaventato né turbato di trovarsi da solo in quel luogo tenebroso e sotterraneo e dava l'impressione di aspettarsi anche quell'incontro che avrebbe sorpreso chiunque.

«Vuoi... darla a me?» chiese Fabrizio allungando le mani. Il bambino annuì e gli porse la lastra. Fabrizio la prese e contemporaneamente si volse verso Francesca indicando il piccolo: «Questo è Angelo».

«Piacere Angelo, io sono Francesca» disse la ragazza porgendogli la mano.

Fabrizio osservò in un angolo, a terra, una piccozza da muratore e un mucchietto di terriccio smosso e chiese: «Come sapevi che era qui? Sai chi ce l'ha messa?».

Ma il bambino sembrò improvvisamente preoccupato, tendeva l'orecchio come se percepisse suoni che gli altri non potevano udire: «Dobbiamo scappare prima che arrivi. Andiamo via, andiamo via... Lei sta arrivando». Adesso era spaventato. Aveva preso per la mano Francesca e tirava in direzione della gradinata. La ragazza scambiò un'occhiata d'intesa con Fabrizio e i tre cominciarono a salire le scale. Raggiunsero la loggia centrale e si diressero al portone principale. Angelo si alzò sulla punta dei piedi per far scorrere il chiavistello del portoncino secondario e Francesca lo aiutò immediatamente, ma era bloccato e non scorreva. Nemmeno Fabrizio ebbe miglior fortuna: il chiavistello era chiuso dall'esterno. Angelo restò come paralizzato per un attimo, poi guardò i suoi compagni e disse: «Di qua, presto, venitemi dietro». Tornò sui suoi passi fin verso la metà della loggia, aprì una porta laterale e prese a correre lungo un corridoio stretto e polveroso, pieno di ragnatele. Fabrizio, appesantito dal suo carico, stentava a tenere il passo ma il bambino si voltava ogni tanto verso di lui dicendo: «Presto, presto, dobbiamo andare via».

Si muoveva con disinvoltura in quel luogo sinistro, in quel labirinto di corridoi e di stanze che si aprivano l'una sull'altra come in uno strano gioco di domino. A volte, spaventati dall'improvviso irrompere degli intrusi e dal raggio di luce della torcia elettrica, ratti e scarafaggi, gli abitanti di quel luogo abbandonato, correvano a rintanarsi sotto mobili tarlati e fatiscenti, dietro vecchie cornici appoggiate in terra contro le pareti. A un tratto, attraversando una sala più grande delle altre il bambino si fermò un istante, immobile, a guardare una grande tela che rappresentava Jacopo Ghirardini ritto in piedi di fianco a una grande scrivania su cui era appoggiato un busto marmoreo di Dante Alighieri.

«Lo conosci?» chiese Fabrizio ansimando. Il bambino non rispose e si rimise in cammino percorrendo frettoloso un ultimo corridoio assai stretto, quasi un'intercapedine fra due muri massicci, in fondo al quale filtrava un poco della luce lattiginosa dell'esterno. C'era una grata di ferro massiccio che chiudeva un'apertura di forse cinquanta centimetri per un metro bloccata con un catenaccio. Angelo lo fece scorrere e poi spinse la grata ma non accadde nulla.

«Spingi tu» disse a Fabrizio «che sei più forte. Forse c'è qualcosa fuori che non la fa scorrere.» Fabrizio depose a terra la lastra di bronzo e spinse con tutta la sua forza ma la grata non si apriva. Protese il braccio in fuori a esplo-

rarne i contorni e trovò una catena con un pesante luc-
chetto.

«Maledizione. C'è una catena, non lo sapevi?» chiese ad
Angelo. Il bambino scosse la testa con espressione smarrita. Quella sua curiosa aria di sicurezza era sparita completamente dal suo volto.

«La cantina» disse Fabrizio a Francesca. «Torniamo giù
alla presa d'aria: sali sulle mie spalle e ti arrampichi fino alla superficie. Una volta fuori ti passo Angelo e poi mi aiuti
a uscire in qualche modo: presto, fra poco saremo senza luce, le batterie si stanno esaurendo.» La fretta e lo smarrimento del bambino avevano procurato loro una strana fre-
nesia, come se il palazzo stesse per crollare loro addosso da
un momento all'altro. Scesero di nuovo nel sotterraneo di-
stinguendo a malapena il percorso che li conduceva verso
la presa d'aria esterna ma quando vi arrivarono videro che
era chiusa.

«Maledizione, questa non ci voleva!» imprecò Fabrizio.
«Siamo in trappola.»

«Non è detto» ribatté Francesca «può essere passato un
vigile o un metronotte: ha visto la grata aperta e l'ha ab-
bassata perché qualcuno non cadesse di sotto. Spingimi
su, scommetto che è solo appoggiata.»

Angelo sembrava sempre più nervoso: si voltava indietro di tanto in tanto dicendo: «Facciamo presto, andiamocene da qui». Fabrizio depositò a terra la lastra, Francesca
si tolse le scarpe e gli salì sulle spalle facendosi issare fino
al livello del suolo, poi spinse la grata verso l'alto con tutta la forza ma senza riuscire a smuoverla. Fabrizio sentì
che mormorava: «Oh, Dio, no... no...».

«È chiusa, vero?»

«Sì» rispose Francesca calandosi dalle spalle del compagno «dall'esterno. E adesso che cosa facciamo?»

«Cerchiamo di mantenere la calma» disse Fabrizio.
Spense la torcia elettrica per risparmiare le pile e continuò: «Mi rincresce fare la figura dello stupido però mi

sembra che non abbiamo scelta: chiamiamo Reggiani».
Accese il cellulare ma non c'era segnale.

«Non siamo in una bella situazione» commentò Francesca con un tono che non riusciva a mascherare il panico crescente.

«Benissimo, se non si può uscire di lato o da sotto, allora usciamo da sopra. Io risalgo quella maledetta scala a spirale, vado nel sottotetto e vedo se c'è un qualche accidente di lucernaio o di abbaino. Usciamo sui tetti, chiamiamo Reggiani e ci facciamo venire a prendere.»

«Mi sembra una buona idea» disse Francesca senza eccessivo entusiasmo.

«Aspettatemi qui tu e Angelo, è inutile andare tutti assieme. Avrò bisogno della torcia: non avete paura di restare qui al buio, vero?»

Francesca rispose che no, non aveva paura, ma si vedeva piuttosto bene che era terrorizzata. Fabrizio la strinse a sé, le diede un bacio, poi fece una carezza ad Angelo e si allontanò. Risalì alla loggia centrale guardandosi attorno, e prese a salire la scala a spirale. A ogni piano gli si presentò uno spettacolo simile o peggiore di quello che aveva visto al primo: lunghe teorie di bestie imbalsamate, avvoltoi e condor con le ali spiegate, gatti, donnole e faine con i piccoli denti aguzzi scintillanti nel pallido raggio della lampada, martore e lupi, cani e volpi e perfino serpenti, enormi pitoni, boa e anaconda, cobra immobilizzati a fauci spalancate in atto di avventarsi su immaginarie vittime impotenti.

Salì l'ultima mezza rampa fino al pianerottolo superiore: aprì la porticina che dava nella soffitta e illuminò l'interno. Il cuore gli balzò in petto per la vista d'incubo che gli si presentò davanti: c'erano degli umani in quella soffitta, imbalsamati come animali esotici; indigeni di terre lontane, femmine e maschi che impugnavano lance e zagaglie, nudi e osceni nel loro ghigno incartapecorito. Fabrizio arretrò dapprima e richiuse la porta dietro di sé, ma poi si decise a farsi forza e a vincere la ripugnanza di

191

quella visione infernale. Respirò profondamente per restituire ritmo al cuore che gli sobbalzava nel petto, poi riaprì la porta e si avventurò in mezzo a quel muto popolo di mummie. Alcune, rosicchiate dai topi, mostravano le ossa in più punti e tutte avevano occhi di vetro, come le volpi e gli avvoltoi.

Ispezionò la copertura in lungo e in largo senza trovare alcuna uscita: né un lucernaio né un abbaino. Fra una tavola e l'altra notò che il tetto era completamente foderato in lamina di piombo e non si stupì quando, accendendo il cellulare, vide che nemmeno lì c'era segnale. Tutto era chiuso e bloccato. Quell'enorme edificio era sigillato come una tomba. Tornò affranto, ansimante, con la testa cosparsa di ragnatele nel sotterraneo a riferire l'infelice esito della sua missione.

«Sei stravolto» disse Francesca. «Quali altri orrori hai veduto?»

Fabrizio non rispose; si inginocchiò accanto al bambino e lo prese per le spalle: «Ascoltami attentamente, Angelo. Sei sicuro di non conoscere altre uscite? Non sai se c'è altro modo di andarcene da qui? Eppure io ti ho visto uscire dalla porticina sulla facciata».

«Avevo osservato dove lei nascondeva la chiave e quando non la lasciava entravo di là, come oggi» disse indicando la grata sulla presa d'aria.

«Che cosa facciamo?» chiese Francesca. «Purtroppo nessuno sa che siamo qui dentro.»

«Possiamo aspettare l'alba e poi metterci a gridare.»

«Ammesso che ci sentano.»

«Già, ammesso che ci sentano.»

«Aspetta, forse ho un'idea migliore.» Riaccese il suo computer portatile e cominciò ad armeggiare con la tastiera.

«Che cosa stai cercando di fare?»

«Tre giorni fa ho scaricato la posta elettronica ma non ho poi avuto mai il tempo di leggerla. Potrebbe esserci l'aggiornamento della mappa del sottosuolo di Volterra con i rilievi ottocenteschi del Malavolti. Il nostro centro topografico se ne occupa da tempo e di solito invia gli aggiornamenti alla fine del mese. Vediamo... vediamo... se solo avessimo un po' di fortuna... solo un poco, ecco, così infatti, eccola qua...»

Fabrizio spense la torcia elettrica, e l'unico chiarore venne diffuso dallo schermo a cristalli liquidi che Francesca esplorava pazientemente, millimetro quadro per millimetro quadro, alla ricerca di una via di scampo. Il suo compagno intanto cercava di fare coraggio al bambino che tremava di freddo e paura, di distrarlo parlandogli: «Quando ti ho visto l'altro giorno sgattaiolare dalla porta di questo palazzo mi sono chiesto che cosa venissi a fare in un posto simile. Eh, me lo dici?».

«A vedere mio padre.»

«E dov'è tuo padre?»

Il bambino indicò il piano superiore.

«Il quadro?»

Il bambino annuì.

«Sei figlio di Jacopo Ghirardini?»

Angelo accennò di sì con il capo.

«E come puoi dirlo?»

Il bambino parlò con una voce strana: «Mio padre è in questo posto, lo so. E io venivo a trovarlo tutte le volte che potevo. Di nascosto dalla mia matrigna, altrimenti mi avrebbe riempito di botte».

«E come facevi a vederci al buio?»

«Con una pila.»

«Con una pila come questa?»

Il bambino accennò ancora di sì.

«E ce ne hai una in questo posto?»

«Sì. Qui vicino.»

«E cosa aspettavi a dirmelo... ne abbiamo un bisogno disperato.»

«Se la do a te non potrò più vedere mio padre. Ho finito le candele e non ho i soldi per comprare un'altra pila. E quelli li avevo rubati.»

Fabrizio gli fece una carezza: «Te ne comprerò quante

ne vuoi di pile. Ma adesso tirala fuori che ne abbiamo bisogno...». La voce di Francesca lo interruppe: «Trovato!».

«Che cosa succede?»

«Ho trovato il passaggio: guarda, è qui nel sotterraneo nell'angolo sudovest.»

«Ma l'abbiamo già controllato» ribatté Fabrizio. «Non c'è niente da quella parte...»

«Perché la parete ovest è sfasata verso est rispetto alla parete nord creando un effetto trompe-l'œil per cui sembra che ci sia un angolo chiuso. Invece dovrebbe esserci un passaggio che immette in un cunicolo che dovrebbe poi sbucare... nella cisterna etrusca in prossimità del podere Salvetti! Vieni, andiamo a vedere.»

«Se Angelo ci dà la sua torcia» disse Fabrizio. Il bambino si allontanò di qualche passo, frugò al buio sotto alcune pietre e tornò con una torcia elettrica.

Francesca spense il computer, si alzò e seguì Fabrizio che aveva raccolto la lastra di bronzo da terra e si dirigeva verso l'angolo sudovest del sotterraneo. Era come aveva detto lei: i due muri erano sfasati e nascondevano uno stretto passaggio.

«Una bella camminata» commentò Fabrizio tirando un lungo respiro. «Ammesso che il passaggio sia libero, che non vi siano crolli, ostruzioni, frane...»

«Non lo sapremo mai se non ci proviamo» disse Francesca. Si fece dare la torcia dal bambino e si infilò nel cunicolo. Avanzarono senza incontrare ostacoli: la galleria era completamente tagliata nel tufo e dopo i primi metri era abbastanza larga da permettere ai tre di camminare agevolmente. Ogni tanto si fermavano per lasciare riposare Fabrizio, che portava con sé la tavola di bronzo, poi riprendevano a camminare.

La galleria, dopo un andamento piuttosto regolare cominciò ad assumere una certa pendenza verso il basso, il che confermò a Francesca l'esattezza del tracciato che aveva individuato sul suo computer.

«Il Malavolti ha mai esplorato questa galleria fino in fondo, che tu sappia?» chiese Fabrizio durante una delle soste.

«Così dice nei suoi appunti. E penso che gli si possa credere: era uno studioso molto serio.»

Fabrizio scosse il capo: «E io che facevo dell'ironia quando la signora Pina mi parlava di un passaggio segreto che collegava questo palazzo con non so quale monastero».

«C'è sempre del vero nelle dicerie popolari: dovresti saperlo. Piuttosto mi chiedo come facessero gli antichi a collegare due punti sotterranei procedendo alla cieca e senza strumenti...»

«Secondo me andavano avanti, per l'appunto alla cieca finché, percorso un certo tratto, decidevano di risalire e di sbucare all'aperto. Là mascheravano il capolinea con una costruzione di altro tipo, in qualche modo insospettabile, come un piccolo santuario, o una fattoria.»

«Tu credi? Guarda l'andamento di questa galleria. Ti sembra casuale? Ti sembra che procedessero alla cieca? Secondo me gli Etruschi avevano affinato un senso dell'orientamento così forte da permettere loro di percepire il campo magnetico.»

«Come gli uccelli migratori?» chiese Fabrizio.

«Più o meno.»

«E accusi me di lasciarmi prendere dalla fantasia...»

La pervietà della galleria, la sensazione di allontanarsi dal ventre di quel palazzo labirintico, da quel luogo enigmatico e inquietante, cominciava, attimo dopo attimo, ad alleviare nei due giovani il pesante senso di paura e di sconforto che li aveva presi da quando si erano resi conto di essere intrappolati senza via di uscita. A un certo punto si trovarono in uno slargo da cui si dipartiva una seconda galleria, mentre il pavimento appariva intagliato da un paio di gradini che facevano salire il livello del fondo di una trentina di centimetri.

«E adesso che cosa facciamo?» chiese Fabrizio. «Non mi

sembra che questa diramazione fosse segnata nella tua mappa.»

«Non sembra nemmeno a me» rispose Francesca «ma adesso non ricordo bene e temo di non avere più batterie per riavviare il sistema... Direi però di andare dritto, da qualche parte arriveremo. Se poi dovessimo trovare il percorso bloccato torneremo indietro e proveremo da quest'altra parte. Comunque, se hai notato, c'è corrente d'aria, quindi dovrà esserci uno sbocco: speriamo solo che sia abbastanza largo da farci passare...»

«A quest'ora Spagnuolo si sarà accorto che non sono in casa e avrà avvertito Reggiani...» riprese a dire Fabrizio.

«E Reggiani avrà sguinzagliato i suoi uomini per scoprire dove ti trovi. Non gli piace perdere il controllo della situazione. Avrà cercato di mettersi in contatto con me, ma avrà trovato la segreteria in casa mia e il mio cellulare che non risponde.»

«Prima si incazzerà come una belva, poi si metterà a ragionare a mente fredda. È questo che mi fa paura» disse Fabrizio. «Mettiamoci nei suoi panni e cerchiamo di prevedere le sue mosse.»

«Non siamo stati in grado di prevedere le nostre...» ribatté Francesca. «Mi sembra quanto meno azzardato...»

«Quello che voglio dire è che Reggiani potrebbe decidere di anticipare la sua operazione sperando di prendere anche noi nella rete prima che ci prenda qualcun altro...»

Francesca si arrestò improvvisamente: «Sssh... Hai sentito anche tu?» chiese allarmata.

Fabrizio si fermò e tese l'orecchio. Angelo gli si avvicinò e si aggrappò al suo braccio: era evidente che aveva sentito anche lui.

Si udì, netto, distinto, amplificato e distorto dalla galleria il ringhio della belva, il digrignare dei denti, il rantolo della gola sanguinaria. L'intero sotterraneo si saturò di terrore, l'atmosfera fu pervasa dal suo odore insopportabile e subito dopo la torcia elettrica nelle mani tremanti di

Francesca fece risplendere nelle tenebre lo sguardo del mostro.

«Oh, mio Dio, mio Dio!» gridò Francesca in preda al panico. «Corriamo via, via, via!»

Fabrizio lasciò cadere la lastra e tutti e tre si lanciarono di corsa nella direzione opposta, tornando verso i sotterranei del palazzo, ma si rendevano conto di non avere scampo. Udivano alle loro spalle l'ansimare della bestia che si avvicinava, sentivano che stava per spiccare il balzo da un istante all'altro. Giunti allo slargo da cui si dipartiva l'altra galleria, Francesca inciampò nei gradini e cadde a terra. Fabrizio la raggiunse, la prese per un braccio e si appiattì con lei contro la parete assieme ad Angelo facendo istintivamente scudo con il proprio corpo al bambino e alla ragazza.

La torcia era caduta a terra e illuminava l'animale dal basso e di traverso conferendogli un aspetto ancora più terrificante. Ora avanzava più lentamente, quasi saggiando il terreno con le zampe. Scopriva le zanne enormi rosse di sangue increspando il muso in pieghe profonde, rizzando sulla schiena un pelo nero e ispido come aghi di un istrice. Era evidente che aveva ucciso per la quinta volta e stava per farlo ancora. Fabrizio strinse forte la mano di Francesca come per trasmetterle un ultimo messaggio prima di morire, ma proprio mentre la fiera stava per spiccare il balzo il bambino scattò in avanti, mettendosi tra questa e i suoi amici, gridando «No!».

Fabrizio e Francesca non furono capaci di muovere un muscolo, restarono paralizzati dal terrore a guardare il piccolo che fronteggiava la fiera. Creatura esile e inerme, tremava per lo spavento, i capelli bagnati di sudore, gli occhi pieni di lacrime, ma impavido. In quell'attimo il suo coraggio appariva sovrumano. E accadde il miracolo: il mostro frenò il balzo in cui già stava per lanciarsi e si avvicinò di due o tre passi al bambino abbassando il capo e le orecchie, emettendo una specie di uggiolio lamentoso, quasi un rantolo di pena. Poi arretrò, alzò di nuovo la testa, spalancò le fauci verso l'alto ed emise un ululato lacerante, un urlo di ferocia impotente e di dolore lancinante. Infine, con un balzo si gettò nella galleria laterale e sparì alla vista.

Fabrizio si lanciò sul bambino e lo strinse a sé, e anche Francesca si strinse a loro scoppiando in lacrime, in singhiozzi convulsi.

«È passata» disse Fabrizio, «è passata. Su, coraggio. Riprendiamo la nostra strada. Un altro uomo ha perso la vita e Reggiani starà facendo l'impossibile per anticipare la sua offensiva.»

Dopo pochi passi, il raggio della sua torcia illuminò la lastra di bronzo che aveva abbandonato correndo e lui la raccolse. Camminarono per quasi un'ora finché non videro filtrare la luce pallida della luna da una frattura nel fondo della galleria: erano arrivati nell'antica cisterna del podere Salvetti.

Fabrizio strisciò per primo all'esterno, quindi aiutò Angelo e Francesca a uscire. Li abbracciò con le lacrime agli occhi e li guidò sul fianco in rovina della cisterna fino alla superficie, aggrappandosi ai tralci di una vite selvatica. Le colline di Toscana si aprirono improvvisamente al loro sguardo, velate da una nebula opalina forata qua e là dalle punte aguzze dei cipressi. Tirarono un lungo sospiro di sollievo e si misero in cammino in direzione della provinciale.

Fabrizio si volse verso Francesca e disse: «Lo sai? Quando mi sono trovato davanti quella bestiaccia sono stato sul punto di dirtelo».

«Che cosa?»

«Che ti amo, dottoressa Dionisi.»

«Hai un modo strano per dirmelo. Ma va bene così.» Gli gettò le braccia al collo e lo baciò.

Fabrizio accese il cellulare e compose il numero di Marcello Reggiani.

«Sei tu?» disse l'ufficiale. «Dove cazzo ti eri cacciato,

maledizione? Come se non avessi abbastanza guai, come se non fossi già abbastanza fuori di testa!»

«Lo so. Ha sbranato un'altra vittima...»

«Purtroppo questa volta ne ha uccisi due... un giovane tossicodipendente che rientrava a tarda notte, e il padre che ha cercato di difenderlo. Ma tu come fai a sapere?» lo interruppe Reggiani, e Fabrizio proseguì: «Però io ho il segmento mancante della tavola di Volterra. Vieni a prendermi, per favore. Siamo sulla provinciale all'altezza del podere Salvetti.»

«Siete? Perché, chi altro c'è lì con te?»

«C'è Francesca e poi un piccolo... Angelo.»

«Non vi muovete» intimò l'ufficiale. «Sarò lì fra dieci minuti con un paio dei miei uomini.»

Angelo, coricato su un divano, coperto da un panno di flanella, era sprofondato in un sonno di piombo e lasciava udire ogni tanto un lamento o un grido soffocato, o sobbalzava improvvisamente sotto la coperta assalito dai suoi incubi. Francesca stava preparando un caffè per i quattro uomini seduti al tavolo di cucina.

«Chi sono le vittime questa volta?» chiese Fabrizio.

«Il Marozzi» rispose Reggiani «un bracciante agricolo grosso come un armadio che non aveva paura neanche dell'inferno. Ed è stato proprio questo a fregarlo. Quando ha visto il figlio aggredito da quella belva si è lanciato in soccorso brandendo un forcone, ma ci voleva ben altro... Che massacro, Cristo, che massacro...»

Vi fu un lungo, pesante silenzio, poi Francesca parlò per prima: «Ha controllato se le vittime avevano qualcosa in comune?».

Reggiani prese dalla tasca della giacca un taccuino e cominciò a sfogliarlo. «Purtroppo no» disse. «I primi erano tombaroli o avevano a che fare con la tomba del Rovaio, ma questi altri...»

«Ve lo dico io» lo interruppe uno dei carabinieri, un ausiliario poco più che ventenne. «Io sono nato qui e posso dirvi che tutti quelli che sono stati uccisi sono volterrani da generazioni; da sempre, per quello che se ne sa.»

«Come se sentisse l'odore del loro sangue» osservò Fabrizio. «Sangue indigeno... volterrano... Odia questa città di un odio sconfinato e feroce...»

«E la sua tana sarebbe nei sotterranei di un palazzo in città» disse Reggiani scuotendo incredulo la testa. «Cristo, ma come è possibile?»

«Lo abbiamo visto con i nostri occhi» intervenne Francesca con tono pacato appoggiando sul tavolo il vassoio con il caffè. E il suo sguardo non lasciava dubbi.

«Allora possiamo predisporre un agguato» disse Reggiani. «Questa volta non può scappare: metterò in campo un volume di fuoco da sterminare un reggimento.»

«E credi che riuscirai ad abbatterlo come si abbatte un cane idrofobo e randagio?» chiese Fabrizio.

«L'ho già detto: se uccide, allora può essere ucciso.»

Fabrizio lo fissò negli occhi con un'espressione smarrita: «Anche la morte uccide. Ma non può essere uccisa. Tu non hai idea di che cos'è. Noi l'abbiamo avuto di fronte per alcuni interminabili secondi a una distanza di due metri. Io non ho mai visto niente del genere in tutta la mia vita e sono certo che non esiste al mondo alcun animale di quella specie. È un mostro, ti dico... una chimera». L'espressione di Francesca confermava pienamente le parole del suo compagno.

«Non so cosa dirti» rispose Reggiani. «Magari è il prodotto di qualche esperimento, che ne so, si sentono dire cose strane sugli esperimenti genetici. Qualche scienziato pazzo può aver...»

Fabrizio pensò al museo degli orrori che aveva visto nel palazzo Caretti Riccardi e rabbrividì. Bevve il suo caffè a piccoli sorsi, poi alzò gli occhi in faccia all'ufficiale. «Non muoverti, Marcello» disse. «Non muoverti, non commettere imprudenze, potresti subire perdite terribili, irreparabili... Aspetta.»

«Ho già aspettato anche troppo. Appena ricevo la conferma che tutto è pronto, io scateno l'offensiva.»

«Aspetta, per l'amor di Dio» insistette monotono Fabrizio.

«Aspettare cosa, che stermini tutti gli abitanti di questa disgraziata città?» Tirò fuori un pacco di giornali dalla sua borsa di cuoio nero: «Guarda qua! La notizia è esplosa a livello nazionale: questi giornali saranno in edicola fra un'ora e il panico rischia di diffondersi a macchia d'olio con conseguenze catastrofiche».

«Aspetta» insistette ancora Fabrizio, e sollevò il panno con cui aveva coperto il frammento mancante della tavola di Volterra, «aspetta che abbia letto questa. Forse... forse qui c'è la chiave di tutto.»

«A questo punto» disse Reggiani «mancano solo sedici ore, non posso darti un minuto di più.»

«Me le farò bastare» rispose Fabrizio.

XVI

Marcello Reggiani guardò il bambino, poi Fabrizio e Francesca. «Che cosa sapete di lui?» chiese.

«Non molto. Anzi, nulla» rispose Fabrizio. «Lui ci ha fatto capire che suo padre era, o è, Jacopo Ghirardini e che Ambra Reiter è la sua matrigna e lo picchia sempre. Si è presentato a casa mia dicendo che non voleva più stare alle Macine e che da grande voleva fare l'archeologo. Il resto te l'ho già raccontato.»

«Gli faccio una fotografia e vedo se riesco a sapere qualcosa di più sul suo conto, non si sa mai. Sai quanti bambini spariscono ogni anno senza lasciare traccia?»

Andò in macchina a prendere la fotocamera digitale e scattò un paio di primi piani al bambino. «Per ora tenetelo qui» disse. «Poi, appena saremo fuori da questo casino vedremo cosa si può fare.» Mandò giù il caffè in una sola sorsata e uscì, allontanandosi a grande velocità a bordo della sua Alfa. Ancora prima di arrivare sulla provinciale prese il ricevitore della radio di servizio e chiamò la centrale. «Tenente Reggiani. Con chi parlo? Passo.»

«Sono Tornese. Dica, signor tenente.»

«Voglio tre camionette e dieci uomini pronti fra un'ora: dobbiamo fare una perquisizione. Fammi trovare il mandato sul mio tavolo: Ambra Reiter, bar le Macine. Lo trovi nella cartelletta blu nel primo cassetto della mia scrivania. È arrivato Bonetti dal nucleo protezione archeologica?»

«Prenderà servizio fra un paio d'ore.»

«Buttalo giù dal letto adesso e digli di farsi trovare pronto con l'attrezzatura.»

«Agli ordini, signor tenente» rispose il militare.

Reggiani arrivò poco dopo, prese l'incartamento, raccolse uomini e mezzi e si diresse alle Macine a grande velocità. Diede l'alt a circa trecento metri dal casale e sparse a semicerchio i suoi uomini fra la vegetazione facendoli convergere sull'obiettivo in modo da circondarlo da ogni parte. Entrò per primo chiamando: «Reiter, Ambra Reiter, sono il tenente Reggiani: ho un mandato di perquisizione!». Nessuno rispose. Il casale sembrava deserto. Fece allora cenno al militare del nucleo di protezione archeologica di mettersi all'opera con il metal detector e quello cominciò a esaminare il pavimento con lo strumento da destra a sinistra e da sinistra a destra arretrando passo dopo passo senza successo. Alla fine passò a controllare l'area dietro al bar e improvvisamente la lancetta dell'indicatore schizzò in avanti quasi a fondo scala e la spia acustica emise un forte ronzio.

«È qua sotto» disse il militare. Due colleghi lo affiancarono immediatamente, si inginocchiarono sul pavimento e cominciarono a raschiare con la punta di una cazzuola da scavo fra le mattonelle finché non trovarono il contorno di una botola mascherata con abilità. Fecero leva con un piede di porco e un intero settore del pavimento si alzò rivelando una scaletta che scendeva sottoterra. Reggiani scese per primo con una torcia elettrica in una mano e la pistola nell'altra.

Non c'era nessuno, ma il luogo era pieno di tesori: vasellame di bucchero, un grande cratere attico a figure rosse praticamente integro, candelabri a più bracci con cimase magnificamente scolpite, un vaso di alabastro, un'urna cineraria pure d'alabastro con sopra le immagini dei defunti sdraiati sul letto triclinare, perfino un frammento di affresco con la figura di un danzatore. Era stato barbaramente amputato con un flessibile da muratore dalla sua parete, chissà in quale località della campagna, e in parte imballato con tavole di legno e pannelli di polistirolo per prendere la via dell'estero su un qualche TIR in partenza per la Svizzera. C'erano anche armi: punte di lancia e di freccia, uno scudo in lamina di bronzo e un paio di elmi, uno di tipo corinzio e uno di tipo Negau, fibule a drago con vaghi d'ambra e altre a granulazione in oro puro, un cinerario biconico di tipo villanoviano e frammenti delle parti metalliche di un carro da guerra.

L'appuntato Bonetti, che gli era venuto dietro e che era un ausiliario – nella vita civile faceva il ricercatore all'Università della Tuscia – catalogava diligentemente pezzo per pezzo man mano che la torcia elettrica del tenente Reggiani lo illuminava.

«Caspita, signor tenente, qui c'è un tesoro che vale miliardi.»

«Su questo non c'è alcun dubbio. Ma adesso mi preme sapere un'altra cosa. Portatemi giù un faretto: devo ispezionare questo luogo centimetro per centimetro.»

Un carabiniere collegò un faretto a una prolunga e a una presa di corrente all'interno del bar e cominciò a illuminare con luce radente il fondo del sotterraneo, seguendo le istruzioni del suo comandante, centimetro per centimetro. Non c'era pavimentazione e il vano era stato ricavato in un banco di tufo che terminava con uno strato di terriccio giallo: lo stesso che Fabrizio Castellani aveva notato sulle scarpe di Ambra Reiter. A un certo punto la lampada illuminò, in un'area di circa ottanta per quaranta centimetri, delle tracce verdastre sul fondo distribuite in modo regolare, quasi a formare un rettangolo.

«Raccogliete un campione di questi ossidi» ordinò Reggiani. «Voglio sapere se si tratta di bronzo.»

«Con ogni probabilità, signor tenente» disse Bonetti. «Qui è stato appoggiato un oggetto di bronzo di forma approssimativamente rettangolare per almeno qualche settimana.»

«La tavola di Volterra» replicò Reggiani «se non mi sbaglio.»

Bonetti lo guardò sorpreso. «Posso chiederle, signor tenente, che cosa glielo fa pensare?»

«Niente. È l'ipotesi, a mio avviso fondata, di un suo collega, il dottor Castellani. Lo conosci?»

«Fabrizio Castellani? Sì, ho letto qualche sua pubblicazione quando ero all'università» rispose Bonetti. «Mi sembra uno studioso serio e una persona in gamba.»

«È esattamente quello che penso anch'io» disse Reggiani. «Adesso continua tu il lavoro, ossia una descrizione per sommi capi di ogni singolo pezzo che ti servirà per stilare un rapporto dettagliato che farà recapitare sulla mia scrivania. In seguito preparerai la consegna alla Soprintendenza con copia della descrizione di ogni oggetto. Ma per ora lascia tutto com'è. Spagnuolo!»

Il brigadiere Spagnuolo si avvicinò: «Comandi, signor tenente».

«Appena avete finito manda via tutti, ma tu resta con tre o quattro dei suoi uomini e appostatevi. Appena dovesse rientrare Ambra Reiter arrestatela per detenzione illegale di materiale archeologico e poi avvertitemi immediatamente. Non fatevela sfuggire: è fondamentale che riusciamo a metterle le mani addosso.»

«Stia tranquillo, signor tenente.»

«Benissimo, conto su di te. Io adesso ho da fare. Mi raccomando, non fate passi falsi. Nessuno si deve accorgere della vostra presenza, cancellate le tracce, nascondete i mezzi.» Diede un ultimo sguardo a un gruppo di meravigliosi gioielli che brillavano in quel momento sotto il raggio del faretto, poi risalì le scale e ripartì velocissimo in direzione della città.

Fabrizio appoggiò la lastra di bronzo sul tavolo e cominciò a pulirla accuratamente con un pennello di setole, e dove l'incrostazione di terriccio era troppo dura e impediva di leggere il testo usò, con somma cautela, il bisturi.

«Stai facendo una cosa illegale, lo sai, vero?» disse Francesca.

«Certo. Un parziale restauro della tavola di Volterra senza il permesso né l'assistenza tecnica della Soprintendenza. Inoltre sono detentore clandestino di un frammento inedito della medesima non avendo fatto regolare denuncia. Quasi da galera, se non sbaglio.»

«Senza il "quasi"» specificò Francesca.

«Circostanze pienamente giustificate dall'emergenza e delle quali sono al corrente le forze dell'ordine che non hanno opposto alcuna obiezione alla mia condotta.»

«Se è per questo, anche il tuo amico Reggiani è da galera.»

«È per quello che mi piace.»

«Ma perché non vuoi che conduca la sua operazione? In fin dei conti, potrebbe impedire altri massacri.»

«Perché potrebbe provocarne di più gravi. Io non so che cos'è quella bestia e nemmeno tu e nessun altro lo sa. E...» Squillò il suo cellulare. «Pronto?»

«Ciao bello.»

«Sonia.»

«Vedo che riconosci ancora la mia voce.»

«Non proprio, è apparso il tuo nome sul display.»

«Sei uno stronzo.»

«Lo so, merito i tuoi rimproveri...»

«E adesso parli come un fighetto: "merito i tuoi rimproveri"! Da quando in qua ti esprimi in un eloquio tanto forbito?»

«Merito un calcio nel culo.»

«Così mi piaci. E quando ti presenti a riscuoterlo?»

«Perché, ci sono novità?»

«Ho finito. Voglio dire, con la bestia. Per le ossa dell'uomo invece sarà tutta un'altra storia: il pezzo più grande non è più di una mezza spanna.»

«Sei stata brava, e io comunque non ne ho mai dubitato. E com'è?»

«Da farsela sotto dallo spavento. Non vedo l'ora di uscire da quel buco. Se faremo una mostra ci verrà tutto il pubblico dei film horror.»

«Senti, Sonia, adesso è presto perché anch'io devo completare un grosso lavoro... è questione di ore... spero. Poi vedremo di concludere tutta questa faccenda nel migliore dei modi.»

«Hai letto i giornali, vero?»

«Non ce n'è bisogno. Sapevo già ogni cosa.»

«Che figlio di puttana, e non mi hai detto niente.»

«Non volevo spaventarti... volevo che concludessi in pace il tuo lavoro. E adesso che l'hai concluso io ti consiglierei di tornartene a casa.»

«E perdermi tutto il più bello? Non ci penso nemmeno.»

«Sonia, stammi a sentire. Qui non deve succedere niente di bello anzi, esattamente il contrario. Ti sto parlando da amico. Vattene a casa e alla svelta; te lo giuro: siamo tutti in serio pericolo e anche tu, secondo me. Dammi retta. Ti chiamo fra qualche giorno, ci vediamo, parliamo di tutto, va bene?»

Sonia non rispose.

«Va bene? Senti, ti presento Reggiani se te ne torni a casa da brava.»

«Lo dici perché mi levi dalle palle.»

«Non è vero, anzi ci tiene anche lui...»

«Non ti credo.»

«Cazzo, fai come ti dico, Sonia!»

La ragazza restò per un momento interdetta a quel mutamento di tono così brusco. «Ci penso su...» disse. «E poi sì, forse ho da fare a Bologna. Ti saluto.»

Riattaccò, non si capiva se impermalita o seccata o tutte e due. Fabrizio comunque non ci pensò più e si rimise al lavoro. Teneva in vista le tabelle comparative che aveva realizzato traducendo gli altri brani e cominciava a trascrivere il testo, parola dopo parola. A un certo punto si interruppe per prendere un altro caffè e lo sguardo gli cadde sul bambino.

«Non si è ancora svegliato» osservò.

«Lo shock è stato enorme» rispose Francesca facendogli una carezza leggera sui capelli. «Dormirà parecchie ore.»

Intanto il piccolo, girandosi nel sonno, si era scoperto e Francesca fece per ricoprirlo.

«Aspetta» disse Fabrizio. «Che cos'è quello?»

«Che cosa?»

«Quel segno che ha sul ventre, all'altezza del fianco destro». Si avvicinò: «Questo...».

Francesca osservò più da vicino. «Non lo so. Sembra... un arrossamento della pelle, come se fosse stato graffiato da qualcosa».

«Già, ma di che cosa? È all'altezza del fegato. Non lo trovi strano?»

Francesca ricoprì il bambino e si guardarono negli occhi come se una misteriosa consapevolezza cominciasse a farsi strada nella loro mente.

«Fabrizio si sedette al computer e richiamò sullo schermo la sagoma del fanciullo di Volterra. «Ecco, vedi?» disse rivolto a Francesca. «La vedi questa macchia? È all'altezza del fegato, esattamente dove ce l'ha Angelo.»

Francesca scosse il capo.

«A cosa pensi?» le chiese Fabrizio.

«A cosa vuoi che pensi. Può essersi fatto male in qualche modo, succede ai bambini. Tutto qui. E tu a cosa pensi?»

«A che cosa dovrei pensare...» rispose Fabrizio. «A una sequenza di eventi apparentemente impossibili ma alla cui evidenza non possiamo più sottrarci. La prima volta che ho sentito quell'ululato agghiacciante fu la notte in cui venne aperta la tomba che conteneva i resti del *Phersu*, le ossa di un uomo e di una belva mescolate insieme, poi la traduzione dell'iscrizione mi ha consentito di ricostruire il motivo per cui quell'orribile punizione è stata ingiustamente inflitta a un grande e valoroso guerriero volterrano di nome Turm Kaiknas. Al tempo stesso riuscivo ormai a capire chi rappresentasse il fanciullo raffigurato nell'esile statua di bronzo del Museo archeologico: il piccolo Velies Kaiknas, figlio di Turm Kaiknas e di Anait, barbaramente trucidato da Lars Thyrrens. La stessa iscrizione che ci ha raccontato tutto ciò è stata incisa da

Aule Tarchna, fratello di Anait, aruspice e sacerdote di Sethlans, dio del fulmine, il quale vi ha scritto sette maledizioni...»

Lo scetticismo di Francesca sembrò sgretolarsi e il suo sguardo si riempì improvvisamente dello stesso terrore che l'aveva presa nel sotterraneo.

«E ora lascia che io termini il mio lavoro: sono certo che qui c'è scritto quel che ci aspetta.»

Trascorse ancora due ore cercando di vincere la stanchezza mortale che lo assaliva mentre Francesca si era assopita su una poltrona e il respiro regolare della ragazza si mescolava a quello del bambino sprofondato nel suo torpore.

Le ultime barriere caddero una dopo l'altra, gli ultimi nodi vennero sciolti e il testo antichissimo si dispiegò, con poche, residue incertezze e qualche circoscritta lacuna, davanti ai suoi occhi.

Aule Tarchna ha inciso sette maledizioni
per la morte del *Phersu*
Possa la belva [fuggire-uscire?] dalla [sua] tomba
Possano l'odio e la vendetta di Turm e la [forza] della belva
seminare morte fra i figli di Velathri
Possano morire quando egli rivivrà
per prendere la [sua] vendetta
Possano gridare di terrore e di [angoscia?]
e vomitare sangue
Possano morire divorati dalla belva
Possa la belva divorare la gola
di [coloro che] con la gola hanno mentito
[che hanno detto] il falso su di un innocente.

Si passò il fazzoletto sulla fronte bagnata di sudore e abbassò il capo, stremato. In quel momento sentì un piccolo rumore e si volse: Francesca era in piedi di fronte a lui.

«Hai finito?» gli chiese.

«Restano solo un paio di righe. L'incubo è quasi completo. Leggi tu stessa.»

Francesca si avvicinò e lesse sullo schermo il testo che Fabrizio aveva trascritto. «E la settima?» domandò.

«La parte che sono riuscito a tradurre è qui» rispose Fabrizio prendendo il suo blocco di appunti fitto di rimandi e di correzioni.

«Leggi, per favore.»

E Fabrizio lesse, con la voce rauca per la fatica:

La settima morte non si fermerà [più]
la belva continuerà a uccidere
[finché] resterà sangue [da bere] a Velathri.

«Lo sai quante persone sono state uccise finora? Sei. Tutti volterrani e da molte generazioni.»

«Mio Dio, mi sembra di vivere in un incubo e di non riuscire a svegliarmi.»

«Ma lo hai visto con i tuoi occhi, no?» Lo sguardo di Francesca si velò di lacrime. «Poi arriva questo bambino. Nessuno sa chi è e da dove viene. Però lui sa che là dentro, in quel palazzo, c'è suo padre.»

«L'uomo del quadro: Jacopo Ghirardini.»

«Ammesso che sia lui e ammesso che sia vero. Di Jacopo Ghirardini sembra che nessuno sappia nulla. Forse Ambra Reiter sa, ma dubito che vorrà mai parlare, a meno che Reggiani non riesca a incastrarla in qualche modo...»

Non aveva finito di parlare che il telefono cominciò a squillare, Fabrizio sollevò il ricevitore e disse, rivolto a Francesca: «Lupus in fabula!».

«Che hai detto?» chiese la voce di Reggiani dall'altra parte.

«Ho detto: "Parli del diavolo e ne spunta la coda". Stavamo parlando di te.»

«Male, immagino.»

«Ovviamente. Che novità?»

«Quel bambino che avete lì...»

«Angelo.»

«Ammesso che quello sia il suo nome, arrivò a Volterra cinque anni fa quando ne aveva già quattro, o qualcosa di meno, assieme alla sua sedicente madre. Dicono che lei fosse piuttosto bella all'epoca e che fra lei e il conte ci sia stato qualcosa...»

«Accidenti... Che altro?»

«Sul bambino? Ben poco. Stiamo passando allo scanner le foto che gli ho fatto e il nostro mago del computer lo sta ringiovanendo di cinque anni con un programma che ci ha inviato il Comando generale. Dopo di che invieremo la sua immagine in giro per tutti i commissariati, le questure, le tenenze dei carabinieri e anche i canali Interpol all'estero. Può darsi che qualcuno lo riconosca.»

«Mi sembra un'ottima idea» disse Fabrizio e lanciò un'occhiata al bambino che dormiva. Il pensiero che potesse andarsene gli procurava un senso di forte disagio e immaginava che lo stesso provasse Francesca, da come lo guardava.

«Senti, ho altre novità: roba grossa, ma devo passare a prenderti. Sono già in auto... sarò lì fra venti minuti. Fatti trovare pronto, abbiamo pochissimo tempo per tutto.» Chiuse la comunicazione.

«Che cosa c'è ancora?» chiese Francesca.

«Angelo arrivò a Volterra cinque anni fa quando aveva quattro anni, forse meno che più. E dunque non è figlio di Jacopo Ghirardini. Anche se fra lui e Ambra Reiter vi fu quasi certamente una relazione. Ed è Ambra Reiter che ha le chiavi del palazzo, ce l'ha detto il bambino. È lei che ci ha chiusi dentro, non ho dubbi.»

«Lo credo anch'io» disse Francesca. «Ma allora chi è il padre del bambino?»

«Lui sa che in quel luogo c'è suo padre ma ovviamente l'unica figura che ha visto è quella del quadro. Non può nemmeno immaginare un'altra realtà...»

«Questa è pura follia, Fabrizio. Non puoi pensare che...»

«Ah no? E allora come spieghi che quel mostro sterminatore si è fermato come un cucciolo davanti al bambino? Lo hai visto anche tu, no? E un attimo prima non avevi forse visto come me la morte in faccia? E come spieghi che un bambino di nove anni si è lanciato contro quella chimera sanguinaria, quasi spinto da una forza soprannaturale? Qualunque altro bambino della sua età sarebbe svenuto per il terrore o impazzito per lo shock.»

«C'è mancato poco.»

«No. In realtà Angelo ha dominato la situazione, si è mosso come se sapesse perfettamente ciò che doveva fare: ha trovato la forza di corrergli incontro mentre tu e io eravamo paralizzati dal terrore. E il segno che ha sul fianco destro, all'altezza del fegato? È uguale alla macchia che hanno individuato i raggi X sulla statua che chiamano *L'ombra della sera*. Francesca, io... io credo ormai di capire. Ricordi il grande vano ipogeo tagliato nel tufo nei sotterranei di palazzo Caretti Riccardi?»

«Quello in cui abbiamo trovato Angelo?»

«Quello. È stato rimaneggiato in età medievale ma è ancora riconoscibile: è una grande tomba etrusca a camera di pieno quinto secolo. Quella doveva essere la grande necropoli dei Kaiknas.»

«È impossibile: le necropoli sorgevano sempre fuori città.»

«Esatto. E chi ti dice che l'area di palazzo Caretti Riccardi non fosse fuori dalla cerchia della città etrusca? Non abbiamo forse visto un tratto delle mura nei sotterranei del palazzo? Comunque non ci vorrà molto per controllare. Sono certo che la documentazione mi darà ragione.»

«Può darsi...» disse Francesca sempre più frastornata. «A questo punto non mi stupirei più di nulla.»

«Ne sono sicuro. Là sotto c'è la tana di quella belva perché là sotto c'è un sepolcreto etrusco. La tomba di famiglia dei Kaiknas, dove avrebbe dovuto riposare anche Turm se fosse potuto morire con onore, con la spada in pugno e lo scudo al braccio, come un guerriero anziché come un infame con la testa chiusa in un sacco, fatto a pezzi da una bestia famelica...»

Fabrizio si interruppe perché Francesca lo fissava con un'espressione angosciata, come se volesse dire "Attento!".

Fabrizio si voltò istintivamente e si trovò di fronte il bambino. In piedi, con gli occhi spalancati, pieni di un doloroso stupore.

«Angelo, io...» riuscì appena a balbettare. In quel momento si udì il rombo dell'auto di Reggiani e uno scricchiolio di gomme sulla ghiaia. Francesca andò ad aprire e invitò l'ufficiale a entrare.

«Non c'è tempo» rispose Reggiani, poi a Fabrizio, senza nemmeno mettere piede sulla soglia, chiese: «Sei pronto?».

Fabrizio ebbe un momento di incertezza; guardò Angelo e poi Francesca che gli fece un cenno rassicurante come per tranquillizzarlo.

«Sì» disse allora. «Sono pronto.» Staccò il giubbotto di pelle da un chiodo, diede un bacio alla ragazza e una carezza al bambino e salì a bordo dell'auto richiudendo la portiera con uno scatto secco. Pochi attimi e il rombo della potente vettura si perse in lontananza in direzione della provinciale.

Francesca restò qualche attimo sulla soglia finché non sentì la mano del bambino che stringeva la sua. Allora richiuse la porta, si volse verso di lui e gli chiese: «Ti ho visto spaventato prima. Fabrizio raccontava una storia di tanti secoli fa; non hai nulla di cui aver paura». Angelo non rispose. «Hai fame?» Il bambino scosse il capo.

«Non vuoi tornare a dormire? Non sei stanco?»

Il bimbo accennò ancora di no.

«Bene. Allora mettiti lì e aspetta che devo fare una cosa.»

Si sedette al computer, richiamò il testo dell'iscrizione e la tavola dei riscontri e cominciò a lavorare sulle ultime due righe di testo. Fabrizio aveva già in parte impostato la sequenza dei termini e ipotizzato la struttura grammaticale: restava da dare un significato alle parole. Non c'era stato il tempo di rilevare l'ombra del testo opistografo latino sul retro della lastra: si poteva solo lavorare sulla base dei riferimenti della prima parte del testo già tradotto, e Francesca sperò di non incontrare parole che non ricorressero nel testo che già era stato tradotto e letto.

Angelo rimase seduto di fronte a lei con le mani sulle ginocchia, senza muoversi, per tutto il tempo che impiegò a venire a capo dell'iscrizione. Era ormai pomeriggio avanzato quando Francesca fu capace di leggere un numero sufficiente di termini per poter capire il senso generale dell'ultima parte del testo. Riprese da dove Fabrizio aveva lasciato:

La belva continuerà a uccidere [finché] resterà sangue [da bere?] a Velathri

[Solo] se la belva è separata dall'uomo la vendetta si arresta [si placa]

[Solo] se il figlio è [restituito] al padre.

Francesca si volse al bambino con gli occhi pieni di lacrime mentre in lontananza, nello stesso istante, si udiva l'urlo della chimera. Angelo ebbe un lieve trasalimento e si girò dalla parte da cui proveniva quel lungo lamento ferino, poi fissò nuovamente lo sguardo negli occhi di Francesca.

«Dobbiamo andare» disse lei. «Non c'è più tempo da perdere.»

Scrisse in fretta un messaggio su un pezzo di carta, lasciò sul foglio un mazzo di chiavi, prese il bambino per mano e uscì richiudendo la porta dietro di sé.

XVII

«Ti ricordi il fango giallo?» chiese il tenente Reggiani appena si fu immesso nella provinciale.

«Certo. L'ho notato immediatamente.»

«Avevi ragione. Ho perquisito il locale di Ambra Reiter alle Macine con un metal detector di quelli del nucleo per la protezione del patrimonio archeologico e abbiamo trovato l'iradiddio di roba là sotto: buccheri, candelabri, scudi ed elmi, oreficerie da sogno... e perfino un carro da guerra.»

«È quello che sospettavo.»

«Inoltre abbiamo praticamente le prove che la tavola di Volterra è stata in quel sotterraneo per parecchi giorni, qualche settimana, con ogni probabilità. C'era una traccia di ossido sul fango umido e l'ho fatta analizzare: è stata lasciata da lastre di bronzo di forma approssimativamente rettangolare: mi sembra non possano esserci dubbi.»

«Lo penso anch'io. Dov'era l'ingresso?»

«Dietro al mobile bar. Ecco perché ci è apparsa alle spalle come dal nulla.»

«E adesso lei dov'è?»

«Quando abbiamo fatto la perquisizione lei non c'era, e a dirti la verità è stato meglio così. Il mio piano era che se non trovavo nulla me ne sarei andato in punta di piedi come se niente fosse stato. Ma siccome abbiamo trovato quello che abbiamo trovato, ho lasciato Spagnuolo con altri tre ben nascosti e appostati e quando lei è rientrata l'hanno arrestata in flagrante. Tutti i reperti erano ancora in situ e così non ha potuto dire granché.»

«L'avete già interrogata?»

«No, l'ho fatta trasportare al comando. Ora volevo che tu vedessi il sotterraneo e poi, se te la senti, assistessi all'interrogatorio. Di nascosto, naturalmente. So che sei molto stanco ma penso sia importante, fondamentale... poi ti lascerò dormire.»

«Dormire...» mormorò Fabrizio. «Non so più che cosa vuol dire...»

Imboccarono la strada di campagna che portava alle Macine e Reggiani parcheggiò nel cortile del locale. Lo accolse sulla soglia il brigadiere Spagnuolo. Il sottufficiale portò la mano alla visiera e salutò a mezza voce Fabrizio, non senza un segno di imbarazzo. Ricordava ancora molto bene di aver fatto la guardia per parecchie ore a una casa vuota.

«Novità?» chiese Reggiani.

«Il collega Bonetti ha quasi terminato l'inventario, signor tenente.»

«Benissimo. Facciamo dare un'occhiata anche al dottor Castellani.»

Fabrizio scese nel sotterraneo, scambiò due convenevoli con Bonetti che scarabocchiava appunti sul suo taccuino abbozzando un inventario.

«Si sa da dove viene questa roba?» domandò.

«A me sembra di provenienza locale, con qualche oggetto di importazione da altre città. Come quel candelabro, che mi sembra di fattura tarquiniese» rispose Bonetti, felice di poter fare sfoggio della sua competenza tecnica con qualcuno in grado di capire di che cosa stava parlando.

«Sono d'accordo con lei» disse Fabrizio senza entusiasmo. Poi, rivolto a Reggiani: «Vuoi che telefoni io a Balestra?».

L'ufficiale ci pensò un attimo. «Meglio di no. Non ancora.

Preferirei prima condurre a termine l'interrogatorio di Ambra Reiter, fissato per oggi: te la senti di venire con me?».

Fabrizio annuì e tutti e due risalirono in superficie e si diressero verso la centrale del comando dei carabinieri, che trovarono assediata da una canea di giornalisti e di operatori televisivi. Appena sceso dall'auto Reggiani fu sommerso da una selva di microfoni e circondato da telecamere. Notò anche delle emittenti straniere. Da ogni parte gli gridavano le stesse domande: era vero che un mostro infestava le campagne di Volterra? Quanti erano i morti? Dieci? Venti? Si era pensato a chiamare l'esercito? Reggiani alzò le mani in segno di resa e disse abbastanza forte da essere inteso da tutti: «Per favore, signori, per favore: ora non posso dirvi nulla. Fra qualche ora, al massimo prima di sera, convocheremo una conferenza stampa e avrete tutte le risposte che desiderate. Ora, per favore, lasciateci entrare, abbiamo cose molto urgenti che ci aspettano.» Riuscì in qualche modo a fendere la calca, seguito da Fabrizio e a entrare nell'edificio del comando.

Ambra Reiter sedeva di fronte a una scrivania, aveva le gambe accavallate e fumava. Sembrava tranquilla e ogni tanto scuoteva nel posacenere la brace della sigaretta. Reggiani fece accomodare Fabrizio in una stanza attigua collegata con un interfono, così che avrebbe potuto udire tutto quello che si sarebbe detto nella stanza dell'interrogatorio.

«Le farai il terzo grado?» chiese a Reggiani. L'ufficiale scosse la testa con un mezzo sorriso, mentre si toglieva il berretto e i guanti di pelle nera: «Quella è roba che vedi nei film di Clint Eastwood. Noi ci limitiamo a fare delle domande. Magari insistiamo per ore. Anche per giorni. Solo che noi ci diamo il cambio mentre l'interrogato è sempre quello».

«Ma non ha diritto a un avvocato?»

«Certamente. Ma lei non ha un avvocato e l'avvocato d'ufficio arriverà solo domani: ha avuto un intervento alla prostata e lo dimettono questa sera, se tutto va bene. Ripeto: non le facciamo niente di male. Soltanto qualche domanda. E adesso siediti, avrai modo tu stesso di renderti conto che non ci sarà nessuna tortura.»

Fabrizio si avvicinò alla consolle di ascolto; Reggiani entrò nel suo ufficio, salutò e andò a sedersi alla scrivania appoggiando sul tavolo berretto e guanti.

«Sono il tenente Reggiani» si presentò. «Ci siamo già visti qualche giorno fa alle Macine, se ricorda.»

Ambra Reiter annuì con il capo.

«Il suo avvocato arriverà soltanto domani. Lei è quindi libera di non rispondere. Posso dirle però che se collabora avrà diritto a notevoli vantaggi quando si tratterà di patteggiare la pena. Come vede, inoltre, qui non c'è un registratore e nulla di quello che dice verrà messo a verbale.»

«Quale pena?» chiese. «Io non ho fatto nulla.»

«Detenzione illegale di materiale archeologico per il valore di miliardi lei lo chiama nulla?»

«Io lavoro al bar, che ne so di quello che c'è sottoterra?»

«Lo sa e come. Quando venimmo a trovarla io e il dottor Castellani lei ci apparve improvvisamente alle spalle perché era uscita da quella botola dietro il bar.»

«Non è vero.»

«È verissimo, e io notai subito che aveva le scarpe sporche di fango giallo, lo stesso che abbiamo trovato nel sotterraneo...» Fabrizio non poté fare a meno di sorridere a quella impropria attribuzione di merito, ma era evidente che Reggiani doveva fare il più possibile colpo sulla donna come implacabile investigatore.

«In ogni caso» proseguì l'ufficiale «se non è stata lei, dovrà dirmi allora chi è stato, perché dubito che qualcuno potesse entrare e uscire dal suo locale con vasi e candelabri, scudi ed elmi senza che lei se ne accorgesse. Senza contare il rifugio sotterraneo. Come hanno fatto a scavarlo senza che lei notasse nulla?»

«Evidentemente c'era già quando io sono arrivata.»

«Niente affatto, signora Reiter. Comunque, abbiamo già prelevato un campione dal calcestruzzo delle pareti e prima di sera sarò in grado di mostrarle una perizia tecnica che dimostra che non ha più di un anno al massimo. Come la mettiamo?»

La donna lo fissò con uno sguardo duro: «Non so cosa dire e non dirò altro finché non avrò un avvocato».

«Come vuole, signora, ma l'avverto che corre un grave rischio...» La donna non parve dare soverchio peso alla minaccia e si accese un'altra sigaretta. Reggiani prese dalla tasca interna della giacca il suo pacchetto. «La disturbo se fumo?» chiese. Ma Ambra Reiter sembrava sempre più chiusa in sé, in una specie di cupo riserbo.

«Dicevo... un grave rischio» riprese Reggiani accendendo a sua volta la sigaretta. «Lei saprà, immagino, della morte orribile di Pietro Montanari.»

«Ne ho sentito parlare» disse la donna dopo qualche attimo di silenzio.

«Lo credo bene, visto che lo frequentava assiduamente. Purtroppo lei è stata l'ultima persona a fargli visita prima che venisse trovato massacrato.»

L'affermazione di Reggiani sembrò riscuoterla. «Lei si sta inventando delle cose per spaventarmi e farmi dire quello che non so. Ma con me non funziona.»

«Ah no?» Reggiani premette un tasto nell'interfono e chiamò: «Spagnuolo, portami quei rilievi della Casaccia per favore».

Il sottufficiale entrò poco dopo e appoggiò sulla scrivania una cartelletta con delle foto in bianco e nero e dei lucidi elaborati da un'immagine digitale.

«Ecco qua» disse Reggiani mostrandoli alla donna. «Queste sono le tracce dei suoi pneumatici. E c'è un testimone che l'ha vista entrare e poi uscire dalla casa di Montanari verso le dieci e mezzo di sera di martedì scorso. Il cadavere di quel poveraccio è stato trovato, in pessime condizioni per la verità, subito dopo. In casa, inoltre, c'erano le sue impronte digitali dappertutto, per non parlare delle tracce delle sue scarpe, rilevate anche quelle. Per nostra fortuna, e disgrazia sua, il cortile del povero Montanari era piuttosto fangoso... E non basta: tracce dei pneumatici del suo veicolo sono state rilevate anche alla Mottola, non molto lontano dal luogo in cui fu massacrato il Santocchi.»

Ambra Reiter sembrò scossa.

«Inoltre» rincarò Reggiani «sia il Montanari che il Santocchi sono stati trovati con la gola squarciata, esattamente come altre vittime prima e dopo di loro. Il che potrebbe far pensare a un assassino seriale. Nessun giudice serio crederebbe alla panzana che hanno diffuso i giornalisti di una specie di lupo mannaro che andrebbe in giro per le campagne di Volterra. Troveranno molto più convincenti le prove che io sarò in grado di produrre, a suo carico, s'intende. Se si fida della mia esperienza lei può essere ragionevolmente sicura che passerà in galera il resto della sua vita e anche in una di quelle carceri a regime speciale, visto che lei sembra perfettamente sana di mente. Cosa che non auguro nemmeno al peggiore dei miei nemici...»

Fabrizio, che seguiva parola per parola la conversazione, stentava a credere che quell'essere smarrito e in difficoltà fosse la stessa persona che dominava i suoi incubi, la stessa voce che lo aveva terrorizzato nel cuore della notte, che aveva spinto un bambino a fuggire da casa. In quel momento, spogliata dell'aura di mistero e di enigma di cui si era circondata, sembrava una creatura inerme e innocua, preoccupata solo di non finire in prigione. Come era possibile? Che fosse un caso di sdoppiamento della personalità? Egli ricordava ancora molto realisticamente che quella voce poteva all'improvviso assumere un timbro imperioso e inquietante, il timbro con cui la prima notte a Volterra gli aveva intimato «Lascia in pace il fanciullo». E ricordava molto bene il terrore e lo sgomento nello sguardo di Pietro Montanari dopo che lei era uscita dalla sua casa quella notte spaventosa di sangue, di spari e di urla.

Avrebbe voluto guardarla negli occhi, se solo avesse potuto, cercare di capire in che modo riuscisse a essere terribile come una moira e subito dopo trasformarsi in una persona totalmente diversa e forse anche dimenticare tutto... Sentì invece la sua voce che diceva: «Che cosa vuole da me?».

«Per prima cosa, sapere da dove viene quella roba che abbiamo trovato là sotto. E in particolare l'iscrizione in bronzo...»

«Non so di quale iscrizione stia parlando.»

«Ah, ah, cominciamo male. Parlo dell'iscrizione tagliata in sette pezzi che lei ha tenuto appoggiata in terra nell'angolo in fondo a sinistra del sotterraneo per diverse settimane.»

La precisione del riferimento sembrò ancora una volta scuotere Ambra Reiter.

«Allora?»

«Lei sa che non ho ucciso Montanari.»

«Questo è da vedere. Dico soltanto che tutto è contro di lei, e che molto dipenderà da come risponderà alle mie domande su tutto il resto.»

«E come posso essere sicura che se parlo lei poi non mi accuserà anche di quello...»

«Infatti non può esserne sicura: deve credere alla mia parola... che è la parola di un ufficiale dell'Arma e di un uomo onesto. Risponda alle mie domande e io non l'accuserò di alcun omicidio... Cercherò un'altra causa, forse il lupo mannaro, chissà...» La fissò intensamente negli occhi come avrebbe fatto il suo amico Fabrizio Castellani se fosse stato al suo posto di fronte a lei, per scoprire in quello sguardo anche solo un'ombra del mostro che terrorizzava la città, ma trovò solo una luce fredda e inespressiva, una fissità assente e incolore. Sospirò e disse: «Cominciamo da capo. Quando è arrivata a Volterra?».

«Cinque anni fa... in autunno.»

«Da dove veniva?»

«Dalla Iugoslavia... dalla Croazia.»

«E perché Volterra?»

«Cercavo un posto tranquillo, dove rifarmi una vita. Venivo dalla guerra...»

«E trovò un lavoro dal conte Ghirardini.»

«Sì.»

«Diventò la sua amante?»

«Questo non ha importanza.»

«Lo dico io quello che ha importanza. Diventò la sua amante?»

«Sì.»

«E si trasferì in casa sua, ossia a palazzo Caretti Riccardi.» La donna annuì.

«Con suo... figlio?»

«Sì.»

«Per quanto tempo?»

«Per circa un anno.»

«Dopo di che il conte Ghirardini sparì improvvisamente. Strano, non è vero?»

«Era un uomo particolare. Aveva trascorso la maggior parte della sua vita in paesi esotici. Potrebbe essere in qualunque parte del mondo in questo momento o riapparire all'improvviso come fece allora.»

«C'è chi pensa che gli oggetti che abbiamo trovato nel sotterraneo del suo locale provengano da una collezione privata del conte e che lei li abbia trafugati per indennizzarsi, diciamo per ricompensarsi dei servigi resi a Ghirardini per i quali lui non le avrebbe lasciato nulla.»

«Non è vero.»

«E qual è allora la verità? Stia bene attenta a quello che dice, signora Reiter...» Si batté la punta dell'indice sulla fronte: «Questo qua è meglio di un registratore. Io ho una memoria da elefante».

Ambra Reiter abbassò il capo e restò in silenzio per qualche istante come se valutasse fra sé la sua situazione, poi riprese a dire: «In quel momento anche Montanari lavorava per il conte, come uomo di fatica. Una notte sentimmo dei rumori nei sotterranei e andammo a vedere che cosa fosse...»

Fabrizio, dall'altra parte del muro, trasalì e Reggiani si fece improvvisamente più attento: «Che tipo di rumori?».

«Non so... voci... sembravano voci. Come dei richiami.»

«E la cosa non le fece impressione in un posto come quello? Che cosa dicevano quelle voci?»

«Non so. Non si capiva niente.»

«Le sentì anche Montanari?»

«No, lui no. Ma lui non ci sentiva molto bene.»

«Continui.»

«Scendemmo nel sotterraneo e io continuavo a dire "Viene di là, da quella parte"... finché trovammo un passaggio, e una scala tagliata nella pietra che scendeva sottoterra. Non sentii più nulla, ma Montanari disse che in quel luogo c'erano i resti di un cimitero antico...»

«Etrusco.»

«Così la pensava Montanari. Io non ne sapevo nulla. Secondo lui gli oggetti che si trovavano in quelle tombe valevano molti soldi.»

«E allora?»

«Allora mi propose di metterci in società perché io avevo le chiavi del palazzo e del sotterraneo. Quando il conte non c'era scendevamo laggiù e portavamo via quelle cose, una alla volta. Se erano oggetti piccoli se li metteva in tasca, se erano più grandi li facevamo uscire di notte. Li caricavamo sul furgone e lui li portava alla Casaccia. Con i primi guadagni comprammo Le Macine e io aprii il locale... In seguito Montanari scavò il sotterraneo e lo usammo come magazzino per la roba.»

«E l'iscrizione?» chiese Reggiani.

«Anche quella... viene da là sotto. Montanari la trovò sotto uno strato di...»

«Di che cosa?»

«Di ossa. Ossa di molti animali, piccoli e grandi... forse anche di un uomo... ma non mi ricordo.»

«E che cosa ne avete fatto?» insistette Reggiani.

«Montanari le buttò via. Disse che non valevano niente.»

«E perché l'avete tagliata a pezzi?»

«Lui diceva che a pezzi si vendeva meglio e ci si ricava-va molto di più...»

Reggiani sogghignò. «Ma allora perché si è rivolto alla Soprintendenza?»

«Montanari era uno stupido... Finì per destare dei so-spetti, la Finanza gli stava alle calcagna, a quel punto pre-ferì contattare la Soprintendenza. Mi disse che Balestra gli aveva promesso mezzo miliardo di premio di rinveni-mento...» si interruppe. «Ho detto tutto quello che so... Adesso mi lasciate andare?»

Reggiani non rispose.

«Mi avete promesso che se avessi risposto a tutte le vo-stre domande mi avreste lasciato andare.»

«Ho un'ultima cosa da chiederle... per ora.»

Lei lo guardò in silenzio con il suo sguardo grigio e ap-parentemente assente, come se non vedesse colui che ave-va davanti. Un tempo doveva essere stata una donna di una bellezza fuori del comune, di quel tipo di bellezza ag-gressiva e spudorata che fa smarrire il senno a un uomo, che lo perde senza rimedio.

«Lei ricorderà quando sono venuto a farle visita la prima volta alle Macine con il mio amico, il dottor Castellani...»

La donna annuì.

«Perché mentì? Perché disse di non avergli mai telefo-nato?»

Fabrizio ebbe un sussulto, e accostò l'orecchio all'alto-parlante per non perdere una sillaba di quella risposta, ammesso che giungesse una risposta.

«Perché era la pura verità, perché non lo avevo mai vi-sto prima di allora né mi ero mai sognata di telefonargli.»

Abituato ad ascoltare qualsiasi spudorata menzogna da ogni tipo di sfrontato delinquente figlio di puttana il te-nente Reggiani tuttavia pensava che avrebbe potuto co-gliere un tremito di insicurezza in quello sguardo che ri-mase invece, mentre lei parlava, duro e compatto come una lastra di ghiaccio.

Disse: «Può andare, per ora, ma le consiglio di non lasciare Le Macine. La farò tener d'occhio dai miei uomini e dunque faccia come le ho detto».

«Ma le ho già detto tutto quello che voleva sapere...»

«Non tutto. Ho ancora una domanda.»

«Su che cosa?»

«Su quel bambino che viveva con lei.»

Ambra Reiter abbassò lo sguardo e chiese: «Dov'è?».

«Al sicuro. E a dirle il vero mi sarei aspettato che una madre chiamasse i carabinieri quando suo figlio mancava da più di due giorni. Adesso può andare.»

«Ma...»

«Può andare, signora Reiter.»

La donna si alzò e uscì e Marcello Reggiani si accese, per la prima volta dopo undici mesi, la seconda sigaretta nello stesso giorno.

Subito dopo anche Fabrizio uscì dal suo nascondiglio ed entrò nell'ufficio di Reggiani. «È incredibile la faccia tosta di quella strega... Avrei solo voluto guardarla negli occhi mentre mentiva così spudoratamente...»

«L'hai già vista una volta, no?» rispose Reggiani. «Be', tale e quale, come se stesse dicendo un numero di telefono. Ti posso assicurare che se non credessi a te avrei creduto a lei.»

«Se hai dei dubbi, guarda che io...»

«Non ho detto questo. Ho detto che sembrava stesse dicendo la pura verità, e poi l'hai sentita anche tu, no? Onestamente, credo che abbia detto la verità anche sul resto. Si è resa conto, mi pare, che posso incastrarla di brutto se mi rompe i coglioni.»

«E il bambino?»

«Quella è tutta un'altra faccenda. È lì, se vuoi sapere come la penso, il mistero più grosso. Penso di aver fatto bene a portarti con me questa mattina, anche se eri stanco morto, non trovi?»

«Non c'è alcun dubbio... molte cose cominciano a quadrare. Ora, però, ammettiamo per un momento che lei dica la verità.»

«Su che cosa?»

«Sul fatto che non mi aveva mai visto né sentito né telefonato.»

«Stai scherzando, sei fuori di testa.»

«Mai stato più lucido. Ascolta, non potrebbe trattarsi di un caso di sdoppiamento della personalità? Sono cose che succedono, sono documentate.»

«Spiegati meglio.»

«In altre parole, l'Ambra Reiter che ti parlava poco fa non sa effettivamente nulla dell'Ambra Reiter che mi ha telefonato quella notte e che poi mi ha parlato al bar.»

«Temo di non seguirti.»

«Supponi che quando mi telefonava nel cuore della notte si trovasse in uno stato di alterazione della coscienza e quindi anche della personalità.»

«Come quando uno si è fatto di roba pesante?»

«Qualcosa del genere.»

«Dovremmo sottoporla a delle analisi?»

«Credo che non approderebbero a nulla.»

«Allora a cosa pensi?»

«Mai sentito parlare di medium?»

Reggiani si strinse nelle spalle. «Sì, quelli che fanno ballare i tavolini e roba del genere. Ma qui sei fuori strada; questa al massimo legge le carte, i fondi di caffè... sarà una mezza zingara. Viene da quelle parti, no?»

«Montanari, prima di morire, mi disse che da quando aveva avuto in casa quell'iscrizione si era tramutata in un'arpia, che a volte era irriconoscibile. C'è qualcosa in lei di sconcertante.»

«Su questo non c'è alcun dubbio...» si interruppe tendendo l'orecchio. «Senti il casino che fanno là fuori tutti quei giornalisti, e io sono qui con sei cadaveri sul groppone e le palle in mezzo all'uscio. E al Ministro che cosa gli racconto, la storia del lupo mannaro?».

«Il Ministro?»

Reggiani chinò il capo e sospirò: «Eh, sì. Arriva stasera

assieme al Comandante generale, tutti e due con un diavolo per capello. Sai cosa significa, vero?».

Fabrizio guardò l'orologio: «Che fra quattro ore dovrai scatenare la tua battuta di caccia».

«Diciamo fra due, appena comincia a far scuro. Purtroppo, la situazione è cambiata radicalmente. E puoi star certo che lo sentiremo anche stanotte il verso di quella bestiaccia. Ma sarà l'ultima volta, te lo assicuro.»

Fabrizio sbiancò in volto: «Ma mi avevi promesso...».

«Mi dispiace, amico mio, non posso più aspettare, qui è in gioco la vita di molte persone.»

«Ascolta, dammi solo un'ora in più, due al massimo, devo sapere che cosa dice l'ultima parte di quell'iscrizione... c'è una... come posso farti capire... potresti andare incontro a un pericolo mortale, a un disastro...»

«Medium... previsioni catastrofiche... Mi sembra che tu ti sia bevuto il cervello» prese dal cassetto la sua pistola, fece scorrere il carrello indietro e avanti mettendo il colpo in canna. «Per quel che mi riguarda, io credo soltanto a questa.»

«Che cosa farai?»

«I miei uomini sono appostati all'uscita della vecchia cisterna. Ho fatto sgombrare la zona in un raggio di mezzo chilometro. Appena esce, scateneremo un tale inferno che di quell'essere, qualunque cosa sia, non rimarranno nemmeno i peli. Mi dispiace, Fabrizio. E ora devo andare. Ti ho fatto venire perché volevo che tu sapessi tutto, e che sentissi con le tue orecchie quello che avrebbe detto Ambra Reiter. Era il minimo che ti dovessi.»

«Sei pazzo» disse Fabrizio. «Sarà un massacro.»

Reggiani non rispose e lo guardò mentre usciva facendosi largo in mezzo alla calca dei giornalisti che aspettavano nell'atrio. Poi entrò nel suo alloggio, si spogliò dell'uniforme e indossò la tuta mimetica da combattimento.

XVIII

Fabrizio fu subito assediato da una ressa di giornalisti e di
inviati speciali che cercavano di infilargli in bocca i loro microfoni avendo intuito che lui doveva essere coinvolto
molto da vicino nella vicenda. Altri, in seconda fila, chiede-
vano: «Chi è quello? Era con Reggiani poco fa? È uno che sa
qualcosa?». Altri rispondevano: «È un archeologo, hanno
detto che è un archeologo. Ci deve essere qualche collegamento...».

Poi uno disse: «Si chiama Castellani... Dottor Castellani,
una domanda, solo una domanda, perché è entrato con il
tenente? Cosa vi siete detti? È vero che hanno fermato una
donna? Una risposta, per favore, aspetti!». Fabrizio si fece
largo a gomitate ignorando gli improperi e le offese che
gli fioccavano addosso, specialmente in romanesco, dagli
operatori RAI e poi si mise a correre per sparire il più presto possibile nell'intrico di vie del centro storico. Arrivò
davanti all'ingresso del Museo e vide Mario nella sua
guardiola.

«Dottore, c'è il Soprintendente che la cerca da un bel
po', dove si era cacciato?»

«Adesso non posso, Mario, dica al Soprintendente che
mi farò vivo al più presto. C'è la dottoressa Vitali?»

«No. È uscita mezz'ora fa e non sappiamo dove sia.»

Fabrizio annuì e si allontanò nuovamente di corsa. Arrivò nella piazzetta dei taxi e chiamò il primo che vide libero: «Mi porti al podere Semprini, più in fretta che può».

«Quello in Val d'Era?»

«Sì, quello. Vada, per favore, la guido io.»

Il taxi partì e Fabrizio telefonò a casa. Squillava libero. Chiamò al cellulare di Francesca ma era spento. L'ansia cominciò a crescere dentro di lui come una marea nera, fino a schiacciarlo contro il sedile della vettura. La provinciale, poi a sinistra, la Val d'Era e poi il sentiero di ghiaietto. Il taxi si fermò davanti all'uscio di casa, Fabrizio aveva già pronto il denaro. «Tenga il resto» disse, e si precipitò all'interno mentre il taxi invertiva la marcia e si allontanava.

La casa era deserta, ma il computer era ancora acceso, con il testo dell'ultima parte dell'iscrizione. Poi lo sguardo gli cadde sul biglietto su cui Francesca aveva vergato poche righe, e fu sopraffatto dall'angoscia. Digitò con ansia febbrile il numero del cellulare di Reggiani e lo ascoltò suonare una, due, tre volte, dicendo fra i denti «rispondi, rispondi maledizione, rispondi...».

«Dove sei?» chiese secco l'ufficiale dopo il quarto squillo.

«A casa. Marcello, per l'amor di Dio, Francesca è là sotto.»

«Dove?»

«Là sotto, nei sotterranei del palazzo.»

«E perché? È impazzita? »

«Ha letto l'ultima parte dell'iscrizione e penso... penso che...»

«Parla accidenti, ho i minuti contati, lo sai!»

«Io penso che lei adesso ci creda, che creda alle parole dell'iscrizione: crede di poter fermare la strage nell'unico modo possibile. Adesso non c'è tempo per spiegarti: hai... hai un lanciafiamme?»

«Un lanciafiamme? Sei fuori di testa, e che cosa ci vuoi fare con un lanciafiamme? È un'arma speciale, per i corpi d'assalto: dovrei chiederlo ai nostri incursori dei ROS.»

«Cazzo, Marcello, tu sei un ROS. Devi avere un lanciafiamme!»

«Non sono più operativo e se anche volessi procurarmelo non ci sarebbe il tempo materiale. Senti, non mi fare casini, sto per lanciare l'operazione. Non interferire, Fabrizio, potresti mettere a rischio ogni cosa, anche la tua vita, anche quella di Francesca. Dovunque tu sia, torna qui al comando e restaci finché tutto non sarà finito. La troviamo noi Francesca, capito? La troviamo noi. Vieni subito...»

Non poté terminare la frase, la comunicazione era stata interrotta. Fabrizio digitò immediatamente il numero di Sonia.

«Ciao, bello» disse la sua voce piuttosto disturbata.

Fabrizio cercò di mantenere la calma e di parlare con un tono normale. «Sonia, dove sei?»

«Hai detto di levarmi dalle palle e io mi sono data una mossa.»

«Dove sei, Sonia?» ripeté con un tono più statico che calmo.

«Ho appena imboccato la provinciale per Colle Val d'Elsa. Ma di' un po', che cos'hai? Hai una voce strana.»

«Sonia, fermati appena puoi e dove la ricezione è buona: devo poterti sentire con chiarezza. Allora, ho bisogno di sapere se il tuo lavoro è stato completamente terminato.»

La comunicazione era migliore ora, Sonia doveva essersi fermata. «Be', sì, te l'ho detto, perché?»

«Ciò che intendo dire è se tutte le ossa dell'animale sono state separate da quelle dell'uomo. Tutte, fino all'ultimo frammento. Capisci cosa dico?»

«Ma che domande, ovviamente no. Come faccio a sapere di tutti quei frammenti che sono rimasti... e probabilmente alcune delle ossa del cane erano scheggiate... Ci vorrebbe un'analisi molto particolare, un esame di fino... ma che ti frega? Lo scheletro è bello anche così, cosa vuoi che sia qualche scheggia... se è per questo, forse manca anche qualche altro pezzo... adesso mi metti in crisi... insomma, prima mi spaventi a morte e dici di scappare più in fretta che posso e poi mi dici che avrei dovuto finire il mio lavoro con una precisione microscopica... Io non so cosa pensare, guarda, ma che razza di domande mi fai? Non capisco perché...»

«Sonia, non ho tempo di spiegarti ma se hai una sola possibilità di terminare la tua opera, ossia di separare tutte le ossa dell'animale da quelle dell'uomo, per favore, torna immediatamente indietro e fallo. Torna in quel sotterraneo e separa i resti umani da quelli dell'animale e poi non muoverti di là, chiuditi dentro e apri solo se senti la mia voce. Sonia, per favore, per favore, per favore!»

La sua voce era così disperata che la ragazza cambiò completamente d'umore. «Sei sicuro di star bene, vero?»

«Sonia, a suo tempo saprai ogni cosa e sarai felice di avermi aiutato. Dimmi solo che lo farai e subito.»

«Una possibilità forse c'è: una certa differenza di colore, ma ho bisogno di una luce a temperatura di colore solare... Forse, forse ci sono... Tu chiama Mario e digli di aprirmi appena arrivo, al resto penso io.»

«Grazie, Sonia, sapevo che mi avresti aiutato. Chiamo subito Mario.»

«Ascolta, tu quando arrivi?»

«Appena posso, prima devo trovare una cosa. Tu non ti muovere di là e apri solo a me, solo a me, hai capito?»

«Ho capito...» disse Sonia, e chiuse la comunicazione. "Ho capito che stai dando fuori di matto" continuò fra sé e sé "ma sono troppo curiosa di vedere dove va a parare tutto questo incredibile casino."

Francesca avanzava nel sotterraneo di palazzo Caretti Riccardi illuminando i propri passi con una torcia elettrica e tenendo per mano il bambino che sembrava stranamente calmo e tranquillo. Gli sussurrava: «Solo tu lo puoi fermare, piccolo, solo tu, lo capisci?».

«Lo uccideranno?» chiese il bambino.

«Forse no» rispose Francesca. «Forse no, se tu riesci a fermarlo... Forse no...» Guardò l'orologio, erano quasi le sette. In quel momento il sotterraneo risuonò del lungo ululato della fiera. Un suono cupo e gorgogliante, lontano e vicino allo stesso tempo, rifratto e spezzato dal labirintico ipogeo.

«Io... io penso che sia ancora qua sotto... forse in quella galleria laterale che abbiamo visto ieri, ricordi?» Angelo annuì e strinse più forte la sua mano. «Forse siamo ancora in tempo a fermarlo...»

Il bambino tremava ora, verga a verga, e stringeva spasmodicamente la mano di Francesca: lei poteva sentire il sudore delle sue piccole dita.

«Non avere paura» gli disse. «Stiamo cercando di salvare tante persone, stiamo cercando di... spegnere un odio che brucia da millenni... di cauterizzare un'antica ferita...» Parlava a se stessa forse più che al bambino, nemmeno era certa che lui capisse il senso di quelle parole ma sentiva, adesso che avanzavano lungo il tunnel che portava alla cisterna, un calore strano emanare dalla mano del bimbo, una scarica di energia violenta salirle lungo il braccio e percorrere tutto il suo corpo fino a infuocarle il volto. Si avvicinavano, passo dopo passo, al punto in cui il giorno prima il mostro era scomparso all'interno della galleria laterale. Il ringhio risuonò più forte e netto e si udì un rumore in lontananza, il rumore di unghioni che graffiavano in corsa il tufo della galleria...

Sonia percorse a tutta velocità il meandro delle vie del centro fino a trovarsi di fronte al Museo. Fabrizio doveva aver telefonato, perché Mario la aspettava con le chiavi in mano.

«Come mai di ritorno, dottoressa? Ha dimenticato qualcosa?»

«Ecco... sì» rispose Sonia. «Ho dimenticato certi miei appunti giù di sotto e già che ci sono farò ancora qualche rilievo che mi può essere utile.» Intanto scendeva veloce le scale fino al magazzino. Mario infilò la chiave nella toppa e Sonia entrò richiudendo la porta alle sue spalle.

Disse, mentre entrava: «Lei vada pure, Mario, quando

ho finito mi tiro dietro il portone principale e inserisco l'allarme».

Mario non rispose nulla e risalì lentamente le scale fino al pianterreno. Era abituato alle stranezze degli studiosi e dei ricercatori: tutta gente che viveva in un altro mondo e non aveva senso pratico, come il Soprintendente Balestra, che stava chiuso da settimane nel suo ufficio a studiare chissà che cosa. Appese le chiavi a uno dei ganci della guardiola e attaccò l'allarme, poi si infilò il cappotto e uscì. C'erano solo pochi passi dal portone del Museo all'ingresso della sua abitazione, ma gli pesarono come se avesse avuto scarpe di piombo. Una sensazione strana che non aveva mai provato prima.

Sonia premette l'interruttore azionando la luce centrale e un faretto che illuminava il grande scheletro montato su una piattaforma di legno in fondo alla sala, tenuto insieme da piccole staffe che aveva realizzato lei stessa con del filo d'acciaio. Per la prima volta lo vide con occhi diversi da come l'aveva visto fino a quel momento: non più un reperto di paleozoologia ma un mostro scarnificato, un cerbero infernale. Trasse un lungo respiro e si avvicinò al basamento: su un panno di feltro aveva raccolto i reperti ossei rimasti dal montaggio dello scheletro dell'animale; si inginocchiò e cominciò a riporre in una cassetta, uno per uno, tutti i pezzi sicuramente appartenenti allo scheletro umano: frammenti del cranio – alcuni portavano ancora l'impronta delle zanne che lo avevano frantumato –, delle ossa lunghe, delle braccia e dei femori crudelmente stritolati dal morso delle spaventose mandibole. Restavano ora non molti frammenti sui quali aveva dubbi: di costole, di vertebre, di falangi, di astragali...

Sospirò. Con quale criterio li avrebbe separati? Ci sarebbero stati molti modi tutti affidabili, ma lì, in quelle condizioni e in quell'emergenza (ma di quale emergenza poteva mai trattarsi?) non ce ne poteva essere che uno: il colore. Già, il colore: le ossa dell'animale erano, infatti, un po' più scure.

"À la guerre, comme à la guerre" disse fra sé. Fece una pila di cassette di plastica, di quelle che si usavano per raccogliere i reperti archeologici di scavo, in modo da creare una specie di scalinata a ridosso dei resti ossei che aveva appoggiato e distribuito sul panno di feltro, poi prese la Polaroid dalla borsetta, salì fino in cima e scattò una, due, tre fotografie da distanze e angolature leggermente diverse. Osservò le stampe una per una, poi prese la migliore, la più nitida, e corse al primo piano. La zona degli uffici era deserta: non era rimasto più nessuno. Raggiunse il laboratorio e accese lo scanner ad altissima risoluzione, inquadrò un singolo frammento e impostò la sua tonalità di colore, poi ordinò alla macchina di riconoscere tutti quelli che avevano la stessa tonalità e di evidenziarli. In una manciata di minuti la stampante fornì l'immagine con i frammenti selezionati. Sonia spense la macchina e le luci e si precipitò dabbasso richiudendo la porta e mettendo il chiavistello come le aveva detto Fabrizio. Poi appoggiò in terra la stampa e si mise a scegliere ognuno dei frammenti selezionati appoggiandolo con precauzione sul basamento di legno, sotto lo scheletro.

Francesca si volse verso Angelo senza distogliere lo sguardo dall'imbocco della galleria, che ormai appariva inquadrato nel raggio di luce della torcia elettrica. «Ci siamo, piccolo, facciamoci coraggio, facciamoci... coraggio» Ripresero ad avanzare lentamente, abbracciati, stretti l'uno all'altra, preparandosi a sostenere l'impatto dello sterminatore. E d'improvviso il rumore delle zampe poderose, degli unghioni acuminati sul tufo del fondo si fece sempre più vicino, finché se lo trovarono di fronte, spaventoso, immane, schiumante di bava, gli occhi iniettati di sangue, le zanne mostruose scoperte fino alla radice. Il bambino urlò di terrore e anche Francesca gridò con tutta la forza per liberarsi di un'angoscia insostenibile e la fiera cacciò un ruggito di furore. I due si rannicchiarono contro la parete sopraffatti dall'orrore di quella visione. L'animale cominciò ad avvicinarsi ringhiando e rantolando, e Francesca capì di aver compiuto una follia, che non c'era scampo. Fece scudo al bambino con il proprio corpo sperando che il mostro accettasse solo il suo sangue.

Sonia udì qualcuno scampanellare con insistenza e poi battere furiosamente i pugni sulla porta. La porta d'ingresso! Aveva dimenticato la porta principale! Uscì, salì di corsa le scale fino al primo piano e corse verso il portone gridando per farsi sentire: «Chi è?».

«Sono io, Fabrizio! Apri, apri, apri per l'amor di Dio! È questione di secondi! Apri!»

Sonia fece scorrere il chiavistello e si trovò di fronte Fabrizio coperto di sudore, che reggeva con una mano una pesante bombola di gas collegata a un bruciatore a cannello. Dietro di lui la sua auto a portiera spalancata e con i fari accesi ingombrava di traverso la via deserta.

«Ma che diavolo...» fece appena in tempo a dire, che già Fabrizio si era precipitato lungo il corridoio e giù per le scale verso il sotterraneo gridando: «Andiamo, accidenti, andiamo, hai finito quello che ti avevo chiesto? Hai finito di separare quei frammenti?».

Sonia gli corse dietro trafelata senza nemmeno chiudere il portone gridando: «Sì, credo di sì, ma che cos'è quell'affare che ti porti dietro? Che cazzo ci vuoi fare con quella bombola? Far scoppiare il palazzo? Parla, per Dio, parla! Mi vuoi spiegare... Guarda che faccio suonare l'allarme, lo dico e lo faccio, maledizione, stammi ad ascoltare!».

Ma Fabrizio sembrava invasato, correva carico della pesante bombola di ferro come se fosse di carta: corse fino allo scheletro, gettò un'occhiata verso il panno di feltro e riconobbe i frammenti umani, poi si volse allo scheletro e agli altri resti che Sonia aveva ammucchiato sulla base di legno. Trasse di tasca un accendino, aprì il gas e accostò la fiammella al bruciatore: una vampata azzurra si sprigionò dal cannello e il giovane la diresse contro lo scheletro.

«No!» gridò Sonia. «No! Che fai? Disgraziato! Che fai?

No! Non distruggerlo, no!» Gli balzò addosso per fermarlo, sicura che fosse impazzito, che gli avesse dato di volta il cervello. Ma lui si girò di scatto e la colpì violentemente al volto facendola stramazzare al suolo. Poi si volse di nuovo con il cannello verso lo scheletro che prese a bruciare, le staffe divennero incandescenti e si piegarono per il calore, la struttura collassò, la forma della bestia, pazientemente ricomposta da un lungo lavoro, si disintegrò pezzo dopo pezzo ammucchiandosi in un cumulo informe sul basamento di legno, che a sua volta alimentò la fiammata sempre più potente. Il grande scheletro andava in cenere...

Nello stesso istante, nella galleria sotterranea, mentre stava per spiccare il balzo, la fiera fu avvolta d'un tratto, sotto gli occhi increduli di Francesca, in un turbine di fiamme, si alzò sulle zampe posteriori dibattendosi in preda a spasmi spaventosi, emise un ruggito lacerante, un grido di dolore crudele e disperato, che a tratti sembrava assumere timbri e vibrazioni quasi umani. La ragazza si appiattì ancora più terrorizzata contro la parete stringendo spasmodicamente a sé il bambino, coprendogli gli occhi e premendogli le orecchie perché gli fosse risparmiata la vista di tanto orrore, il suono di uno strazio senza limiti. L'intero ipogeo tremò come scosso da un sisma violento, le pareti rimandarono mille volte distorto e frantumato l'urlo della fiera morente e in quel grido disintegrato dal dolore le parve udire lamenti e pianti, parole tronche e soffocate, singhiozzi e invocazioni in una lingua perduta e sepolta nell'abisso dei millenni. Poi tutto piombò in un silenzio più profondo della morte.

Fabrizio spense il bruciatore e si terse il sudore dalla fronte: era completamente inzuppato dalla testa ai piedi come se avesse compiuto la più immane delle fatiche. Si volse indietro dicendo: «Sonia, mi dispiace, io non volevo, io...». Ma la ragazza non c'era più. Chiuse la mandata del gas, risalì di corsa le scale fendendo una spessa cortina di fumo e si precipitò in strada nell'attimo preciso in cui arrivava a tutta velocità, quasi travolgendolo, la camionetta di Reggiani.

«Mi ha chiamato la tua collega: che diavolo stai combinando? Sali in macchina immediatamente, ti terrò sotto chiave finché l'operazione sarà conclusa.» Due militi gli si affiancarono mentre Reggiani chiamava il suo reparto alla radio: «Pronti ad aprire il fuoco appena lo vedete uscire». Poi, rivolto a Fabrizio: «Non può sfuggirci: appena si affaccia verrà accecato da una mezza dozzina di fotoelettriche da duemila watt e crivellato di colpi».

«No!» gridò Fabrizio. «No! Francesca e Angelo sono là sotto e potrebbero uscire dalla cisterna: rischi di farli ammazzare, se qualcuno dei tuoi uomini perde il controllo. Sono ancora là sotto, ti dico! Vieni, ho udito poco fa il ruggito della belva, una cosa spaventosa che non avevo mai udito prima. Presto, presto, per l'amor del cielo! Ordina ai tuoi uomini di non aprire il fuoco, ti prego, ti prego!» Piangeva senza ritegno.

«Va bene» disse Reggiani. «Andiamo! Via, muoviamoci, accidenti!»

Fabrizio si slanciò di corsa verso palazzo Caretti Riccardi seguito da Reggiani e dai suoi uomini a bordo della camionetta. Sonia, con gli occhi pieni di lacrime e il volto tumefatto, emerse da un angolo buio e si riavvicinò alla porta del Museo, ma non ebbe nemmeno la forza di salire le scale. Si accasciò sul gradino della soglia e appoggiò la testa indietro, con un lungo sospiro, contro lo stipite.

Fabrizio irruppe nella piazzetta e si precipitò verso l'ingresso, spinse la porta secondaria al centro del portone principale e questa si aprì verso l'interno senza alcuna resistenza. Il giovane entrò mentre Reggiani faceva appena in tempo a ordinare dalla radio dell'auto: «Non aprite il fuoco se non siete assolutamente sicuri. Ci sono delle persone nel sotterraneo e potrebbero tentare di fuggire dalla cisterna. Ripeto, ci sono delle persone».

«Ricevuto, tenente» rispose la voce di Tornese. «Staremo attenti.»

Reggiani riappese il trasmettitore e si lanciò dietro Fabrizio seguito da due dei suoi uomini. Corsero a perdifiato fino in fondo alla loggia che rimbombava per il rumore degli scarponi da combattimento, poi si gettarono giù per le scale, attraversarono tutto l'interrato dietro Fabrizio che li precedeva velocissimo, come se vedesse anche al buio. E finalmente infilarono il tunnel correndo senza mai fermarsi finché si trovarono di fronte Francesca, che piangeva sconsolatamente, accasciata in terra con il bambino fra le braccia. L'animale chimerico non era più che una macchia scura, un grumo informe sul pavimento di tufo della galleria.

«È finita» diceva la ragazza fra i singhiozzi. «È finita...»

Fabrizio si fermò paralizzato da quella vista. Mormorò: «Finché la belva non sia separata dall'uomo...».

«Finché il figlio non sia restituito al padre...» gli fece eco Francesca e aprendo le braccia gli mostrò il bambino. «È morto... è morto... Angelo è morto... Suo padre lo ha portato via con sé».

Reggiani gridò ai suoi uomini: «Chiamate un medico, presto, presto!».

Fabrizio prese il bambino e lo appoggiò in terra cominciando a fargli un massaggio cardiaco e a soffiargli aria nei polmoni. Sentiva il suo calore, il suo odore di fanciullo, sentiva che la vita non poteva averlo abbandonato completamente. Francesca, stremata, si era appoggiata alla parete e piangeva in silenzio calde lacrime. Reggiani guardava impietrito la scena stringendo nel pugno la sua pistola d'ordinanza con ancora il colpo in canna. A un tratto Fabrizio avvertì, netto e freddo, un soffio d'aria provenire dalla galleria laterale e sembrò colto da un'improvvisa consapevolezza. Si alzò in piedi stringendo il piccolo contro il petto e avanzò all'interno della galleria buia.

Reggiani si riscosse. «Dove vai?» disse. «Aspetta.» E gli andò dietro con la pistola in pugno e la torcia elettrica nella mano sinistra. Percorsero una decina di metri e la galleria divenne perfettamente squadrata e regolare terminando alla fine contro un portale scolpito.

«Mio Dio» mormorò l'ufficiale stupito a quella vista. «Ma che cos'è?»

Fabrizio era già all'interno e poteva vedere un meraviglioso affresco sulla parete che gli stava di fronte con una scena di banchetto, danzatori e suonatrici di flauto avvolte in vesti leggere, trasparenti. «È la loro tomba» rispose con la voce che gli tremava. «È la tomba dei Kaiknas.» Si volse intorno e vide da un lato un grande sarcofago con le immagini di due sposi coricati: una dama bellissima e un guerriero dal corpo poderoso che le cingeva le spalle con un braccio in un gesto di amore e di protezione. Reggiani diresse su quelle forme il raggio della sua torcia elettrica e contemplò muto di stupore quei volti senza tempo, la fissità dei loro sorrisi enigmatici.

Fabrizio cadde in ginocchio di fronte al sarcofago protendendo verso quelle immagini il corpo inerte del bambino e gridò: «Lasciatelo a me, vi prego, vi prego! Lasciatelo vivere, non deve morire due volte, vi imploro! Vi scongiuro!» e scoppiò in un pianto dirotto stringendo al petto il corpo del piccolo. Il buio ipogeo fu percorso allora nuovamente da quel fiato improvviso, da quel brivido freddo e misterioso, e Fabrizio udì questa volta anche un suono che lo riscosse dal pianto: una specie di lungo sospiro doloroso.

«Hai udito anche tu?» domandò rivolto al suo compagno. L'ufficiale scosse il capo con un'espressione di compatimento.

«Francesca...»

«Chi ha parlato?» disse Fabrizio trasalendo, ma mentre pronunciava quelle parole sentì che un fremito percorreva il corpo che stringeva a sé, e subito dopo percepì il ritmo prima inceppato e poi lento e regolare di un respiro. «Fai luce! Fai luce!» gridò come fuori di sé e Reggiani illuminò il volto del bambino che ammiccò nel raggio improvviso e

239

accecante. I due uomini si guardarono in faccia senza riuscire ad articolare parola.

«Dov'è Francesca?» ripeté il bambino. «Che cos'è questo posto?»

«Francesca? Adesso viene, viene subito, è qui, qui vicino» rispose Fabrizio cercando di contenere la sua emozione e di apparire il più possibile normale. Si incamminò verso la galleria principale. Il mausoleo dei Kaiknas alle loro spalle ripiombò nel buio e nel silenzio.

Tentarono di tornare sui loro passi ma la galleria era ostruita da un crollo, come se la terra avesse veramente tremato. I tre si guardarono in faccia con un'espressione di sconcerto.

«Non ci resta che proseguire verso la cisterna» disse Francesca. «Non abbiamo altra scelta. Speriamo che i suoi uomini non si facciano prendere dal nervosismo.»

Procedendo faticosamente alla luce ormai fioca della torcia elettrica camminarono per una ventina di minuti. Quando furono vicini alla cisterna Reggiani diede una voce: «Siamo noi! Stiamo uscendo!».

«Venga avanti, tenente, vi stiamo aspettando!» Alla voce del sottufficiale seguì un rumore sordo e poi un forte ronzio e le fotoelettriche illuminarono a giorno l'invaso della cisterna. I quattro sepolti vivi uscirono uno dopo l'altro: per ultimo Fabrizio che teneva il bambino a cavalluccio sulle spalle.

L'ambulanza arrivò poco dopo e un paio di infermieri scesero con una barella assieme a un medico.

«È tutto passato» disse Fabrizio. «Si è trattato di uno svenimento passeggero.»

«Mi ci faccia dare un'occhiata» disse il medico, che aveva avuto invece una relazione assai più allarmante. «Anzi, meglio che lo tenga in osservazione almeno per questa notte.»

Francesca prese per mano il bambino. «Vado io con lui, non vi preoccupate. Ci vediamo domattina.»

Fabrizio le diede un bacio e la strinse forte: «Sei stata

coraggiosa. Se vi fosse successo qualcosa non me lo sarei mai perdonato... Ti amo».

«Ti amo anch'io» rispose la ragazza e si congedò da lui con una carezza leggera.

Il tenente Reggiani chiamò a rapporto i suoi uomini. «L'azione è sospesa» annunciò. «Quella belva è stata distrutta.»

«Distrutta?» chiese il brigadiere Spagnuolo. «E come?»

«Con... con un lanciafiamme» rispose secco Reggiani.

«Un lanciafiamme, signor tenente?» chiese incredulo il sottufficiale.

«Sì, perché, che c'è di strano?»

«Nulla, solo pensavo che...»

«Non lambiccarti troppo il cervello, Spagnuolo. Va tutto bene, te lo assicuro. Adesso smobilita e rientrate al comando. È tutto finito. Non ci saranno altri morti. Resta solo da affrontare il Ministro e la stampa, ma almeno quelli non mordono... se non altro, lo spero.» Si volse verso Fabrizio: «Dove ti porto?».

«Al Museo. C'è ancora la mia auto di traverso in mezzo alla strada e... un'ultima faccenda da sbrigare. Accese il cellulare e chiamò Sonia, ma il suo telefono era spento e quando arrivarono davanti al portone della Soprintendenza di lei non c'era traccia.

«La chiamerò domani» disse. «Ho qualcosa da farmi perdonare. O vuoi farlo tu?» chiese a Reggiani intuendo i suoi pensieri. «Sì, è meglio così. Ecco, questo è il suo numero. Dille che mi farò vivo appena possibile e che... che le chiedo perdono per tutto, ma non avevo scelta. Tu sai il perché.»

«Lo farò» assicurò Reggiani. «E adesso che cosa facciamo?»

«Vieni, seguimi. Devo mostrarti una cosa.» Prese di tasca la chiave, aprì il portone, percorse il corridoio e scese le scale fino al sotterraneo. La sala era ancora piena di fumo e si sentiva un odore acre e intenso di bruciato.

Reggiani notò la bombola di gas con il bruciatore: «Hai

241

rischiato di far saltare in aria tutta la baracca. Sei un vero incosciente».

«Te l'avevo detto che avevo bisogno di un lanciafiamme e questo è tutto quello che sono riuscito a trovare, e per fortuna! M'è venuto in mente che l'avevo visto usare una volta da un terrazziere per sciogliere il catrame.»

«Credo che tu mi debba una spiegazione» disse Reggiani. «Anche se tutta questa faccenda è chiusa vorrei sapere cosa l'ha scatenata e perché.»

Fabrizio tolse dalla tasca interna del giubbotto un foglio con la trascrizione dell'iscrizione e glielo porse: «Leggi. Qui c'è scritto tutto. È il testo della tavola di Volterra. Completo».

E mentre l'ufficiale scorreva incredulo il testo sul foglio sgualcito, Fabrizio si chinò e raccolse con cura e delicatezza in una cassettina le ossa del *Phersu* che Sonia era riuscita a separare da quelle della belva, poi si incamminò verso la scala.

Reggiani si volse verso di lui ancora in preda allo stupore. «Dove vai, adesso? Non ne hai già combinate abbastanza questa notte?»

«Torno laggiù» rispose senza voltarsi. «Riporto le ossa di Turm Kaiknas nel sepolcro di famiglia, accanto alla sua sposa e a suo figlio. Perché ora ne sono certo: è da quel sepolcro che viene la statua di fanciullo che sta qui sopra nella sala Venti e che io ero venuto per studiare... Fai chiudere gli ingressi della galleria in gran segreto domani stesso, se è possibile. Nessuno dovrà mai più disturbare il sonno di Turm e di Anait, per nessuna ragione. Mai più.»

Giunto nel corridoio spense le luci e inserì l'allarme prima di uscire. «Forse fra qualche giorno ci chiederemo se per caso non abbiamo sognato tutto quanto. Forse addirittura dimenticheremo, perché è troppo difficile da accettare... comunque io credo che abbiamo fatto la cosa giusta e che tutto, a suo modo, abbia trovato una spiegazione.»

«A parte una cosa» obiettò Reggiani accompagnandolo all'automobile. «Da dove viene quel bambino?»

«Forse te lo dirà Ambra Reiter nel prossimo interrogatorio.»

«Tu credi? Io sono sicuro che racconterà la storia più prevedibile e più normale: dirà che il suo primo marito morendo glielo ha affidato perché lo portasse in salvo in Italia e forse mi mostrerà anche una carta d'identità, dei documenti...»

«Forse...» disse Fabrizio quasi parlando a se stesso. «Le ferite del passato tornano a sanguinare nel presente, a volte, provocando ancora dolore. I debiti vanno pagati... non importa quando. E la verità, se una verità esiste, è nascosta in fondo alla mente di quel bambino, fra le nebbie dei suoi sogni quando vengono a visitarlo con le ombre della sera.»

Due mesi dopo Fabrizio e Francesca ricevettero a Siena l'invito da parte del Soprintendente Balestra a intervenire alla presentazione alla stampa della tavola di Volterra, il documento più complesso di tutta l'epigrafia etrusca pervenuta, e quasi contemporaneamente una lettera del tenente Reggiani che diceva fra l'altro: "Le indagini che avevamo avviato sul conto del piccolo Angelo hanno dato esito positivo: il bambino era stato sottratto da Ambra Reiter a due coniugi di Trieste presso i quali era a servizio per essere ceduto al conte Ghirardini, che voleva a ogni costo un erede e un figlio da adottare e si era perciò affidato a trafficanti di adozioni illecite. Il bambino, mi dicono, si è adattato perfettamente alla sua nuova/vecchia famiglia e a quello che mi riferiscono è felice. Vi accludo la foto, come ricordo".

Fabrizio osservò la stampa a colori che ritraeva un bell'uomo, aitante, sui quarantacinque, e una bellissima signora sui trentacinque, molto raffinata ed elegante. Fra i suoi genitori Angelo sorrideva tenendo in mano un giocattolo.

"Il suo vero nome era Eugenio" proseguiva la lettera "e ha promesso di venirci a trovare alla prima occasione assieme ai suoi genitori. Per quanto riguarda l'oggetto di cui sapete, l'ho consegnato io al Soprintendente con una relazione dettagliata, assieme al lotto completo trovato nei sotterranei del bar Le Macine. Tutto, quindi, è filato liscio come l'olio.

Fatevi vivi anche voi quando potete. Marcello." Seguiva un post scriptum: "Sonia ha chiesto il trasferimento alla Soprintendenza di Firenze e spera di essere assegnata al Museo di Volterra, altrimenti avrei chiesto io il trasferimento al Comando regionale di Bologna".

Fabrizio appoggiò la foto su un tavolino. «L'avrei tenuto, Angelo, se ce l'avessero lasciato» disse.

«L'avrei tenuto anch'io, volentieri» rispose Francesca. «Era un bambino molto speciale, di una sensibilità non comune.»

«Hai idea di come sarà il testo della traduzione di Balestra?» chiese Fabrizio rigirando fra le mani l'invito del Soprintendente.

«Più o meno...»

«E cioè?»

«Da quello che ne so, sarà una versione parziale e ipotetica... E non verrà data notizia del testo opistografo in latino, almeno per ora. L'epigrafe poi verrà fissata a una parete del Museo e mostrerà solo la faccia in etrusco. Il testo vero ce l'ha un notaio che lo terrà nella sua cassaforte per un bel po'.»

«Per quanto?»

Francesca sorrise: «Per il tempo necessario a trovare una spiegazione naturale agli eventi a cui abbiamo assistito. Il tuo amico Aldo Prada non dirà nulla: non vorrà passare da visionario».

«E questo è possibile, secondo te?»

«Certo. Basta volerlo. Quando i pochi che possono parlare vogliono essi stessi dimenticare, dopo un po' tutto torna normale. È come se non fosse successo nulla. L'unico che ci ha rimesso sei tu: non credo che pubblicherai i tuoi studi sul fanciullo di Volterra.»

«Se è per questo, nemmeno Sonia pubblicherà il suo scheletro... La spiegazione ufficiale è che è andato distrutto da un incendio provocato da un corto circuito. Comunque io almeno ho trovato te.»

«Ci tenevi davvero a quel bambino?»

«Sì.»

Francesca sorrise ancora, e questa volta con una espressione di innocente malizia. «Allora vuol dire che lo chiameremo Angelo. E sarà l'unica cosa reale che sarà rimasta di tutta questa vicenda.»

«Chimaira»
di Valerio Massimo Manfredi
Oscar bestsellers
Arnoldo Mondadori Editore

Questo volume è stato stampato
presso Mondadori Printing S.p.A.
Stabilimento NSM – Cles (TN)
Stampato in Italia – Printed in Italy